墓畔的嘎拉鸡

MU PAN DE GA LA JI

＊＊＊＊＊

敏奇才 著

作家出版社

　　敏奇才（1973年11月——），回族，生于甘肃省临潭县长川乡敏家咀村。现任临潭县文联主席。甘肃省作家协会会员、戏剧家协会理事，鲁迅文学院学员。小说、散文、剧本散见《中国作家》《民族文学》《美文》《光明日报》《文艺报》等130多家报刊。作品入选《新时期中国少数民族文学作品选集》《2008年中国散文精选》《甘肃当代文艺五十年》《新时期甘肃作品选》等多种选本。名录入选《中国回族文学通史（当代卷）》。曾获甘肃省第三届黄河文学奖，第五届甘肃省少数民族文学奖等奖项。出版散文集《从农村的冬天走到冬天》《高原时间》等。

目录

尕老三和他的牛   001

墓畔的嘎拉鸡   007

羊的眼   012

节日的羯羊   017

开斋节的女人   028

腊月·斋月   034

红　雀   043

月亮和星星   053

天狗娘   064

失踪的母牛   084

全　美   092

看　守   106

猎　手   118

狼　王   125

节　日   138

有花儿的日子　　　　　　　148

花花的阳光　　　　　　　　156

燃烧与救赎　　　　　　　　167

圆圆和亮亮的春天　　　　　177

回荡久远的钟声　　　　　　187

虫草，虫草　　　　　　　　208

种在田里的心劲　　　　　　215

痴　女　　　　　　　　　　219

拳棍手　　　　　　　　　　223

半窑芄根的口唤　　　　　　227

回娘家　　　　　　　　　　239

尕老三和他的牛

尕老三家的老牛除了做活走过几回村边的公路外，还从来没有真正走过一回进城的路。今天，尕老三是第一次也是最后一次带老牛进城，尕老三不是带它去逛，而是要带它踏上一条不归之路。

进城前尕老三必须要给老牛像打扮大姑娘似的打扮一番。

尕老三牵着老牛迈着悠闲的步伐来到河边，用毛刷刷掉它身上的锈毛和粘着的枯草。尕老三不能让他的牛带着一身锈迹和污垢到城市里遭人的白眼，但他也不能让城里人说他是农民。清澈的河水倒映着老牛的身躯，牛看着自己洁净光滑的毛色不由得引颈一声长哞。尕老三从那一声长哞里听出了它的兴奋、激悦和身心的舒畅。

老牛似乎知道要进城去，也许已经知道了，它喝水时只喝了往日的一半，尕老三从心底里感激它。人进了城尿胀了可以找茅坑，而牛就不能找茅坑，也不能像田野上那样爽快地撒出一些古怪的图案或是淋漓尽致地倾泻而下冲出一个小小的土坑来。

老牛是有记忆的，在家里那水泥地面上它曾经撒过一泡尿绘出了一道长长的弧线，像条散落的皮绳，招来了苍蝇，尿点子也溅湿了它自己的脚，它也无所谓，很农民的样子，所以也就遭到了尕老三的责怪，它即刻有了那么一点记忆。但它进了城还撒不撒尿，这我就不知道了。

尕老三松松垮垮地牵着拴牛的缰绳进了城。尕老三走在前头，牛走在后头，一前一后。

不知牛走惯走不惯柏油马路，孖老三可是走不惯，始终感到脚底下有一种异样的光滑，觉得心里痒酥酥的，完全没有走在田野上的那种舒畅和柔软，而且偶尔有车飞驰而过，尖锐高亢的喇叭声往往会惊碎一些美好的记忆和神往已久的思绪。在这时候，牛就害羞似的停步不前，满眼犹豫的神色。也许那尖锐高亢的喇叭声击破了它对往事的一些回忆，或是对诸如蓝天、白云、草地、鲜花、清溪等的向往。孖老三扯了扯缰绳，它不情愿地摇了摇头，显然是对主人有了意见，但它有了意见却不怎么反对，就因这秉性，孖老三才把它养到了今日，要不它早成了人胃里的东西了。它的年龄不小了，尤其是近两年来简直做不动活了，犹如早已歇手的庄稼汉一样望农事而生畏。它是悠闲的，但它很多时候是在田野里悠然地游荡，今日踩了这家的田埂，明日又踏了那家的麦苗，招来的尽是人们的骂声，可它已无所谓，很不在意的样子，我是一头牛，我是一头有主的牛，我怕谁？其实，它活到了这把子年龄，早已顿悟了一切，它的身上也尝不到鞭打的疼痛了，鞭打过的地方都结了很厚的疤，对飞扬的鞭鞘已经麻木了。它向往满眼的绿意和哗哗流淌的清溪，还有那清爽的和风。

老牛小心翼翼地走在柏油马路上，就像走在冬季的厚冰上，要多不自然有多不自然。孖老三回头看着它欲走欲停的样子，心中蓦地产生了一股悲痛，令人黯然神伤。此时的它何不像年迈的老父亲呢，让农活苦败了的父亲常常就是这样一言不语地思索着，走走停停，好像把一生的经历都要细细过滤一遍似的。父亲常感叹夕阳的跌落，让人心里一阵好痛。父亲常拿老牛作比喻，其实，家里人也知道老牛让家里的农活给苦败了，这个家里除了父亲累再就是它了，可它从未呻吟过一声，它是知道自己的使命的，正如父亲知道他的责任和义务一样。这样一比较，孖老三真不忍心牵着它进城了。早在三年前，就有人怂恿劝告他牵了牛进城去卖，他总是千篇一律地告诉人们，这头牛还能吃得动料，能拉一年半载的犁。人们知道这是在说谎，也就一笑了之，可他们又不死心，继续说给父亲听，父亲听了睁圆浑浊的双眼，给人们一个大白眼，此后人们也就不敢在他跟前说关于牛的事了。孖老三知道，父亲的心中对牛有一种难以割舍的情结，他是农民，他驾驭了一辈子牛，他把牛早已视为家中的成员，当成了子女，而没有把牛当成牲畜。

父亲看着老牛时如痴如醉，老牛看着父亲时依恋不已。

尕老三牵着牛走得很慢，他知道真正进了城到了那地方他会哭的，可他是农民，一个贫穷的农民，他有什么法子呢？他只能这样，他不敢想象，父亲忧怨的眼神恍惚就在眼前。牛转身朝满眼是绿意的山冈上的羊群长哞了一声，这不是兴奋的哞叫，也不是向往，尕老三听出来了，这声牛哞里开始包含了诸多的悲哀。路越走越远，牛回望的次数也越来越多，它也许知道了自己的命运，也许知道了自己正在一步步地迈向不归之路。尕老三不催它，也不吼它，让它自己慢慢地走，让它走一回城里人走惯的柏油马路，品一品走柏油马路的滋味。

柏油马路两旁青青的白杨高耸入云，微风轻拂着树梢，从拂动的树缝间穿射过来的阳光晃动着很是耀眼，可老牛已不再像以往那样依恋。以往，在阳光明媚的夏天，它清爽地沐浴在洁净的阳光里，看着鸟飞水流，听着牧童吹奏牧笛，惬意地仰望头顶飘过的一朵白云，想象着它是一朵雨云还是一道风尘。树隙间透过的阳光细细地梳理着它洗净刷亮的毛，感觉着一身爽快。它喜欢在农闲的时候，悠然地站在溪水边上或是漫步在田野里，让山风欢快地梳理它汗腻的毛和疲惫的身心，就有一种异样的快感。

老牛这时看见了弥漫在城市上空的烟雾，感到了一丝窒息，一种无奈的窒息。老牛看着那烟雾弥漫的天空，晃着头使劲闻了闻，只有沥青的味道，刺鼻、熏脑。牛不明白自己在想什么，思考什么，其实，这个时候，尕老三也不知道自己在想什么，思索什么。牛的眼里一片茫然。人越来越多，车越来越多，牛明显地感到了一种不安。

尕老三牵着它逐渐地走进了城里。

穿着光鲜的城里人看着土里土气的尕老三和摆动着两只角的老牛，都避得远远的，尕老三从心里有了一种自豪。在平时，有谁能注意他这个农民呢，在城里只有你让道的份，而没有城里人让路的理由，今天尕老三是沾了老牛的光。老牛迟缓地走在大街上，有几个女人赞美它光滑锐利的长角，尕老三又多了一分自满。可当尕老三一想到这对长角将要失去它应有的威风时，他的心里又多了一分悲凉。

　　尕老三心里悲戚戚地牵着牛走在人群里，牛突然停住打个冷战抖了抖身子。坏了，它要撒尿了。在人群里你不能撒尿啊。牛向四周望了望，四周都是高楼大厦，没有它去的地方，它无奈地望着主人，终于憋不住倾泻如注地尿了一泡尿，人群像惊炸的飞鸟一样跑开了。尕老三听到了咒骂声："牲畜。"他知道，这骂声里包含着两层意思，既骂牛又骂主人。他想我是农民我怕谁，可他又不能不怕，老牛是牲畜它不怕谁才对。撒尿就撒个淋漓尽致，它那样撒着尿他也就有了尿意，可他不能像它那样淋漓尽致地撒个痛快，他的脸皮似火烫般地燃烧了起来，他不知道当时自己的脸有多红。他偷偷回头看了一眼老牛尿过的地方，尿迹似铺展的皮绳当街亮晶晶地横亘在人们的脚边，有人掩了鼻捂了嘴匆匆走过，很快就有苍蝇循味而来，落在了老牛的尿迹上。尕老三又听到了人们的骂声，可牛似乎未听到，一副毫不在意的样子。尕老三的羞耻终于涌上了心头，准备对牛的不道德行为吼几声，可他又不忍心，没有呵斥牛，因为穿过这条街道就到了城外那个地方。尕老三还未对牛说过要去屠宰场，老牛是有灵性的，主人说出来它会明白的，会给它增加无形的忧愁和惊恐的。

　　尕老三低头牵着牛行走在大街上，心中时时涌现出一种难言的苦衷。在人们责怪、鄙夷的眼神里他读懂了农民的低贱。尕老三牵着牛终于走出了大街，向城外走去。城外的那条路是未铺油的土路，他的脚下很舒畅，牛也很高兴，可他的心里越来越难受。尕老三想到牛要是见到了那血腥的场面，闻到了扑鼻的腥味会怎么样呢，尕老三不知道。老牛是怕血的。去年，家里宰了一只羊，殷红的血凝成了血块，老牛过来闻了闻，突然甩头哞叫着发疯一样跑开了。从此以后，它从不去留给它深刻记忆的那个地方。那次，也许使它受到了惊吓，它对血迹有了刻骨铭心的记忆。今天是无论如何也不能让它见血的，不能让它在离开这个世界之前再有一丝一毫的惊恐和惧怕。但这最终也许还是做不到，屠宰场内任何地方都是浓烈扑鼻的血腥味，没有一处净土。说真的，那一刻尕老三不敢朝牛的眼睛上看，仿佛老牛在瞬间变成了一具血淋淋的骨架。尕老三真后悔来到这个地方，可让谁来呢？

总不能让父亲来吧，他是不能来的，再说透彻了他也不会来，那样会增加他的痛苦的，这种痛苦只能让尕老三自己默默地承受。因为他是这个家中的当家人，他不承受谁承受，也只有他才能承受起这个痛苦。

原想一拿到钱就走人，可屠宰场的人说等宰了牛称了肉再让他拿钱。尕老三怎么能将手中的缰绳送给那双手沾满血迹的屠夫呢？他的心在颤抖，流泪不止，这是怎么了？他不知道这是一种怎样的罪孽。

他双手颤抖着终于将拴牛的缰绳递给了堆满一脸肥肉的屠夫。把它牵回去显然是不可能的，他的确也做不到，因为他尕老三是农民，家里还得用它换来的那点钱买一头小牛来接替它的工作——运肥、拉犁、翻地，重复它干了一辈子的农事。屠夫牵走它时，尕老三看见牛的双目那么深情地望着自己，是一种依依不舍的恋情。他即刻就从它的眼神里读到了一种视死如归的坦然，似乎又有那么一丝难以言说的绝望。

尕老三步履沉重地走出屠宰场，坐在屠宰场大门对面的树林里等着拿钱——用老牛的生命换来的够买一头小牛的钱。他就那样坐着，思忆老牛的一生，牛的一生能有多少留在主人的记忆当中呢？一片模糊，他只知道家中那二十亩地是老牛犁完的，门外今年的那一大堆粪是老牛攒下的，其次别无其他的记忆。也许随着时间的推移，牵着它进城的这点记忆也会湮灭在昏昏沉沉的务忙当中。人就是这样健忘的。

也不知坐了有多长时间，屠宰场的人叫尕老三到会计处结账。看着会计用肥硕的大手指蘸着唾液数钱，仿佛是几节油腻的肥肠，尕老三有点厌恶，也有点恶心。他装上用老牛生命换来的那笔钱往回走时，双手沾满血迹的屠夫像召唤一头牛似的喊他："喂，你的牛缰绳！"说着把血淋淋的牛缰绳递给了尕老三。尕老三不知道该不该拿，但他还需要缰绳，回去后要买头小牛的，也不能没有牛缰绳。然而，他果断地丢下了那截血淋淋的缰绳，他不能让那截缰绳时刻萦绕在他的记忆中，刺痛他的心。那人见他不作声，便又说："你要牛头吗？便宜卖。"这次，尕老三不得不回头，不得不朝那人手指的方向看过去，他清清楚楚地看到了，牛已身首离家，它的骨架它的皮肉已不知去向，只有头，一颗硕大的牛头摆放在一片空地上，像接受谁的检阅似的。尕老三的心里不能自已一阵酸楚，这就是给全家辛辛苦苦劳累了一生的牛。它双目微闭，脸上是从未有过的安详和坦然。尕老三的心里蓦地一惊：我从来还没有见过如此这样安详坦然的死；这样壮烈、鲜活的死；这样无畏的死。

只有这一次，老牛视死如归的死才真正永久地留在了尕老三的记忆里。

尕老三能做到的也只有这么一点，记住了老牛安详而又坦然的死。

（原载《回族文学》2006 年 6 期）

墓畔的嘎拉鸡

穆沙老汉做了一夜的噩梦，直至晨礼时才醒来，但浑身汗津津软酥酥地爬不起来。他想下炕。他贴着墙顺了会儿气挣扎着挪下炕，洗了小净，在家礼了晨礼。

天已蒙蒙亮，沟畔里河柳上栖息的各种鸟雀高一声低一声地亮开了嗓子。

今日是主麻，得给老伴上坟念个"苏勒"（古兰经文），他想。早雾忽浓忽暗地游动着，坟地就笼罩在游动的早雾中，朦朦胧胧，隐隐约约，坟地上的沙棘林似一头巨牛卧在雾中，若隐若现。

老伴的殁忌快到了。

这段时间，他一直掐指计算日子。亡人渴望活人尤其是亲人的祈祷及真主的回赐。他知道，亲人举念的一枚枣的回赐有时会胜过旁人举念的一座金山的回赐。亲人的祈祷真主会应答的。

老伴睡在坟地里已有五年的光阴了，坟头上已长出了几丛翠嫩的马莲草，今年还开出了蓝旺旺的花，那花像老伴常挂在脸上的笑容，既灿烂又稀罕，令人向往不已。时光如逝啊。

他蹒跚地来到坟地，坟地里又添了一座新坟。

他看着新坟，内心颤抖着不由自主地增添了几分惊恐和惧怕，人活着总会有意或无意给自己寻下沉重的罪孽，能不让人害怕死亡吗？但他并不害怕死亡，人人都离不开死亡，只是死了以后该向真主如何交代一生的所作所为呢，他不知道。

他看着那座新坟想，人的无常是个多么恓惶的过程，新坟里的亡人多冷清啊。他的子女呢？难道是个没儿汉？想到这里他的心哗地凉了半截。有一天自己万一无常了，会有谁记起他这个没儿汉呢？会有谁为他舍散几滴清油一把白面呢？谁也不会，他也没指望谁。到那时只有虔诚的举意和清廉的干办才是最珍贵的，只要有端庄的伊玛尼（信仰），一生中没有违抗真主的命令，没有虚度任何一天的一时、一分、一秒，无常了就不恓惶。人得时时指望真主，但人往往会指望人，也就往往指望不住。

他为老伴念了"苏勒"，做了祈祷，仍跪在坟地里思谋着，给老伴的殁忌上举念个啥呢？这几年，他这样思谋了好多次，就是没能给老伴举念上一样像样的东西。他很烦恼，今年真该滴几滴清油祭襄祭襄了，可是无下油之物。过了今年，说不定就没有明年了，七八十岁的人了，土快埋到下巴上了，说不定哪天走着、坐着或睡着就突然断了气。然而，老伴也还算幸运，这五年来，他虔诚地把尊贵的《古兰经》举念上，时不时地为她上坟诵经祈祷，没有使她的坟墓变成黑暗的洋芋窖。可他一旦闭上了眼睛，大概和洋芋窖里的洋芋差不多了，就无人挂念了。人往往是这样，希望无常后能有人常记念着他，举意着念上个"苏勒"，但想归想，很多时候是不遂人愿的。经他的双手抬埋了的亲人们，那些年老年少的，男的女的，哪一个他没举念过一样像样的东西呢，唯独亏了老伴。

他在坟地里跪得久了，太阳已暖暖地抚着他的后背，他感到有一股暖流正向他的胸前袭来。

他竟然蒙眬地打起了瞌睡。恍惚中他梦见了老伴。见老伴双手叉在胸前满脸灿烂地笑着，慢慢地对他说，老东西甭苦挣了，跟我走吧。他想问我跟你到哪儿去，老伴却转身走了。他心里猛地一震，从恍惚的梦境中惊醒过来，心如擂鼓般跳动不已，他感到有点窒息，他想，亡人老伴已脱离了虚幻，归向了真实。真主啊，大能的真主的晓谕到了。真主啊！我的大限到了吗？我的大限到了吗？他喃喃地自语。

穆沙老汉像大病了一场，脸色灰沉沉的。人们私下里都说穆沙老汉的脸上土气很重，这是将要无常的预兆。他自己日日回忆着那个瞬间的梦境，已经在等待无常了。可他知道等待无常是违抗真主定然的事，人活着哪怕有一分钟的光阴也不能违抗真主，根据命定的现实而要有勇气生活下去。

他确信自己的日子不多了。每天清晨，除了下雨，他都要到坟地里给老伴上坟念"苏勒"，然后再静坐一会儿。他只要到坟地里一坐，心底的一切杂念和世俗的心思就消逝得一干二净。他想，让那些作恶的人到坟地里看看，也许会多少收敛一些他们作恶的心思和欲望。可那些作恶的人是不会到坟地里来看的，即使来了也震撼不动他们的心，只有无常降临到他们的头上时，他们也许会感到惧怕和无能，但已迟了，只有将一切罪恶带到坟墓里。穆沙老汉想着流泪不止。他坦然地对待无常，心里清净明朗。他决定给老伴的殁忌上举念只鸡，滴几滴清油炸几只油香，好好地祭襄一下。他想，这也许是为老伴的殁忌第一次也是最后一次举念东西了。

他在紧挨老伴的坟边为自己选好了坟址。那次，他指给邻居尔萨说我无常了就睡这儿。

他坦然地等待无常就像冬眠的虫子等待寒冬一样，不知不觉。

掐指计算着日子，老伴的殁忌日日逼近，他还没买到一只鸡。不是没有鸡，而是他手中没有钱。他除了化肥袋子里那三四十斤麦子以外，别无其他可以变钱的东西。他焦急得火气燎肿了嘴皮。他为自己的难辛而流泪。要是年轻几十岁，他可以到用人的工地上去揽活做工，挣回一只鸡钱，可他一个孤老头子，连屁都夹不住了，已无力挣回一分钱了。

一日清晨，他念完了"苏勒"，坐在坟地边的堎坎上，看着眼前沙棘林中的小鸟跳来跃去的很逗人，这时节正是鸟雀孵蛋的时候。看沙棘树上筑巢孵蛋的铃铛鸟在窝中伸头缩尾地观察着周围的动静，很警惕地，哪怕是风吹树梢的响动也会使它左顾右盼，振翅欲飞。看着这诱人的情景，穆沙老汉的心中豁然开朗了，去年他不是在沙棘林中发现过一窝嘎拉鸡吗？他曾注意过，这窝嘎拉鸡还挺恋窝的，其中两只一直未离开过此处。

有了，有了。他立起身，悄然地朝那地方走去。走近一看，果然见一只嘎拉鸡瞌睡了似的卧在沙棘树底下的草窝里一丝不动,他当即决定把这只嘎拉鸡给老伴的殁忌举念上。他想,就在老伴殁忌的头天晚夕里捕捉这只嘎拉鸡。

穆沙老汉几乎是陶醉在幸福的等待中。

离老伴的殁忌只剩下两天时间了,他决定到嘎拉鸡的窝边去看看。虽然他天天都朝那地方看,但是不敢到窝边去看,怕看的次数多了嘎拉鸡会提高警惕。他小心翼翼地走近一看,嘎拉鸡依然像他上次看见的那样瞌睡了似的卧在那里。

那天夜里,他做了好梦,他好兴奋。

西方天空的红气缠绕在西山顶上迟迟不消退,他看着天气,看着西天的红气一丝一丝地退去。

夜色悄然降临,天幕蓦地罩住了大地,天地一片漆黑。

他悄无声息地朝坟地里摸去,他的脚步轻盈得不像一个七八十岁的老人,他简直是一只幽灵。他每走一步都十二分地谨慎,怕弄出声响惊跑嘎拉鸡。他知道,鸡之类的晚夕里有鸡眯眼,看不清东西,凭响声判断危险,所以要做到十拿九稳绝不可大意。那一拃长的路,他终于挪到了。他的感觉告诉他,嘎拉鸡的窝就在半步之内,他又轻轻地挪动了小半步,然后像一堵墙倒下一样用身体罩住了思谋了多少个日夜的地方。嘎拉鸡在怀里扑腾了几下,未钻出他那宽大的胸网。他的双手迅速聚拢收缩,铁钳般从身下捉住了嘎拉鸡。

他激动得热泪盈眶,无以言表。

这一夜他睡得很安稳,美美地睡到第二天晨礼时起床。起床后,和以往一样,他洗了小净,礼了晨礼,再快步去坟地念"苏勒",念完了"苏勒",然后又静坐了一会儿,忽地他想起应该去看看嘎拉鸡窝。

那该是多么空寂的嘎拉鸡窝啊,要不是贫穷,他是不会举念一只没啥吃头的嘎拉鸡的。他又想,我无常了家里会不会空寂呢?大概是一样的。他看清了那嘎拉鸡窝,心中突然一惊。它并不空寂,窝内有七只小蛋静静地摆放着,他用手摸了摸,蛋冰凉凉的,其中一只蛋壳已裂开,一只毛茸茸的嘎拉鸡蠕动着欲钻出蛋壳,他的心情一下子变得很沉重。

他似乎看到了一群肉叽叽的夕夕待毙的嘎拉鸡在他眼前苦苦挣扎。

他摇摇晃晃地走回家，深情地看了一眼罩在筛子底下的嘎拉鸡。它扑腾着挣扎了几下，他的心里就隐隐作疼起来，因一只嘎拉鸡挨刀而死去整整七只生灵，这不是真主受喜的行为，他想。这是一种罪孽，他又想。

他在墓畔践踏了自己的举念，放飞了那只待宰的嘎拉鸡，一股暖流从心底溢了出来，他心境随之玻璃般亮锃锃地透明了起来。微风拂拂，一群嘎拉鸡似乎扑棱棱呱叽叽地划过了他的耳际。

（原载《飞天》2003 年 7 期）

羊的眼

来西起了个大早。

他穿衣下炕时，老伴睁开惺忪的睡眼朝窗口不经意地瞟了一下高悬的月亮，用鼻孔粗粗地"嗯"了一声，又埋头进入了懵懵懂懂的睡梦里。

来西走出屋门，透过大门缝隙的一股清风徐徐拂来，浸透了他的衣衫，一丝凉气慢慢穿透后背，渗入到他的肺腑里面，他打了一个冷战。

羊圈外面昨日铲出来的羊粪黑黝黝地堆着，疙疙瘩瘩的。来西看着心中就燃起一股突奔的烈焰，烧燎着胸膛。

他进了圈门，挥锨吆喝了几声，几只山羊就忽地站起来，弓弓腰，弹弹腿，抖抖身上的土粒、碎草，半睁半闭着眼抬首望着圈外，都是瞌睡未醒的样子。来西便来了劲，又挥锨拍了拍挨圈门的那只山羊，羊便一拥而出，跳出了圈门。来西看着没有羊的空圈，心中充满了无限惆怅。"狗日的东西。"他猛地蹦出了这么句从未骂过的脏话。他狠狠地铲起粪块用力摔在圈外的粪堆上，一锨一锨地贴上去。

到日头摸进圈门时他才铲完了头天刨剩的半圈羊粪。他握住锨把凝视着黑黝黝油乎乎的羊粪，看着铲完粪的空圈，心中又莫名其妙地腾起了一股愤懑的火气。这火气像煨着的木炭徐徐地冒出灼人的烈焰，把胸底烧得干旺旺的。他胸中似乎有东西要跃出来却又憋闷得慌。

"老婆子！把洗脸水端来！"他用尽气力喊了一声。

老伴迈着碎步端着一脸盆满溢的清水放在他脚边。

清水在脸盆里晃晃悠悠的，日头也掺和进去凑热闹，在脸盆里跳跳跃跃。

来西蹲下身欲撩水洗脸，却触电般缩回了手，满脸惊奇地盯着脸盆里的清水，僵直在那里一动不动。他看见了，的确看见了那双羊的眼睛，镜子般的清晰。

多少年来，他很少在脸盆里洗脸，他用的是汤瓶，浇在手上的是那么一股涓涓的细流。今天他铲了半圈羊粪，浑身渗透着羊吃蒜草的腥臊味，他想用脸盆清清爽爽地洗个痛快。他停了一会儿，猛地把手插进脸盆里的清水中，掬起一捧清水撩在脸上，击碎了那双眼睛。

他看清楚了，那是一双怨恨的、清澈明亮的眼。

他洗完脸站在台阶上，望着槽沿上搭着的半截毛绳。毛绳的一头紧紧地拴在槽柱上打了死结，另一头却无力地耷拉着，空荡荡地垂在槽沿上。

槽边该有个东西才对，是站着的一只羊吧。他恍惚间看到那毛绳绷扯得直直的，黑蹄抬头向他要草料。

哦，对了，该添把草料了。可他一伸手，却见那直直的毛绳软绵绵地垂在槽沿上晃悠着，他的眼前又出现了那双眼睛，是黑眸子里带有一些灵气的眼睛。

"来西啊来西，你个混账东西，你咋这样子呢？"他转过身自个儿嘟囔着。

"老婆子！我把错事做下了！"

"啥？你做下错事了？"老伴吃惊地问道。

"我把羊卖了！"

"卖了就卖了，也不是啥错事，儿子的殁忌上还需要钱呢。"

日头像个煨着炭火的火盆，暖烘烘地烤着大地，大地蒸腾着一股干焦的气浪。来西坐在台阶上抱着腿，任秃顶在日头底下明晃晃地晒着。

"喂！老东西，要歇到炕上去歇，甭坐在台阶上挡人的路。"老伴想从台阶上走下去，可来西的两条腿却长长地伸了出来，搭在台沿上，使老伴无法迈过去。老伴像是自言自语地说了几句，来西不知老伴在说什么，只是下意识地收了收腿。

"我把羊卖了！"

"我知道，你刚才说了，老神经病。"

"我是说我把黑蹄卖了。"

"啊？我的老先人，你不是说把黑蹄寄养到牧场上了吗？可咋又卖了？你卖给谁了？"

"不卖不由人啊。"

"就是刀架在脖颈上也不能卖黑蹄啊！你个疯子老糊涂，我跟你没完。"老伴说着从院子里操起一把扫帚向来西的光头上横扫过来，把来西砸得抱头乱窜。

老伴实在是想不通，老东西竟然把黑蹄卖了。

黑蹄已给儿子的殁忌上举念上了。儿子的四十日上没举念上个啥，她心里就寒碜得很。举念黑蹄是她和老东西商量了一个晚上决定下的。那个晚上她对来西说了，再穷也不能在儿子的殁忌上喊穷，多多少少祭裹一下，也算尽了娘老子的心，也不枉生养了一场。再说了，儿子的无常还不是为了这个穷家，要是这个家能过得去，儿子也不至于去那荒僻的地方挖虫草。那地方连野生都不落足，可虫草偏偏稀罕地生长在那里，每年吸引着一批又一批的穷汉子抱着生财的希望奔它而去。她儿子就是这穷汉当中的一员。然而，蜂拥而入的穷汉子在那地方往往是发不了财的，碰上好地方他们还能挖上几百块钱的虫草，要是碰不上，只有凭运气了。

今年农历三月，刚种完麦子，村里就有人结伙去挖虫草。有些人已挖过一两次了，他们的儿子是第一次进山挖虫草。那情景深深地印在她的记忆中，日日揪扯她的心。村里人结伙走的那几天，她为儿子尽心备足了吃食和衣被，却唯独忘了药物。稍有常识的走山钻林之人都会多多少少备有治感冒和肚子疼的一些药物，因为荒僻的莽原阴冷潮湿，人往往会患上感冒和因吃食不熟而拉肚子。儿子就是在那次未带药物而吃了生食拉肚子拉坏了的。回来的人都这么说。儿子就这么早地离开了尘世和娘老子。在她看来，这是真主的定然，无可扭转的定然。人的生死自由真主决定，真主的大限到了，人力是无法扭转的。

她曾没昼没夜地哭过，也曾痛恨自己和来西把儿子送上了这条不归之路，但她明白，过分地埋怨会伤及纯洁光辉的信仰，也会给儿子增加无形的罪孽和伤害。邻居勺布阿爷多次劝她要克制自己的痛苦，少埋怨多搭救，亲人的搭救是真主受喜的行为，真主会承领的。她记住了勺布阿爷的话，把小到受伤遗弃小生灵的喂养放生、一个饥渴的过路人讨要的一杯茶水，大到家中任何物件及牲畜在好事上的使用，她都虔诚地举念上，祈求真主承领善功回赐给亡人儿子。

尽管这样时不时地搭救着，可她的心里仍不踏实，觉得应给儿子的殁忌上举念上一样贵重或是值钱的东西，她细数了家中所有值钱的东西，唯有她喂养的小绵羊——黑蹄是家中最值钱的东西，另外有几只山羊不及黑蹄贵重，因为黑蹄是她两口子最喜爱的。等儿子的殁忌一到，黑蹄也就从半岁小羊长成一只大羊了。因是这样，她才和来西商量了一个晚上把黑蹄给儿子的殁忌举念上了，希望真主承领他俩的举念，早早地回赐亡人儿子。

但现在来西却践踏了他俩的虔诚举念，这不是睁着眼向真主说谎吗？自己打自己的嘴巴吗？

"老东西，我不活了，你赔我的羊。"老伴像发疯一样向来西扑了过来。"你说，你卖给谁了？"她一把揪住来西的衣领，几粒纽扣炸飞脱落在了地上，掷地有声，蹦了又蹦。来西迅疾地扫了一眼，满眼的惋惜。

"哎……你甭急，你听我说。"来西一时急得说不出话来。

"呜——呜，我的儿子啊，你的殁忌上我拿啥祭襄你呢？儿子哟，你就当没我这个娘。你有这么个不得济的老子呢。呜——呜。"老伴哭得伤心欲绝。

来西像做了错事的小孩，缩手缩脚地站着不说一句话。等待老伴发泄完了，哭够了，他才挣脱揪得紧紧的脱落了纽扣的领口，连连叹气。

"你说我能不卖黑蹄吗？可不卖不行啊，村里杨主任给我说了好多次，说就要黑蹄。他还说买黑蹄也是在正事上用呢。前天早夕里，羊刚放到山上，他就派人从山上把黑蹄牵走了。羊倌说他不让来人牵黑蹄，但牵羊的人说了，说是杨主任的意思，还说我家欠着村里几百元税费呢，由黑蹄顶替掉了。我一想，也就是，五百多元呢。后晌我到村口迎羊，发现羊群里没黑蹄，问了羊倌，说是这么一回事，我听羊倌这么一说，就跑到主任家里去看，可黑蹄早煮到锅里了，你说我还能把黑蹄拉回来吗？杨主任你是惹不起的。你现在得罪了人家，到秋后收缴税费款、追欠款、修梯田抽劳力还不把人整死？那天晚上你问黑蹄的下落，我怕你伤心，也怕你去问杨主任，就编了那个谎，今早我实在是憋不住了。"来西费劲地给老伴解释了半天。

老伴一声不吭地坐在院子里深情地看着空槽沿上耷拉着的半截毛绳，嘴角抖动着说不出一句话来。

来西难道不痛心吗？那天后晌他到杨主任家去时，黑蹄的肉香飘了一巷子，惹得几只馋猫在杨主任家的大门外窜来窜去。他顿时心疼得如刀绞一样无法克制自己。

那天，杨主任家里人声嘈杂，吆三喝四的，他明白了主任说的正事。他想杨主任的娘的周年殁忌可能就这样用黑蹄顶替掉了。

那时，他着实为杨主任的娘痛心，也深深地为黑蹄的用场愧疚。

唉！人比人活不成。当时来西想着就踏进了杨主任家院门，他突然觉得眼前猛地黑了一片。

"真主哎！我的黑蹄。"他低低地喊了一声。

他看见黑蹄的皮被揉成一堆扔在院中间，头摆放在台阶上，大睁着幽怨的眼睛，眼神怪怪的。

显然，黑蹄对自己那样低贱的死、那样的用场是怨恨的。

黑蹄死不瞑目。

（原载《回族文学》2004 年 2 期）

节日的羯羊

　　木沙媳妇迷迷糊糊地被木沙的一阵抽噎声从睡梦中惊醒过来。她蒙蒙眬眬一骨碌立起，叫醒了在睡梦中哭泣的木沙。木沙醒来时泪水湿透了一大片枕巾，这就不能不叫他媳妇吃惊和害怕了。媳妇惊愕地看着恍恍惚惚的木沙，好半天说不出一句话来。

　　"我梦见了我娘。我娘在坟坑里受罪呢，我见我娘穿得破破烂烂，脸上土眉浪沧的，没有一丝新炫的样子。梦清晰得很，我娘活的时候还没有穿过那么破烂的衣裳，我娘确实在真主前受罪呢。要不然梦见她一定是穿着崭新欢天喜地的，人无常了就归向了真实，不再像尘世上有欺诈谎骗，楚中见她是咋样就咋样。"木沙禁不住又涟涟流泪不止。

　　"今日要是有乞讨的穷人来了就多舍散一些，把舍散的回赐举意给我娘，舍散能挡灾祸呢。这半年多也没有念个'苏勒'搭救她老人家，我心里难过得很。她老人家活着的时候就说了，人活着得时时记念真主，托靠真主，指望真主，但万不可过多地指望人，人是有七情六欲的，有时往往会违抗真主的命令，所以也就往往指望不住。我娘临无常时，我赌咒发誓地让她老人家放心，她是有指望的，可这半年多就没有指望住我，真是应了我娘说过的话。我娘活着的时候我未能孝敬着她，那是因为家境太贫困了，你是知道的。我答应她无常了我会念记着她，给她上坟念'苏勒'搭救的，可我顾了这个世事，务忙了生活。我是向她老人家临终前要了口唤的，我是答应了她的，现在我娘在真主厥前受罪这是我的罪孽。"

木沙媳妇陪着木沙听他诉说，也把一双眼睛揉得红红的，这不是装出来的，亡人婆婆活的时候对她是有恩的，把她当自己的亲骨肉待承，就是捏一顿擦洋芋包子也要守着让她先吃上几个。婆婆活着时说的话犹言在耳：穷人的日子难过，穷人媳妇的日子更难过。她不时地记起婆婆说过的这句话。婆婆是穷处过来的，知道当媳妇的难处。穷人过日子往往是要媳妇们嘴上勒紧，手上捏牢，这就难为当媳妇的了，媳妇们不仅要把一家大小的生活精打细算地安排好，而且还要把日子划算着从长计议着过下去。

"再过几天就要进入斋月了，进入斋月前要念个'苏勒'待个客，就举意上给娘念个吧？"媳妇看着木沙突然有了这么个决定。

"你已经举念上了，就举念上，早一天举念有早一天的回赐。"

两口子停止了哭泣，商量日后念"苏勒"的事来。

至于念"苏勒"待客，两口子决定还是凭能力而定。宰不起鸡也买不起牛羊肉，就滴了几滴清油炸了几只油香，请了庄里教门上遵守好的散班阿訇念了。总算稍微安慰了两口子的心，也算了却了进入斋月的一桩举念。

进入斋月的那天晚上，不知是哪儿出了毛病，整个村子停了电，一片漆黑。木沙媳妇起来黑灯瞎火地摸索着做饭。等做熟了饭，去叫木沙时，木沙早已起来斜靠在被子上，黑洞洞的吓了她一大跳。

"贼杀的，吓死我了。"

"你甭骂，我问你一句话，家里是不是有张羊皮？"木沙突然地问媳妇，"你思谋是不是有张旧羊皮？前年的。"

媳妇思谋了半天，却怎么也想不起家里有张羊皮。

"我梦见我娘说要我把那张旧羊皮舍散了。"木沙对媳妇说。

"家里到底是没有羊皮啊？"

"我娘还在坟坑里受罪呢。我梦见她穿的衣裳仍然像上次一样是破破烂烂的，脸上也没有一丝明亮的气气，还是土眉浪沧的，揪心得很。你再想一想，我们啥地方亏待或是践约了我娘。"木沙一副思索的样子。

煤油灯盏忽闪忽闪地跳跃着，好像燃着在木沙的眉心里，只要木沙眨巴一下眼睛，煤油灯盏就忽闪不定地跳跃几下。

两口子一声不语地吃着饭，思索着，就是想不出个所以然。

"噢！"媳妇终于想起来了。"娘无常时，你不是答应过要给她老人家在古尔邦节上牺牲只羊吗？咋就忘了呢？"

"我没有忘，我记着呢，可我牺牲不起羊啊，这几年你不是不知道，天一年比一年旱，庄稼种上没个收成，倒折了肥料钱，娃娃还要上学，家境是一年不如一年，娘她是知道的。去年挖虫草，借人家的三百多草山费还没有还，本来指望挖点虫草，可挖虫草的人多如虫蚁，没有挖到多少虫草，没有挖来一分钱，倒赔了三百多。这笔账至今还趴在我的名下，把人愁成神经了，这是一笔明债，可我对娘答应过的那是暗债。明债就是愁死人也不至于让人的心上如此揪疼。那暗债可是我答应了我娘举念上的，连续做梦也许是我娘提醒我呢。这怎么办呢？借的那笔钱人家催了好几次，快要变脸了。三百多块钱正好是一只羊钱，可不还账在古尔邦节上牺牲羊这说不过去，但不牺牲羊还账也说不过去。唉！现在我对我娘说不过去，对真主更是说不过去。我简直成啥人了，在邻居面前我咋说呢，欠人家的钱快一年了，当初说好是两个月后还人家，可一拖就这么长时间，唉！"木沙说着就流下了一长串悔恨和无奈的泪水。

"你也甭难过，谁也有害难辛的时候呢，万事有个调养万物的真主呢，机遇要自个儿找，好运还要真主给呢，啥事都要往好处想，你把机遇寻了，真主没给你好运，那是真主考验你呢，但你也不能埋怨真主。"

"我咋就埋怨真主了？我记念、望想都来不及呢，我怨我个人呢。"

"我说是，但你也不能埋怨自个儿，埋怨自个儿就是埋怨真主，埋怨真主给的好运不够。"

"你咋那么想呢？"木沙有点生气。

被子蠕动了几下，木沙向媳妇摆了摆手，让她安静一点，怕吵醒正在酣睡中的儿子伊迪。伊迪今年刚七岁，已上了二年级，离十二岁还差五年，不到封斋的年龄，故早上他俩没有叫醒伊迪。木沙随手往伊迪身上扯了扯被子，伊迪又安静地睡去了。

"媳妇，你说咋办呢？再有一百天就是古尔邦节了，你说能买一只羊吗？"木沙问媳妇问得底气不足，他没有主张。

"就看寻机遇的程度了。你也不要太心急，万事有个调养和百恩的真主呢。"

听媳妇这么一说，木沙的心上似乎宽慰了许多。他下炕洗了小净，到寺里礼晨礼去了。

从那天起，木沙的心上就忧忧地牵挂着一只羊钱，每回在村道上看见走过的一只羊，他的心里就蓦地产生一股莫名的酸楚和忧伤。他时常责备自己："木沙啊，木沙，你个囊尻，不得济的东西，你让娘对你有多失望，你简直不及个烂尻婆娘。"他这样把自己骂上几句，心里似乎又舒坦受活一些，要不，他的心里像堵着什么东西憋得难受。他那样骂自己似乎有点让亡人知道的意思。他知道进入斋月后，真主会大赦一切受罪的亡人，让他们或是她们的灵魂回到未无常的亲人身边，这是真主对亡人也是对活人的一种恩典。因此，在进入斋月前，家家户户都要扫除灰尘，清洁屋里屋外的旮旮旯旯，还要焚香薰屋，让以往充满灰尘、污垢的屋子一下子亮堂洁净起来，让真主大赦的那些亲人们漂游的灵魂不至于受到伤害和玷污。在斋月里，一切亡人都渴望活着的亲人能为他或者她们在真主面前多多祈祷搭救搭救。

木沙每天从晨礼上回来诵完一卷《古兰经》祈祷的时候，总是泪流满面。娘活着的时候，务忙了生活，顾了儿女，在完成主命上有欠缺，成了亡人就无法还补了，只有作为儿子的他能够祈祷真主恕饶她的罪孽。他听阿訇讲过，亲人的搭救是一把释放亡人罪孽的钥匙，每个活着的人要做到自我清廉，才有搭救亡人的资格。木沙就时刻克制自己一切不纯洁的想法，尽力完成每天的功课，寻找释放亡人母亲的罪孽的那把钥匙，该舍散时就舍散，该祭襄时就祭襄。他曾听娘说过，做任何事情都是举念当先，并要端正，才有良好的结果，他时刻记着娘的这句话。可时下有些人做任何事都是沽名钓誉，把本应是隐秘的干办搞得唯恐别人不知，更有甚者，还搞些教门上的腐败，让人百思不得其解。木沙媳妇更是谨谨慎慎，她知道在这个顿亚上，就女人的罪孽大,在教门上也时常有欠缺,不像男人们始终如一,男人们凭着举意能封完一斋月的斋,而女人就不能。你封着斋,裤子上经血一来,你身上就没有"水"了,你身上没有了"水",你就不洁净了,不洁净了也就不能封斋了。总之,一个月当中总有那么几天日子是女人的灾期,欠损得很。世界只是一个虚幻的站点,要脱虚归真也是一眨眼的工夫,她嫁到这个家里的时候,婆婆才四十多岁,年轻得很,正是活人的时候,可要走也走得匆忙,除了留下一身垢甲什么也没有带走。

唉!穷人的日子难过,回首一想,活了个啥眉眼,没眉没眼,理不出个头绪来。在这个顿亚上也不知务忙个啥,她屈指一数,嫁过来跟着木沙也有八九年了,这八九年不算长也不算短,可细细想来,想不起到底活了个啥,也记不起任何生活过的细节。

其实,是活得很平庸,就这样平平庸庸地生活着突然某一天撒手尘寰,撒下手头的务忙匆匆走了,有的人连自己一生的一点小小愿望都实现不了,如她的婆婆一样,活着的时候,想着在古尔邦节上牺牲只羊,可是穷家拖累她攒不下一只羊钱。她的丈夫木沙的父亲去世得早,她年纪轻轻就挑起了养家糊口的重担,孤儿寡母拉扯家务不容易,可不容易也得拉扯,生活就是这样,它不是一帆风顺的静海港湾,她一个女人还能有什么能耐呢?唯一的能耐就是不让她的儿子饿肚子。

木沙媳妇重复的就是婆婆走过的深深浅浅磕磕碰碰的道路。她想着婆婆务忙了一生,竟然连古尔邦节上牺牲只羊都没有办到,这是婆婆的悲哀,也是一个女人的悲哀。作为儿子媳妇现在如果连这么点事都办不到,替她实现一生当中那庄重、虔诚的举念,那实在是有愧于她老人家的拉扯。

今年就是砸锅卖铁也要在古尔邦节上替她牺牲只羊,完美对她的举念。

木沙媳妇想着心中就产生了一种难以自抑的激动和心跳,虽然不是替自己举念,但她毕竟举念过,作为女人她还有什么举念呢?于是她的心里头就有了一个怪怪的念头,那就是在她活着的时候,她一定要举念着在古尔邦节上牺牲只羊,完成她终生的一桩心愿。其实,这种举念是一种长效的举念,有了这种举念人生就有了目标,有了追求,也有了生活的意义，这不能不使她激动。但时下最要紧的是在今年的古尔邦节上如何完美对亡人婆婆的举念。想到这上面，她的心里便又蒙上了一种不安的阴影，从哪儿来一只羊钱呢？这不能不说是一件难事，一件让人费心劳神的事。穷人的难辛给谁诉说呢？这又是一件难事。

她看着木沙犯难的脸色心中不是很受活，她是木沙的媳妇，得替木沙分担些忧愁，这是天经地义的事。

她知道，人人都有衰老的一天，也有无常归真的一天，她老了归真了还得靠她的伊迪和伊迪媳妇，还得望想他们能记念着她。她可以说是一个孝敬关护老人，让老人有指望的人，因此上她也是一个有指望的人，婆婆指望住了她，她将来一定能指望住儿子和媳妇，她是这么想的。虽然人有时候是指望不住的，但指望住的还是大有人在。人有了这么些指望，也就有了活下去的意义。

冬季的斋月短暂而轻松，木沙每天恪尽职守，虔诚完美斋月里的每一项功课，恐怕有所欠缺。

就说封斋吧，阿訇说了，真主考验人是从方方面面进行的，封斋是从饮食上考验人，同时也是让人从一天的东方发白前进食，日落后开斋，白天严禁饮食中体验穷人的生活，思考真主赐予的恩典。这就不能不让木沙思谋。过去吃的啥，现在吃的啥，他娘活着的时候，一天两顿疙瘩子和洋芋饭，人人出来都是一脸的饥相，没有一个像现在的人这样红光满面，生活这样好了，可他依然完美不了对他娘的举念，这是他作为儿子的过错和失职。但有什么法子呢？这么个穷家，还要他支撑，儿子伊迪上学要学费，住的房子也快要塌了，这房子还是他爷爷的手里盖的，那年月正是闹饥荒的年景，他爷爷硬撑着盖了这么四间黄泥小屋，到他父亲掌管这个家的时候，这房子一到春天不是这儿漏水就是那儿漏风，这儿塞一块基子那儿抹一把泥，硬是又支撑着住了那么几十年，到了木沙掌管上这个家的时候，这四间房子就彻底不行了，但他又无力翻修，只能这儿顶一杠那儿撑一木，折腾得像一个煤窑似的。这几年他一根木料一根木料地收拾，收拾了几年，还差那么一点，说实在的，他快要连翻修房子的心思都要收拾掉了。前些日子听村上说今年乡上要安排他三千元灾民建房款，至于那三千元还是个未知数，到底有多大希望，他没有指望，他只指望年年有个风调雨顺的好年景，把庄稼平平安安地收在柜子里，粜几个钱，可这几年天旱得连山上的草皮都晒干了。今年冬上未落一片子雪，十天里八天黄尘肆扬，地里的胡基硬成了砖块，敲也不是砸也不是，让务忙的庄稼汉叹息着无处下手。再要是不落上那么一场大雪，今年的庄稼就种不到地里，即使种上也发不了苗。那么去年春上借人家的三百多块钱该从哪儿来呢，不提钱便罢，一提钱木沙的心头又蒙上了一层阴影，这是时时刻刻折磨木沙的一把利刃。借人的钱不能不还，人活着就活张脸皮，现在他只剩下半张脸皮了，他无论如何也要护住这半张脸皮，要是再失去这半张脸皮他就不是人了。

一明一暗两个债务简直让木沙喘不过气来。

既然是债务就得想办法偿还，这是不可辩白的事，是不可推卸的天大的责任。

随着天气的好转，地皮的松动和古尔邦节的来临，木沙的心境变得焦躁不安起来。地皮一松动离耕种的日子就不远了，到了这时候，人家就有借口向你再次讨债了。我地里上不了肥料，买不起种子，到那时候你总不能不还吧，你困难的时候我慷慨地借给你钱，现在我有了困难不向你借而是要回我自己的那点钱是理所当然的了。

木沙简直是没有了主意。

晚冬的夜降临得快，木沙在漆黑的夜色里从寺里回来，一声不吭地关上大门便钻进媳妇早已焐热的被窝里，然后是怔怔的一言不发，把一切纷乱的思绪从遥远的记忆中理顺又思索成一团麻，然后又理顺，如是三番，终不能入眠。一切的一切都成了木沙的精神负担。

后来木沙和媳妇商量了几次，商定借人家的钱到年底再还，两口子到人家那里求个情。对亡人母亲的举念要完美，但钱又是个未知数，但总不能赊只羊吧，你穷得连房子都修不起还能赊得起羊？再说了也没有人愿意赊给你。两口子商量了几个晚上，既难辛又愁肠。

一晃斋月完了，开斋节也就马马虎虎地过去了；又一晃，古尔邦节却清清楚楚地临近了。

木沙和媳妇忧愁着就到了清明前后。清明前后正是人们翻修房屋的时候，俗话说：清明不上房，下雨没处藏。可木沙的确没有上房的意思，其实，他是没有心劲。现在他心里牵挂的不是房子，而是一只古尔邦上牺牲用的羊。他知道，古尔邦上牺牲用的羊必须是无明显伤残而体形俊美的羊，尤其是羯羊最好，但这样的羊必须拿大价钱从羊群里挑，你手中的钱吃紧就无法挑，也买不到这样的羊。

　　一只古尔邦上牺牲用的羊成了木沙的一块心病。

　　家家户户的房屋上都有人拉起了碌碡，把一冬天发酥的房土碾得瓷实硬梆。看来木沙也得上房拉拉碌碡碾一碾了，要不再过些时日，天上下雨房子渗漏，他一家大小到哪里去藏身呢？

　　拉碌碡碾房的事是小事，而买一只羊是大事。

　　一日，木沙从晨礼上回来，看到院中堆放着盖房用的木料，眼睛突然就亮了，心境顿然间也宽敞了许多。

　　"有了，有了。"他神经质般地喊着，把媳妇从灶房里惊得飞奔了出来。

　　他双眼直勾勾地看着媳妇说他要用院子里盖房的木料作价换一只羊——一只俊美、膘肥、完美的羯羊。媳妇没有反对也没有赞成，两行清泪像洗大净的水桶上的水眼，就那么汪汪地流着。

　　她跟了木沙这么多年，住的是他爷爷凑事盖的房子。这几年，她省吃俭用，用牙缝里挤出来的口粮籴来的钱一根一根地收拾木料，等的是有一天能够住上几间新房，也不枉活了一场。可现在，木沙竟然要拿木料作价换羊，这就不能不叫她心疼。但心疼有什么法子呢？当媳妇那阵子，她娘就亲口万般叮咛，当了媳妇，千万要孝敬老人，不然的话，她是不给口唤的。她知道一个人如果在活着时候没有要到亲人的口唤，那么一定会遭到真主的恼怒的，因为真主是明知的。她知道丈夫的决定是正确的，她该支持才对。她擦干泪水，让丈夫去村里找愿意拿羊换木料的人家。

　　木沙跑了大半个村子，终于用十八根木料换来了一只毛色洁白体壮膘肥高大俊美的羯羊。十八根木料抵一只羊这不算便宜。当羊主麻二笑嘻嘻地往架子车上装木料时，木沙和媳妇的心里既难受又空落，好像那一根根的木料是身上的肋巴，抽得有多疼啊。麻二拉走木料后，原来堆木料的地方就空出了一大片，潮潮的、湿湿的，木沙和媳妇看着心里也就有了湿意，并漫漫畅畅地涌出了眼眶。

十八根木料换来的羯羊拴在院子里那棵大杏树上，两口子喂养着这只羯羊似乎卸下了一块压在心尖上的石块。羯羊不时地抬首环视着这个既破旧又陌生的院落，眼前便蒙上了一层忧伤的神色，不吃也不喝。显然，它对这个新的环境是有点诧愕，也许，它从新主人的眼神中觉察到了自己作为一只羊的使命和价值。

时日一天天过得飞快，这只羯羊也就习惯了被拴在杏树下喂草喂料饮水休息睡觉的环境，它认可了新的主人，也认可了这个家，享受着被人供奉似的喂养。

院子里的杏花一天红似一天，田野里人们忙碌的声音不时地落进院子里，该种麦子了。可远远扑鼻而来的不再是新翻田土的馨香，而是一股股沉重的土腥味。天旱成了一把灰，连人的心田都旱了，人们还能指望什么呢？木沙和媳妇还能指望什么呢？可作为农民还得有所指望，还得指望土地生活呢。

田野上弥漫着一层淡淡的土雾。

木沙家的院子里杏花正旺，杏树底下被打扫得干干净净，一盆清水荡漾着羯羊硕大的头颅。它望着土尘尘的天空，吮吸着杏花溢荡的花香，心思忽儿泛起野来，但是一条长长的命运之绳牢牢地拴在它的脖子上。它难道不知道这样被供奉似的喂养着的用场吗？但究竟是什么样的用场还是一个谜，它不知道。

羯羊已经听熟了古尔邦这个词，它好像明白了，古尔邦意味着牺牲。牺牲，牺牲已注满了它的记忆，它开始抵触木沙两口子对它的喂养。它在那盆清水里看着，忽然有一长串清泪掉在了水盆里，激起了一层涟漪，击碎了清水里那双明亮的眼睛。

古尔邦节快到了，木沙两口子有点激动，庄重、严肃的时候快到了，对亡人母亲的举念就要实现了。

一日，木沙两口子从地里打完胡基回来坐在院子里看着高大俊美的羯羊，商量着到了那一天该请哪位阿訇下刀。他们说话的时候羯羊就静静地听着，满脸的忧伤和愁苦。作为古尔邦节上的牺牲品，危险正朝它一步步地走近。

羯羊望着院子里露出土皮的羊角葱扯直了拴它的绳子。

开春了，向阳的山坡上透出了嫩黄嫩黄的草芽，看着令羯羊心乱眼馋，它想青了。

寂寞的羯羊绕着杏树转圈，恰在这时，前来要账的尔萨注意到了这只俊美的羯羊。这次，尔萨的心里有那么一股子难以压抑的怒气，对木沙和媳妇说话的口气也比以往硬了许多。钱是硬头子货，一时拿不出手情有可原，可有了钱不还账却买羊这就说不过去了。

木沙和媳妇在尔萨面前比以往更是矮了半截。

尔萨的脸色很难看，木沙和媳妇已知道了尔萨变脸的原因。

可现在除了这只羯羊外，木沙和媳妇已经没有一件能够变卖还账的东西了。

尔萨为难地思索了半天，要木沙用喂养的羯羊抵账。用羊抵账这是意想不到的事，木沙请求尔萨再宽延些时日，他跑几家借着串凑串凑，可眼下正是用钱的时候，地要张口人要伸手，谁还有闲钱借给你使用呢，尔萨是了解这时候人们的生活状况的。

尔萨坚持着要木沙用羯羊抵账，他是想在古尔邦节到来前能用羊抵账的话还能卖个好价钱，过了古尔邦节羊价也就下跌了，可木沙说什么也不让尔萨牵羊。

为了三百多块钱，也为了这只羊，木沙和尔萨险些翻了脸。木沙为债而愁肠满腹，尔萨为钱而恼怒不已。

木沙和尔萨的交往有了裂痕。

木沙和尔萨为三百多块钱和一只羊而愁苦和恼怒的时候，时日一天天地过去了，羯羊被喂养得浑身滚圆，古尔邦节也就来临了。

古尔邦节的早上，木沙媳妇给羯羊一脸盆清水，没给它吃食，并解开了绳索，让它走一走，空空肚子。木沙和儿子伊迪洗了大净去清真寺里礼会礼，会礼结束后要请阿訇来家里宰羊。

这天，木沙和媳妇心情无比激动，对亡人母亲的举念马上就要实现了。在会礼上，木沙仔细地谛听阿訇讲述关于在古尔邦节上牺牲牛羊的当然要素。

礼完会礼，木沙和儿子伊迪请了阿訇一路上念诵着大赞辞直奔家中。

到家里后，阿訇念了"苏勒"，磨快了宰牲刀，当阿訇要木沙牵羊时，杏树下拴羊的长绳一头空落地耷拉在地上。

羊呢？木沙问媳妇，媳妇只说羊在院子里，可找了半天，哪有羊的踪影呢。

木沙叫儿子到麻二家去找。只一会儿，儿子就回来了，说羊没到麻二家。

就这样一家大小开始四处找羊，山里的沟沟洼洼村里的旮旮旯旯及羊群里都找遍了哪有羯羊的踪迹，羊是活物，圈养了好多天，想必是想青了，想羊群了，但到底是去了哪儿呢？谁也不知道，古尔邦节上宰牲的日子只有三天，过了这三天，就没有牺牲的举念了，这令木沙一家心焦、忧伤和不安。

三天时间终于熬不住找寻一只羊而迅速地过去了。

木沙、媳妇和儿子大哭了一场，举念了这么长时间，对亡人母亲的举念还是没能实现，这就使木沙和媳妇痛心惋惜不已。

这只羯羊究竟是去了哪儿呢？谁也不知道，谁也说不清。

木沙一时也弄不明白自己如此虔诚的举念竟然在古尔邦节上就这么给自己和媳妇的疏忽大意给践约了。

借尔萨的钱怎么还，明年的古尔邦节上还给亡人母亲举念不举念一只羊，木沙一时说不清，也定不下来。他还得四处找寻那只独自跑掉的羯羊呢。

（原载《延河》2005 年 7 期）

开斋节的女人

开斋节是一个喜庆而欢乐的日子，但对于家境贫困的女人来说，是一个愁苦难肠的日子，也是一个经历考验的日子。

开斋节的头天早晨，堂屋里，火炉的炉膛强烈地散射着裹人的热量，把屋子熏得润丝丝温恒恒的，玻璃窗的里层罩上了一层淡淡的薄雾，看着就感受到了一股油然而生的温馨。然而，屋外寒气凛冽袭人。

女人出了门，冬日早晨的寒气犹如钝刀一样重重地撞击在脸上，剜进肌肤里面，让女人不得不把双手插入袖筒里焐着，但对于忙碌的女人这显然又坚持不了多久，手边各种各样的活还等着她去做呢。砭骨的寒气顷刻渗入肌髓里面，浑身似冷水浇灌般冰凉无比。清真寺里参加"尔德"节会礼的丈夫和儿子也一定在凛冽冷风的袭击中瑟瑟发抖浑身冰凉，此刻也许渴望喝口烫开水驱寒暖身呢。

女人进进出出在门外望了几回，可村道上隐遁了人迹，只有随风飘逸的油香味徐徐地浸入人的肺腑，诱人垂涎欲滴。第三遍召唤词刚念一会儿，阿訇也许正在演讲，她想。寒气终于浸透了女人的每一处肌肤，她接连打了几个冷战，牙齿冰生生的，直冰到了心尖上。

丈夫和儿子穿着那样薄的衣服礼"尔德"，是怀着对真主的无限敬畏而去的，要不然丈夫是可以穿上那件已经拆洗了多次且常年不落身的棉袄的，可那件棉袄，唉！前年冬天，她家的驴像人一样患上了感冒，整日夹紧尾巴发抖打战不吃草，后来请兽医灌了药打了针，她丈夫像人感冒了喝姜汤捂被一样地给驴披上了他的棉袄，驴披着那件棉袄滚卧站立了几天，棉袄上也就粘上了驴尿驴粪和驴汗，至今，尿和汗迹仍脏污不堪地绘制在他的棉袄上。因此，她丈夫在礼拜时也就不穿那件棉袄了，其实，是穿不成，因为拜主之人必须远离秽污之东西，被驴尿和驴汗染污了的衣服能穿着拜真主吗？绝对不能，必须换掉。驴的感冒医治好后，女人就拆洗了那件棉袄，可丈夫认为驴尿是渗入了棉花当中，就拒绝在礼拜时再穿它。

女人想着丈夫和儿子，也想到了寺里的"尔德"会礼结束后，那一大帮邻里小辈要来家中给长辈祝安，今天无论如何要让前来祝安的小辈们吃上几口，再也不能像往年，一大帮人齐整整地进来，道声平安，然后又齐茬茬地退出门外，从不吃她家炕桌上摆了一个早上的东西。其实，他们不是不想吃，而是想把那些东西留给最想吃的人——她丈夫、儿子，还有她。

女人想着往年的情景，就不由自主地落下了一长串清泪，她的心里堵噎得厉害，不知为什么，她想痛痛快快地哭几声，可在这尊贵的节日里，是不兴女人的眼泪的，应该高兴才是，可她却高兴不起来。

在门外站得久了，女人的脚就冻得麻麻木木的，泪水冰冷冷地在脸上狠狠地滚落。

她猛地想起该摆放的东西还在案板上，随即反身回屋，在堂屋炕桌上细致地摆上了油香、馓子、花卷，还有一小碟葵花籽，这一小碟葵花籽是女人从油盐钱中节省出来的。

堂屋八角柜上香炉里的三炷卫生香已悄然燃尽，女人续燃上三炷卫生香，堂屋里又飘逸弥漫起浸人的香味，渲染着与往常不同的肃穆气氛。

厨房里拾掇得同样与往常不一样，一切瓷器在头几天就被女人蘸着肥皂水擦洗得明闪闪亮铮铮的，不存一丝尘埃和垢圿地摆放在碗架上，忽隐忽现地闪发着瓷光。

灶上的火苗扑扑闪闪地舔着锅底，锅里炖着的鸡肉蹦蹦跳跳地翻腾着，肉香一股股地冲出锅沿，飘逸着充斥了灶房的旮旮旯旯。扑鼻的肉香让女人想起了她的童年。她的童年时期家里兄弟姐妹多，而且家境贫寒，一年四季不是洋芋疙瘩就是酸菜拌汤，吃薄了肚皮，那时唯一的奢望就是等待开斋节，可开斋节不常有，一年只有一个开斋节，而且只有三天时间，这无疑令渴望开斋节的儿童又增添了无限的向往。因为到了开斋节，他们也许才能穿上一身新衣裳，能够吃上几顿带油腥的东西。这种向往直到现在还没有从她的记忆中退去。过去，她向往开斋节，现在，她是既向往又害怕开斋节。因为在开斋节上，所有的亲戚家得拿上像样的礼品挨个走上一遍，走亲戚就得有钱，反过来，所有的亲戚又要到她家来回礼。亲戚回礼，得做一番充分的准备的，这准备又得需要钱。而她家哪有那么多钱呢？连丈夫和儿子换身新衣裳都攒不下钱。可开斋节你躲避不了也躲避不成，一年就这么一个开斋节，忙碌了一年的人们，到了开斋节时才会放下手中的活计而要走走亲戚，叙叙旧情，联络一下感情。若错过了这个时候，你是没有任何理由也不好意思去麻烦亲戚了。因为这几天，所有的亲戚和你一样都对开斋节的来人做了通盘的考虑，也做了充分的准备，该花的钱都花了。若错过了这个时候，亲戚到你家来是一种负担，你到亲戚家去也是一种负担。开斋节对她来说真没有什么好准备的，对于她家这样的家境，准备开斋节就等于掏肋巴窝里的油，要多难有多难。但有多难，你还得准备，漂点油炸点油香，这是不可避免的，望想讨个平安。你说，过个开斋节有多难？走亲戚要准备，接待亲戚还要准备，"尔德"节会礼后邻里小辈前来祝安更要准备，这对于她来说是难上加难。

然而，由于贫穷，历年开斋节到她家说色俩目的邻里小辈们都不肯吃她家的东西，他们不吃自有他们的道理，你家这样穷，准备那点东西不容易，我们大家风卷残云吃个精光，而后你们一家在开斋节的几天里就再也见不到吃不着那些东西了。因此，每年开斋节大家来她家祝安从不动碗筷，都是欢天喜地地进门，欢天喜地地出门。年年如此。

她又到门口望了一回，村道上仍无人迹，空荡荡的，连平时觅食的那几只鸡也隐遁了踪迹，好像一下子就消失了。也许是真的消失了，往常乱糟糟闻声而起的狗叫似乎凝定在了狗棚里。

家家户户低矮的土房如同一只只丢弃在平地上的泥球，显得杂乱而又无章，只有村中央高出任何泥球的那个建筑上方的一轮新月熠熠闪亮，蔚然生辉，使村庄笼罩在了一种肃穆和静谧的氛围中。

村庄上空股股缠绕着的浓烈草火烟夹杂着淡淡的几缕青烟摇摇晃晃地蹿上了天，把那方天空染成了一片雾色，兆示着无限祥和的生机。

锅里的鸡肉翻滚着，肉香一股股地蹿出灶房门，飘到村街上，香了半巷子。她闻着自家的肉香有点心醉。她想，今年一定要让邻里小辈们吃上她家的鸡肉，然后，她就美美地喝三大碗鸡汤，解解馋气。她闻着肉香想着鸡汤嘴里就津津生味，浮想联翩。

冬日的太阳像只吃饱肚皮的懒羊迟迟爬不起来，爬起来后又像只快要熄灭的火炉，显得不温不火的，让人感受不了它的存在。女人抬头望了一眼天空，天幕上罩着一层淡淡的雾气般的薄云，太阳稳稳地悬在云层里不肯露脸，像火炉里捡出的一只煤球，隐隐乎乎的，女人知道天气不会马上变好，就又担心起丈夫和儿子来。

女人反身在灶膛里添了一次柴火，又站在门口向村道上眼直直地望着。

村里村道上静悄悄的，偶尔，几声狂躁的犬吠才会打破村庄的静寂和空灵，让村庄变得有那么一丝活气。

女人在静寂中沉浸于往日的回忆当中。

突然，清真寺周围一阵鸡鸣狗叫传遍了整个村庄，把家家户户的狗和鸡都从沉睡等待中叫醒了过来。女人知道，"尔德"散了。她抹了一把脸，跺了跺冻麻的脚掌，反身进门。茶壶里的开水翻滚着溢出了壶口，在炉面上跳跃着，舞蹈着，升腾起一股股的白雾。女人就盼丈夫和儿子快回来，喝口烫开水暖暖身子。

大门"吱"地响了一声，又"砰"的一声合上，随后便是丈夫使劲的跺脚声，这是他习惯的动作，也是一种暗示：我回来了。女人便搓着手迎出了屋门。

丈夫和儿子给她祝了安，女人回致了平安，泪水泉涌般溢流不止。

丈夫和儿子进屋上了炕，却没有喝水，说阿訇请不上，便自个儿念起了"苏勒"。等念完"苏勒"，作了长长的祈祷，女人就给丈夫和儿子倒上了茶水，让他们暖身。丈夫喝了几口水，就对当日的准备情况详细地询问了一遍，然后才放心地和儿子吃了一个油香，就等待邻里小辈们来祝安。今天，他举意要让那些前来祝安的人们美美地吃上一顿，这也是他们一家人今年共同的心愿。

炕桌上的油香、馓子喷散着诱人的香气，那一小碟葵花籽更是诱人口内生津。隔壁灶房里的鸡肉已煮熟捞出置于案板上，黄生生油漉漉的。所有的这一切都是为前来祝安的人们准备的。然而，坐守着这些令人垂涎欲滴的食物是那么的难肠，儿子望着这些让人吞咽口水的食物瞪圆了眼睛，可就是不能伸手。客人未动筷，家里任何人是不能动筷的，这是规矩。

一家三口就这样静静地坐等着，一直等到太阳冲出了淡淡的云层，把一丝微光洒向了人间大地，洒向了他们家的院子里、窗户上。

中午已经来临。

这样的静坐等待确实令他们寂寥、焦急，也很无奈。

他们坐等着，时不时地伸长脖子向窗外望去，大门依然敞开着。她又想起了往年"尔德"节的情景，不由自主地感伤起来，今年大家也许又像往年一样，前脚迈进屋门，祝安后后脚就又退出屋门，在大门开合的瞬间便完成对主人的祝安。

她的思绪还在追忆往事时，众人就鱼贯而入地进了屋，齐声向他们祝安，欲反身出屋，都好像是商量好似的，挡也挡不住，拦也拦不下，最后在她丈夫生气得有点发抖的嗓音里，众人感到了主人家的诚意，才各自选择地方围坐于炕上。她欢喜得热泪盈眶，今日终于能让这些邻里小辈们吃上她亲手烹调的鸡肉了，她一样一样地盘算着，思谋着，手足无措地跑进跑出，捅旺灶火，准备爆炒大卸的鸡块。她赞念知感真主让她有了这样一次机会。结婚十几年，她还未曾有过这样的机会。以往，大家也许瞧不起自己，别人虽然不说，可她心里明白。每年就一个"尔德"节，在你家却吃不出一口东西，你作为一个女人——当家的女人就说不过去。可有谁知道她家的寒苦呢？她的心里时常像地里趴着的胡基，疙瘩麻拉的平整不了，总的一句话，就是因为太穷。这几年，别人的庄稼一家赛一家地好，可自己的庄稼因地里撒不上肥料，蹴在地皮上不动弹，看着心急，想着心焦，秋后收着又心凉，别人能拿粮食换钱，她家的粮食却不够吃，年景循环，世事未了，她家始终未从这块土地上翻过身来。今年开春她挖药材挣了几块钱，除添了一点碗盏之外，还剩那么一点线，就从县城里买回了几只小鸡，这几只鸡还算争气，一只也没有折损，全长成了大鸡。在鸡一天天长大时，她就举意在"尔德"上宰一只，招待前来祝安的邻里小辈们，再就是在儿子爷爷的殁忌上宰一只念个"苏勒"，祭襄祭襄他老人家，这几年来未给他老人家殁忌上滴几滴清油，炸几个油香，宰只活物念个"苏勒"了，常叫她心中不安，她让老人的期望落了空。人生儿育女，一个是为了防老，老了有人赡养；一个是百年之后有人能够祭襄。赡养老人的责任她是尽了，虽然尽得不如人意，但老人无常的时候对她的孝道还是满意的，是给了"口唤"的，剩下的就只有祭襄着念个"苏勒"搭救了，在爆炒鸡块时她就想她的两个愿望快要实现了，而且第一个愿望马上就要实现了。

她的脸似盛开的山丹花一样蒙上了一层羞涩的红晕。

她太兴奋了。

但有时候事情往往是不遂人愿的，就在她到圆瓷盘里盛鸡时，那一帮邻里小辈们好像被谁鼓动着似的齐茬茬地下了炕。

她声嘶力竭地喊着拦着大家，可大家都你搡我推你地相互祝安后退出了屋门，迈出了院门，满面含笑地走了。

太阳暖暖地抚着大地的脊梁，怔怔的，一动不动。

她觉得眼前一阵眩晕，有点支撑不住自己，不知所措地扶住了檐柱。

她终于忍不住清泪喷涌而出。

（原载《格桑花》2005 年 1 期）

腊月·斋月

2002 年冬天，确切地说是这年腊月的一个夜晚，抑或说是这年斋月的一个夜晚。

杨伊出了清真寺大门，走在悠长而深邃的巷道里，看着步履匆匆回家的人们隐遁于昏暗的夜色里，空荡荡的街道上再也没有人出没，只有他一个迷茫的异乡人迈着沉重的步子走向闪着昏暗灯光的小旅店。

看着那些个兴冲冲回家的人，他的心里空荡荡的好沉重好难过啊，他也是一个有家的人，可现在他是有家难归啊。

他思谋着这个自己熟悉的曾经生活过和劳动过的小县城的日日夜夜，他的心快要碎了，对这个县城原本留存的一线美好记忆也快要失去了。县城在他的记忆里是繁华的美好的，也是他向往已久的，但是现在他却连一分钟也待不下去了。

他是来这里讨要他干了好几个月的工钱的，他是满怀着希望而来，却要失望而归。工钱讨空了，讨不上钱他是没脸回去的，回去后开斋节上一家老小的脸他怎么看呢，他是一个大老爷们儿，可现在呢他却像一个缩头缩脑的娘们儿，这样没出息地窝在这家旅店里，讨不来本该属于他的那点钱。

现在他是多么想家啊，他怎么能不想家呢？从清真寺里出来的人是这个县城里最后一批夜行的人，行色匆匆地往家里走，你说他心里有多难过，人人回家了他却不能回家。

他茫然勾头往旅店里走，旅店那不是家啊，再说旅店里也没有在家的那种温馨那种舒坦那种美好。到了旅店门口他就难过得要掉泪，他怎么也迈不开步子。

他在旅店门口没有目的地徘徊着，想着怎么度过这个孤寂的夜晚，蓦地他在旅店门口昏暗的灯光下又发现了前几日见过的那个人。他见那人正缩在一团破破烂烂的棉絮里，乱蓬蓬的头发在街道昏黄幽暗的灯光里乱参着，与肮脏的破被子上的棉花粘在了一起，让杨伊看着心里觉得那不是头发而是一丛蓬草在破棉絮里生长了出来，瑟瑟地发抖着。一堆破棉絮也晃晃地抖着，杨伊感到连地面都抖动着晃动了起来。杨伊的心里怦怦直跳，现在他多么想把那个人拉到旅店里，但是现在他再也没有能力救助任何一个人，就是现在他也是多么希望能得到别人的救助啊，他连回家的路费都快没有了，欠了他工钱的工头现在逃之夭夭了。

在十月里他曾长途跋涉来到县城向工头讨要过一回工钱，工头眼泪吧唧地向他求情下话，说最迟也要在腊月二十五前给他凑齐那点钱。他回家等了差不多两个月，于腊月二十五又一次搭车来到了县城里。可到了工头的家里，哪里还有工头的影子呢，他再一次上了工头的当，工头又把他耍了一回，这回他彻底地失望了，恐怕是讨不回那点工钱了，他想。讨不回工钱不要紧，下回他还可以来，要紧的是他怎么回家呢，回家后给一家老少怎么交代呢？说他又没有讨到工钱，满脸土眉浪沧的，让自己的家人穿不好吃不好，还要遭别人的笑话，说他一个大爷们儿连一点工钱也要不回来，也许有人还要说是他把那点钱上了赌桌或是给了哪个女人，他越想心里越不是滋味，他是有妻室的人，是不会上赌桌或给别的什么女人钱的。可有谁能够相信呢？

他站在旅店门口看着那个头发蓬乱的人就有了一种揪心扯肺的疼肠，他站得腿脚麻了，身上也觉到了一阵透心的冰凉，最后他决定喊那个人进去暖和一下身子骨。他隐约地感到那个人很面熟，就是说不上以前在哪儿见过面，但他还是想起来了，这个人叫福生，他是认识的。他们小时候还在一起放过牛，是一个多么好的人啊。他们小时候，早上，那个人赶着牛从山那边过来，杨伊赶着牛从山这边过去，他们就相会了。他们在一起看牛顶架，唱山歌，傍晚他们就赶着吃饱肚子的牛回到各自的家里。

杨伊想起他们在一起的时候心里就激动不已，要不然他是不敢贸然把一个生人带进旅店里的，五块钱一晚夕的大通铺算不上贵，但他毕竟已经没有几个钱了。而且现在的时眼浅了，人对人没有多少同情心，人与人的交流更是没法说了，你的死活你的困苦你的无奈是没有太多的人注意的，在现今这个浅时眼的时候你只有挣扎着凭勇气去寻找门路生活下去，指望人是指望不上的，指望人往往会指望空的，只有自己才是最有指望的。可是人往往指望的是别人而不是自己。

杨伊看着抖作一团的破棉被，心里好像被虫子啮咬似的难受，因为他也有过类似的遭遇。

那是二十年前的事。那年他去青海搞副业，按现在的话说就是打工搞劳务。

那个时候他才十几岁，也是第一次出远门。他根本就不知道世道有多深，人情有多薄，一个人懵懵懂懂地背着被褥来到了人人向往的格尔木。当时的格尔木是很多人梦寐以求的地方，但当杨伊到那儿时却因年龄太小找不到活干，他带的路费花完了，也没地方吃饭，空着肚子在灰尘飞扬的大街上转来转去，终于支撑不住倒在了一个破烂的工棚旁。但当他醒过来的时候，他已经躺在了一处软绵绵的板床上，一位慈祥的老人正眯着眼睛看着他笑，老人说他这一觉睡了个美，他醒来后顾不上感谢人家，只觉得肚子里空得厉害，饿得抠心挖嗓的，他挪了挪身子向老人说，我饿得很。老人笑着没有说什么，端来了一大杯水还拿来了六个大馒头，他没有谦让，一股脑儿地吃了下去。他吃完了，肚子里充实了。老人才问他是哪里人，是不是没有找到活干，他如实回答了老人，老人同情他，就给包工头求情下话把他留在了那个工地上。

自那以后他就对和他一样的穷苦人有了疼心和同情，他要没有那次刻骨铭心的记忆和经历，现在也不知道他的心是硬还是软。

杨伊慢慢地走近那人，轻轻地喊了声福生。

那人惊慌地抬起头朝杨伊看了一眼，满眼的疑虑和不安，没有回答杨伊的问话。

杨伊又轻轻地叫了声福生，那人还是没有回答，但这回他的眼里却多了几分惊喜，在昏黄的灯光下他的眼睛里有了几分光亮和活泛。

杨伊心想福生的心理还健康着，精神还没有彻底地崩溃，只是想不通他怎么就落到了这种境地呢。

杨伊又轻轻地喊了声福生，那人才睁大眼睛模模糊糊地应了声。紧跟着豆大的泪珠就滚落了下来，顷刻像断了线的珠子。杨伊过去扶了一把，他就大声地哭了起来，哭得悲痛欲绝，伤心至极。

福生的哭声惊动了旅店老板。旅店老板甩门出来瞪着一双怒眼呵斥福生像丧门星似的，要他马上离开那里。

杨伊说，这个人是他的伴，今晚就住这里了，店钱由他掏。那凶狠的旅店老板脸上才有了一丝缓意，抬手让杨伊把福生带进来，收了杨伊五块钱就再也不管他们了。

五块钱的大通铺其实也就能遮风挡雨，要暖和那是办不到的，屋子里潮叽叽的，炉子里的煤火蔫蔫的，不怎么旺，晚夕里还是很冷的。只有一暖瓶开水还能凑合着喝。杨伊给福生泡了碗方便面，他就剩下一包方便面了。这两包方便面是他早上起来封斋吃的，现在他把一包给了福生，早上他就只能吃一包了，明天一整天就是那包方便面了。

福生不知道他是要封斋的。

福生吃了方便面，上床裹紧被子躺着和杨伊说话，说到了他们儿时的许多趣事，也说到了现在的境况。福生说他落到这种境地完全是由一场不必要的争执引起的，前年他出门打工有一年多没有回家，去年春上，家里打电话说邻居家的一头牛丢了，硬说是福生偷走的，家里让福生回来将此事向村里人澄清一下，要不然，这个家里的人就再也没有脸面出门了，要是澄不清，家里人出门还不让村里人把脊梁骨戳穿用唾沫淹死。福生说我一年多没有回家，而回家却要酿出一场官司来。福生回家是带了气的，他回村后没有直接去家里，而是去了支书家里，支书对他很同情，说事实会让一切都清楚的，但福生咽不下这口气，就去找了那个邻居，邻居见了福生也没有说啥，脸黑得像包公似的，福生见他那个样子，心底的怒火就燃烧了起来，当时他的心那个抖，他感觉他是要疯了，但他还是压住了火气，问邻居怎么说是他偷了牛呢，他一年多不在家啊，就是在家，谁也证明不了是他偷的牛。邻居硬邦邦地说这个庄子里除了你还有谁能偷牛呢。邻居说的是福生当年放牛时曾偷过生产队里一头牛，邻居把那件事联系到了他身上，这就让福生感到了耻辱，当年的事哪算事，作为人谁还没有过一点过错呢？但邻居就是抓住那件事不放，一口咬定就是福生偷走了他家的牛，福生气不过就上前和他论理，结果两人你一言我一语地吵开了，吵着就动手打了起来。福生毕竟年轻，顺手操起一根木棒只一下就敲断了邻居的腿。敲断了邻居的腿，福生一看闯下了大祸就撒腿走了。这一走他就回不了家了。两年来福生到哪里打工都时时刻刻想着邻居的腿，心就是专不下来，有好几次差点在工地出了人命，他思想不集中，人家工地上就不让他上工，后来他再也去不了工地了，因为一个小小的县城，本来就没有几家建筑公司，谁还不知道他福生。其实，他也打听过人了，说邻居的腿早好了，也没有留下什么残疾，但邻居放出话来了，只要他一露面，人家就要砸碎他的腿骨，他害怕人家不敢回去，以致落到了这种境地。不过现在他也想通了，就是回去坐监牢也比这里强。杨伊陪着福生说了一会儿话，也替福生叹息了一会儿，就又倒头思谋自己的事，他想着思谋着就昏昏地睡去了。

杨伊还在睡梦里时清真寺里就已经念开了，他爬了起来，泡了方便面，福生也醒来了，他吃惊地看着杨伊吃方便面，问杨伊是不是没有吃晚饭，杨伊说我现在正吃斋饭呢。福生懊悔地说，昨晚上我吃了你封斋的方便面，恐怕是不够。杨伊说，我一包方便面就够了。福生就显得很难过，心想他不该吃杨伊的方便面，害得人家封斋只吃了一包，觉得心里很过意不去。

杨伊吃了方便面给福生说了声就去了寺里。福生躺在床上又想了很多很多。

福生想着自己的处境和遭遇暗自哭泣着。

杨伊跪在大殿里静听有人诵读《古兰经》，那悠扬的声调在他的耳边萦绕回旋，只有这时候他的身心才是那样地清静，其实，在这个时候他是不顾及任何事情的，他的心里只有真主，只有大能的真主才是他唯一可以托靠的。

晨礼还没有开始，他静静地听着悠扬的《古兰经》诵读声，心里顿然平静了许多，宽慰了许多，这抑扬顿挫的诵经声让他暂时忘却了自己的痛苦，真切地感受到了生活在真主的慈悯中是一种多么伟大多么幸福的事情啊，泪水顺着脸颊潸潸流下。他祈祷伟大的真主在今后的道路上襄助他、慈悯他。忽地他突然想起了穷困潦倒的福生，他不知道该不该给福生祈祷一番，他不知道这合适还是不合适，他的心里定不下来，心里思谋着给福生祈祷的路子，他终于想起来了，在某次阿訇的演讲中说，真主对芸芸众生是平等的，真主不抛弃谁也不偏薄谁，一切生物都是他的造化，除非他自己抛弃自己偏薄自己；真主也不改变任何人除非他自己寻找机会改变自己。杨伊想着这些阿訇说过的话，他知道该为福生祈祷一番，在这贵重的斋月里真主会应答任何人的祈祷的，只有真主应答了你的祈祷，你在来年才有机会奋斗，才有机会拼搏，而且才会有收获。晨礼的唤礼声在大殿里响亮地回荡，杨伊的心里激荡不已，他沉浸在虔诚的祈祷里。

他看到了希望，看到了未来，看到了光明，一条宽阔的道路通向未来通向了光明。

晨礼结束了。

杨伊走在傍亮的大街上，天色还很昏暗。

白天又是一个臭天，北风呼呼地吹着，大瓣大瓣的雪花飘扬着，落了厚厚的一层，很多人还没有从睡梦里醒过来，只有从清真寺里出来的人们卷起大衣领子把头缩在衣领里急匆匆地往家里赶，只有咯吱咯吱的踏雪声忙乱地交汇在一起，显得杂乱无序而又匆忙。

杨伊走在大街上即刻感到了一股冰寒的冷风灌进了他的衣领里，他的后背像浇进了一勺凉水，冰到了后心上。

旅店里没有电褥子，薄薄的被褥确实是不能御寒的。他的心里很是惆怅，脑子里也空茫茫的，他感到再也不能住下去了，住在这里是等不来包工头的，他得回家去，他决定马上就回家。他不怕别人笑话，也不怕别人说啥，自己的人自己活，与别人没有任何相干。阿訇在演讲中说了，真主不会改变一个人的境况，除非他自己改变自己。阿訇说得完全正确，自己的境况要自己改变，自己的人要自己活。那点工钱要不来也罢，他不能把自己的时间浪费在无休止的讨要上，他还有自己的活干，他还得过节，还得和家里人团聚。家里过节是不能没有他这个主心骨的。

他决定马上回家，他一刻也待不下去了。

他几乎是跑着回旅店的。

他回到店里时福生还缩在被窝里睡着，他推了推福生，福生才从破旧的被窝里探出头来满脸惊异地看着杨伊，不知发生什么事了。

杨伊说我们回家吧，福生没有应答。

杨伊又说，我们回家吧。

福生嗫嗫嚅嚅地说，回家我能做啥呢？再说我也没有回家的路费，我是回不去的。

杨伊说，你必须回去，快要过年了，你家里人还在等你呢，你怎么就不回去呢？回家的路费我还是有的，算我舍散给你，不过，给了路费你就没有饭吃了，我身上的钱只够路费，我封着斋一路上不用吃，你可是要吃一点的。

福生说，只要能回家，我就是三天不吃也能坚持住的，我不会饿着的，你放心。

杨伊听福生这样一说笑了，福生也笑了。

雪越下越大，地上白得像是铺了一层厚厚的洁白的棉花，裹住了万物。

长途汽车停在大街上，司机顶着雪花在车轮上绑着防滑链。汽车喇叭急促地鸣叫着呼唤旅客。

杨伊听着汽车喇叭的鸣叫，心里的那个焦躁那个不安翻滚着涌动着，让他思绪万千。

福生默默地看着杨伊眉头紧皱着，此时此刻，他的心里也颇不平静。陌路碰上杨伊是他的福分是他的运气。而且还让人家帮助着真是不好意思，他是一个大男人啊，没想到今天竟然落到了这种地步。好多时候他想他是没有脸面回家的，他对不住他的父母和儿女。要不是杨伊劝说，他是硬着心硬着自己的性子不回家的。大冬天的他回去却拿不出一分钱来，让家里人多么寒心啊。这年他是挣到了钱的，但是他一想到邻居的断腿心里就不安起来，后来他结识了几个混混进了赌场。一夜之间，他输光了那点血汗钱，成了穷光蛋，成了一个顶没有价值的庄稼汉。他作为一个男人一年在外挣钱，家里的人是怀着多么大的指望的，不能让家里人的指望落空，他找不到回家的理由。一家老小一年四季在地里忙活，为了养家糊口起早贪黑地劳动，让他在外面折腾，可他折腾来折腾去，倒把人家的腿折腾断了。这两年他在外面，他挣的钱呢？他感到了痛心，他懊悔不已。

我不是个人，福生这一说，倒把杨伊吓了一跳。

杨伊说，能知道自己错了、错在了哪里就成了，这说明你的心里还有父母和儿女，你还有良心。

杨伊推了一把福生说我们回去吧，车快要开了。

福生说那就回去吧。

两个人背着行李辞别了店老板出了店门，感到天冷得要命，汽车的喇叭还在鸣叫着呼喊旅客，车里稀稀拉拉地坐着几个旅客，看来在这样的天气里旅客是很少的，没有要紧的事人们是不会在这样的天气里出外或是回家的，再说了在这样的雪天雪地里上路也不是太安全的。但对杨伊来说就是天上下刀子也得回去，他把一切托靠给了万能的真主，这里不是他留恋的地方，也不是他留住的地方，他一分钟也待不下去了。

福生默默地坐在车上，放眼望着车窗外飘洒的大雪，满眼的忧虑和不安。他多羞愧啊，他回家后怎么向一家大小交代呢？他没脸面回去。可他不能不回去，这里没有他的亲人更没有他的安身之地，他只有回家去。他想着自己的亲人泪水就唰地流了下来。他要是碰不到杨伊就只有流落街头了，以前他从没有感到过人情冷漠和世态炎凉，在他赌博输掉了钱的那一天起他才感到了世态炎凉和人情冷漠，才感受到了人没有钱的难肠和痛苦，脑子那么一热他就成了流落街头的流浪汉，成了人人避嫌的人。现在杨伊把他当人看，而他自己就不能不把自己当人看了，他还得把自己好好当人看，自己不把自己当人看，别人就会把你当一条狗看。现在他终于明白了，只有自己把自己当人看，别人才会尊重你，看重你，把你当人看。现在杨伊把他当人看，这是对他人格莫大的尊重。他想不出今后该如何报答杨伊，今天是杨伊给了他生活下去的勇气和信心。

他和杨伊只不过是小时候一起玩着放过几天羊，并没有太深的交情，也没有过密的交往，只是相识罢了。他简直就想不透了，他想不通人怎么就这么不一样呢。

汽车慢慢地启动了，他的心一下子回到了亲人的身边。他看到了父母的笑脸，也看到了妻子儿女们欣喜和同情的眼神，他很感欣慰。

斋月尽了，开斋节到了。

腊月完了，大年到了。

杨伊和福生回家了。

封冬的原野白茫茫的洁净无染，覆盖了一切肮脏和污垢，化尽了世间的一切不平和冷眼，孕育着又一个春暖花开的希望和温情。

（原载《浔阳晚报》2010 年 3 月 6 日）

红　雀

　　这天晚夕里，屋外月亮又圆又大，像个盛满清水的洋瓷盘子，既圆润又明亮。月光流水般轻泻着，流泻在门前箭杆白杨的枝叶上，反着漆光的屋檐上，落了一身露水的黑狗的茸毛上，窗前摇曳不定的花草上，揉洗着随黄昏一起跌落的纤尘。屋内一盏台灯的光照被主人调得暗淡而又昏黄，窗玻璃上一个长长的身影在昏黄的灯光下似一座摆放的雕塑凝定在那里，一动不动。

　　时间过了很久，屋内的灯光仍然暗淡而又昏黄地亮着，那个长长的身影映在窗玻璃上也没有动弹。而那月亮却在时光的推移下挪动了那么一点儿，它跨过了南边的山峰，挂在了门外箭杆白杨树的枝叶间，箭杆白杨树的枝叶在微风的吹拂下摇来晃去的。箭杆白杨树的枝叶这一摇晃，月亮就像一个调皮的白白胖胖的顽童在箭杆白杨树的枝叶间扮着令人忍俊不禁的鬼脸，跳来跃去的，没有一点稳相。

　　这该是深秋的一个夜晚。

　　曼日叶坐在窗前思谋着外出跑车的尔利。

　　这几日，她的心焦躁不安思绪极不稳定，她努力使自己心神平静下来，捋一捋思绪，顺一顺心气。可一到傍晚朦胧的夜色徐徐来临时，她的心就焦躁得厉害，这样一直难受到傍亮时分，她才会来点儿瞌睡，但又睡不踏实。她从小养成的一个毛病是天只要亮开一条缝儿，她就睡不着觉也睡不好觉，再加上门外箭杆白杨树上那些憩息的鸟儿天刚亮就扯开嗓子叽叽喳喳地吵闹开了，这也是她睡不着觉也睡不好觉的一个原因。更重要的原因是尔利在川藏线上跑车拉货，快有半年时间没有来电话了，但她和老人、孩子们的生活费用还是一日不误一分不差地按时寄来，这就让她有了一丝心跳的预感和胡思乱想的不快。原先，她也听说过一些车户在川藏线上跑得挣了大钱后心就跑大跑野了，甚至心野得"乐不思蜀"不顾家了。说实在的，尔利这半年多不打电话不捎口信问一声家里是说不过去的；不问一声老人、妻子和儿女是更说不过去的，也是不通情理的。每当寂寞的夜晚一来临，只要屁股一挨炕头她就思绪万千，思虑万般，大睁着红肿的眼睛盯着屋顶圆润的椽子思谋得流泪、伤心和痛苦。泪水常常浸湿了胸前的衣襟。

现在虽然说日子是好过了，日子不比天堂但也差不了多少，但这样的日子毕竟还是难挨的，她有苦有累有怨有气的时候只能说给暗夜里轻轻拂过的一缕风或是说给那盏孤寂的永不眨眼的台灯，抑或是说给挂在屋檐下鸟笼里的那只红雀。更多的时候她是说给红雀听的。她把她的累苦及怨气不能说给儿女听，因为他们都还小，不能给她分担忧愁。儿子穆沙上四年级，女儿阿西叶才上一年级，他们的年龄都还小，还不到替她分担忧伤的时候。她不能让他们幼小的心灵受到一丝创伤。毕竟尔利挣了钱把心浪野了这也只是她的猜测而已。

秋尽了，冬来了。她还是没有得到尔利的音讯也没有接到尔利的电话。而他寄给他们一家人的生活费用却是那么按时，也永远是月月那个数——五百元。有时她曾猜测是尔利遇上了什么不测，但她很快又推翻了自己的猜测，尔利要是遇到了什么不测，她还能收到他月月寄来的钱吗？不可能。

有时，吃饭的当儿，儿子穆沙和女儿阿西叶就怔怔地望着窗外，说谁家谁家的爸爸领着一家大小上街去了，说谁家谁家的爸爸回来了，穿得很新炫。他们说话的时候，就拿眼睛瞟着母亲，看母亲怎么说。母亲又能怎么说呢？她只能佯装未听见，埋了头吃饭。可也不能这样长久下去，你总得给儿女有个交代吧？她就有时候随便对两个小东西说，在腊月里没人拉货的时候爸爸就回来看你们。

她这样随便说了一句话，可穆沙和阿西叶却记在了心里。在夜晚睡不着觉的时候，两个小东西像哑巴记起了娘似的一骨碌爬起来摇晃着她的肩膀问什么时候就到腊月里。她总是心不在焉地回答，还有好几个月呢。到底有几个月呢？穆沙和阿西叶穷追不舍。她有点不耐烦地说，就三个月吧。她这样一说，穆沙和阿西叶也就不闹了，头一歪斜卧在被窝里，眼睛明晃晃地睁着，自己给自己算着日子。这时候她就熄了灯，眼睛也明晃晃地睁着，心里算着尔利离家出走的日子。总的，她的思绪很凌乱，有时乱成了一团烂麻，一晚夕也理不出个头绪来。

其实，她思谋得最多也向往已久的还是几年前过穷苦日子的光阴。

那个时候，她好像生来就不知道什么叫忧愁，整天乐呵呵的，浑身的劲好像永远也使不完。只要养好自己的孩子，种好地里的庄稼，喂好家里的牲畜，和大家一样，日出而作，日落而息，打发着属于自己的日子，生活不算是太滋润，但也能过得去。居家过日子，大家都是这样的过法。农村生活就是这样平平淡淡的过法，不需张扬不需埋汰。尔利总是指着她的额头说她长不大，像匹小骡驹，只顾眼前不思往后。她在未出嫁前就更不知道什么叫忧愁和烦恼。

她从小在父母的呵护下长大，没经过生活的磨难，更没有经过身边无亲人的痛苦。她是家里的老三，两个哥哥和父母非常疼爱她。两个哥哥读不成书，父母想一心供她将来上个好学校，但她和两个哥哥一样都不是读书的料，只读了个初中就回家了。她上初中那三年，尔利正好和她一班。尔利人长得麻利，也审活。尔利万样好，就是学习不怎么好。那三年，她和尔利总共没有说过几句话，两人的距离是不亲不近。初中一毕业，就双双回了家。她回了香泉沟，尔利则回了阳泉湾。

不知是真主的定然还是命运的有意安排，大概是在她毕业后第三年的夏天，她随母亲去县城看望生病的大姨，在经过阳泉湾时意外地碰到了尔利。尔利正赶着骡车出村口，也准备去县城，骡车上坐着他母亲。更感意外的是她母亲和尔利的母亲竟是同村的，小时候是在一起玩大的，两人见面又拉又让的，像是一对多年未见面的亲姐妹。两人旧是叙了，话是说了，才注意到车边站着的曼日叶。尔利的母亲笑呵呵地连推带搡地把她们母女推上了车子，才从上到下从左到右地看起了曼日叶。尔利的母亲看曼日叶的时候仍然笑眯眯的，好一会儿才对她母亲说，没想到你还有出脱得这么水灵的一个姑娘，真没想到。尔利听母亲这么夸曼日叶，从辕头上扭过身说，我俩还是同学呢。他母亲就横脸瞪了一眼，说那你也不吭一声。说罢就又笑眯眯的，不再理会尔利和曼日叶了，仍和过去的老姐妹回忆着过去，拉扯着各自村里的一些人物和故事。尔利则专心地赶着车。曼日叶坐在车上望着走了几年的路是那么熟悉而又那么陌生。几年后，她还能走这条路吗？她在心里问自己。两位母亲说着什么她全然听不见。她的耳朵里听到的是高一阵低一阵的嗡嗡声；眼睛里读到的是满山遍野开着粉嘟嘟的狗蹄子花和蓝旺旺的马莲花；脑子里想到的全是往日学校里一些杂七杂八的人和事，纷乱得很。

那天，天很蓝，蓝得像电影里见过的海水；蓝天上飘荡的几朵白云也很白，白得像棉花，也有点耀眼，像洁雪。在以往她还真没有注意过满山的花草，也没有注意过那海水般的蓝天和白得像棉花像洁雪的白云。

骡车在崎岖的乡间土路上颠簸着碾过，有几丛开在路上的马莲花被骡车碾成了花泥，挤出了绿汪汪的花汁。赶车的人眼望着路的尽头，一声不吭地驾驭着骡车，偶尔扬手甩一甩鞭子，骡子便向前一激，车上的人就前俯后仰的。曼日叶思谋着往日的事情，遐想着蓝天上云彩后面的事情。眼望着一只蝴蝶旋在她的头顶，她笑了，她笑那只蝴蝶把她头上的假花当成了真花。她扬了扬手，蝴蝶仍旋在头顶上跟着车飞。她又笑了，这一笑，她就笑出了声。恰在这时，两位母亲在悄悄诉说儿女的事，听她这么一笑，两位母亲就会意地笑了，笑得很开心，也很随意。那只蝴蝶跟着旋了一路，到了县城仍不肯离去。他们道了别，蝴蝶就旋在尔利的头顶跟着走了。真是奇怪了，那只蝴蝶咋就那么怪呢？她想了好多天也没有想明白。但有一天，她却彻底地想明白了。

看了姨娘，她和母亲第二天就回到了香泉沟。回到香泉沟后日子还是以往的日子，生活还是以往的生活，一点儿也没有变。天还是那么蓝，云彩还是那么白，只是满山遍野那粉嘟嘟的狗蹄子花开谢了，蓝旺旺的马莲花萎蔫了，结出了实实在在的果实。这时候，她母亲就时常倚门望着村道上的来人，像是期待着什么又像是等待着什么，显得那么心神不安和焦躁烦恼。有时候，她父亲看不惯了就狠狠地骂上一句，寡妇婆娘站大门——有走心没守心的，像个啥样子。她母亲听了也不顶嘴，只是嘿嘿地一笑了之。她天天如此，看来她是在等待一桩事的发生。

她母亲终于等来了一个人，也等来了一桩事。

那天天气很热，母亲让她泼了一盆凉粉放在水缸边凉着。父亲则抱着她念过的一本书，大概是本地理书吧，躺在院中杏树下的躺椅里津津有味地消磨着时光。母亲拿了鞋底坐在门前箭杆白杨树下的大青石上，一针紧一针松地纳着鞋底，不时地拿针在额头上润润，润针的同时再抬首往村道上望上那么一眼，而后又不紧不慢地纳起鞋底，这鞋底当然不是纳给她们兄妹的，而是纳给自个儿两口子的。年轻人样子大，是不穿手工做的鞋子的，而他们老年人也穿不惯那皮鞋，穿到脚上硬茬茬的不是那么舒坦和受活。农闲季节，农村人就是这样不紧不慢地打发着时光。

母亲纳着鞋底就有了一丝睡意，眼皮子也开始沉重起来。

怕是要下雨了。曼日叶在心里这么想着就凉好了凉粉，放在案板上用菜刀切成了细条，拌上蒜泥、葱截子，调上醋和辣椒油，端到檐台子下的方桌上，喊父母吃晌午。父亲放下书伸了伸腰，打了个懒颤，受活地用手拍了拍腰，就顺手取过晒水的汤瓶洗了手。母亲胳肢窝里夹着鞋底，也过来洗了手。两个儿子不在家，在青海做生意去了，曼日叶就成了这个家里最受宠的人了。

就在大家吃喝说笑的时候，一个手牵着毛驴的人探头探脑地推开了门，故意咳嗽了一声，又大声说吃晌午呢？她父亲看着来人怔了几秒钟，才大声喊嗓地说："你怎么来了？"快步走下台阶，互相握了手问了好，就牵过毛驴顺手交给了母亲，曼日叶则快手快脚地拾掇着方桌上的残羹剩汤。来人笑嘻嘻地对曼日叶的父亲赔着笑脸，转身从驴背上卸下一个大背包，笑眯眯地说，给你们道喜了。这一说，父亲就辨不过东西来。母亲则笑盈盈地招呼着来人回头支开了曼日叶，又笑盈盈地寻找她存放的那些个干果去了。坐定，上了茶，父亲还是不明白。来人就不再掩藏，便说受了阳泉湾尔利父母的媒托，给他家说媒送打门落话礼来了。还着重介绍了一番尔利父母和其家境情况，也不失时机地绕弯说了尔利和曼日叶的同学关系。父亲说礼当我暂时替你保管着，等和老婆、儿子和曼日叶商量定了回话。媒人见父亲收下了礼当，就起身说你再打听打听，商量商量，然后给个回话，说罢牵上毛驴舒心地走了。这里有个习俗，媒人带来的礼当主人若收下此事就有成的可能，若不收礼当，那就说明此事没有商量的余地。果然媒人一走，父母就商量了一番，又叫来曼日叶委婉地征求了意见。曼日叶以前还从来没有想过自己的事。这么被父母郑重其事地叫来一问，她心里确实就没有了底，也就悲戚戚的，好像这个家里再也不要她似的。说实在的，此时此刻，父母的心里也悲戚戚的，姑娘养这么大，突然说要许人嫁人了，心里头就显得有点空落落的感受。

此后的事，曼日叶也没有操过一份心。她是稀里糊涂地被架上了车，拉到了陌生的阳泉湾，就懵懵懂懂地给尔利当起了媳妇。她嫁到阳泉湾后，按照娘的教导，起早贪黑兢兢业业地服侍着公婆和丈夫，生怕有半点差错。就是倒给公婆的洗脸水在端之前她都要伸手试一试冷热，冷了怕冰着，热了怕烫着。再说家里的活万样她都抢在手上，生怕公婆累着，也怕尔利累着。她当了几年媳妇就这样做了几年。阳泉湾的老人都说尔利娶了个好媳妇，把公公婆婆供着服侍呢。而阳泉湾的年轻人则说尔利娶了个机器人，一年四季干活不知道累。她成了阳泉湾人的榜样。她也把自己当成了别人的榜样，也以别人的榜样那样要求自己，打理着这个家里的一切，把这个家精心料理得像个家。有时候她思谋着这嫁人的前前后后心里就酸叽叽的，眼泪就禁不住往下掉。可一想婚后那几年艰辛难肠但也滋润的生活，她还是很向往的，心里头还是热乎乎的，也就不那么酸了。

那个时候，日子是过得有点难肠，但家里总也有个说话的伴，虽然那时候，尔利有点游手好闲，挣不下钱，但她却不羡慕那些挣了大钱的人家的生活。人都有自己的生活，也都有自己的活法和出路，靠自己的双手劳动生活那是件很惬意的事。尔利是家里的独生子，外出做任何事父母都不放心，但尔利还是有心劲的，他觉得总不能一辈子窝在家里守穷。有一天，他突然心血来潮，竟然背着父母卖了圈里的羊，瞒哄着卖了曼日叶的金耳环，跑去学开汽车了。尔利去学汽车司机，可吓坏了一辈子也没有出过远门的父母，他们虽然未出过远门，但经的事听的事比尔利吃过的馍馍多。他们那几年也听说了村里和外村几个年轻人出车祸的事。现在说什么也不能让尔利学开汽车。那铁疙瘩开着可不是闹着玩的；老两口商量了两天，也向人们打听了儿子学开汽车的地方，就加昼连夜地找寻着去了。可老两口到了那儿，尔利脖子一拧头一歪说什么也不肯跟父母回来。说他学开汽车是铁了心的，谁劝也不起作用。父母见劝说硬拽不济事，就气嘟嘟地回来了。尔利学开汽车学了三个月，回来后就被外村一家车户聘为司机走了。尔利开车还是有悟性的，替人开了两年，就贷款和人搭伙买了一辆东风车，后来挣了钱就自个儿买了一辆东风车。那几年，尔利为人诚实，不胡日鬼，货主都相信他，他的钱也就挣得容易。那时，他几天给家里一个电话，几天给家里一个口信，向家里问长问短。再后来，他又买了一辆大车，曼日叶是叫不上名字的。买了大车的尔利就跑起了川藏线。跑川藏线危险性大，但是运费高。尔利是个不怕吃苦的人。跑了一年，家里的电器就齐全了，曼日叶和老人、儿女们的生活也有了很大改善，精神面貌也有了很大改变。但就是一样，尔利开始不往家里打电话了，也不捎口信了，有一次，尔利的一个朋友碰到曼日叶时开玩笑说，尔利在成都找了一个四川女孩，不要你们了。当时曼日叶心里就蓦地收缩了一下，不知是心悸还是惊惧，反正她听了那句话心里就疙疙瘩瘩的再也没有舒畅过。有时她也问公婆，尔利给他们来电话了没有。公婆就没好气地说，来电话了？心都死到腔子里了，哪里还有这个家，还有婆娘娃娃，更不用说生养他的老骨头了！从那以后，曼日叶就不敢到公婆面前说尔利了。不光她牵挂，儿女牵挂，娘老子更牵挂，他是娘老子身上的肉啊，哪有不牵肠挂肚扯心的，比起人心都一样。有时候她也想，虽然自己和尔利的婚事是那样稀里糊涂，可婚后的那平淡日子还是让人能够回忆上一番的。他们俩虽然算不上是恩恩爱爱，但也彼此还是有牵挂的。这样的日子她是满足的。但彼此牵挂的日子也就只过了那么几年,那几年,曼日叶是数得着的。现在她唯一期望的就是等待那电话铃声剧烈地响起,能听到尔利的声音。再这样下去,把人的心境会等坏的。人的心境一旦等坏了,那就再也没有心劲做任何事了,也就没有心劲等待下去了。

冬天就那样在炕头、在村口的焦灼等待中等走了。

河里的冰一天比一天融化得薄,山洼里向阳的地方竟然在不经意间破土钻出了嫩绿鹅黄的草芽子,河湾里的树梢也由黄变绿。看来,春天的脚步已经踏进了这个黄土高原与青藏高原接壤的洮州大地上。

大地是活泛了,人心是活泛了。但曼日叶的心再也活泛不起来了。一个冬天,她哪儿都没有去,怕错过尔利来电话的时刻。可一个冬天过去了,那电话铃声虽然响了那么几下,可不是她希望听到的那种铃声。现在春天已经临近了,蜗居了一个冬天的人们再也按捺不住蜷缩了一个冬天的手脚,心里想着农事,手中做着农活,嘴里哼着小曲,忙碌开了。可这时曼日叶心里想的不是农事,而是尔利的音讯,差不多一年的焦灼等待,叫曼日叶变得憔悴不堪,公婆看在眼里急在心上。其实,他俩比谁都心急也心焦。儿子像放飞的红雀一去不复返,村里人是有说道的,还有些人开始在他们面前说风凉话,笑话着他们。

心里不想农事,但你绝不会不做农活。人争一口气,活靠一把劲。田里耕牛哞的一声长哞,就打破了沉寂一个冬日的大地,大地也就苏醒了。这时候,曼日叶便又承担起了一家人种田的重担。本来男耕女织这是天经地义的事,可尔利没有回来。曼日叶就承担起了男耕的职责,村里人又传出了闲话,说母鸡叫鸣驴犁地,婆娘们种田不吉利,可有什么办法呢。老的已经老了,做不动农活了,小的还小,这副重担她不挑谁挑。有时夜深了,她那么一眨眼,泪水就淌湿了枕头,她也好像对生活失去了信心,要不是上有老下有小地牵挂着,说不定她连死的心都有了。说真的,有时她乏累了,心里还真有点绝望。

春天到了,本该是鸟声啼脆的时候,可春天一到,她养在笼子里的那只红雀反而不叫了,像是病了。她观察了几日,见红雀出神地望着院外的世界和蓝天,有股欲飞蓝天的冲动。只有这时候,曼日叶才想到她多么像这只笼子里的红雀,欲飞不能。

那天她央人种完了洋芋，又赶忙和公婆种了一亩油菜，种完地回到家里时，家里一片凌乱，那些鸡乱哄哄地在屋里进进出出的像逛街市。她到灶房里一看，气得差点哭了。鸡屎拉得满地都是，甚至连案板上都拉了几泡鸡屎。她乏乏困困地打扫着鸡屎，泪水就又哗地流了下来。夜饭是怎么吃的，她也稀里糊涂的，反正刷完了锅，她就上炕睡觉了。可头一挨枕头，一切烦恼、牵挂、痛苦、失落、无望一股脑儿地涌了来，让她头涨得生疼。眼巴巴地望着窗外的暗影，思谋着花花绿绿的往事，只到黎明悄然来临时她才头昏脑涨地眯上了红肿的双眼。刚闭上眼睛就迷迷糊糊地做了一个梦，梦见尔利急急忙忙地回来了，并急急忙忙地说要曼日叶好好照顾老人和两个孩子。梦中的尔利话不多，但眼睛却不敢正视曼日叶的目光。就说了那么几句话，尔利起身就要走了。说马上就要走，曼日叶就控制不住自己，伸手拉住了尔利的衣袖，想给尔利诉诉她的难肠和苦衷。但尔利却挣脱走了，没有留下一句话。曼日叶大喊着追到了门外，尔利已不见了踪影。曼日叶就痛苦地放声号着，直到哭醒。曼日叶醒来时哽咽着说不出话来，她是哭蒙的。

　　早上，曼日叶的脸阴沉沉的，做活也丢三落四的，一副无精打采蔫蔫的样子，像是大病了一场似的，让人生出几分同情来。早晨太阳踏进了院子，她坐在门槛上等待两个上学的子女，却又不由自主地思谋起了晚夕里做的那个梦来，思谋着就流下了一长串泪水。她一边思谋晚夕里的那个梦，一边望着挂在屋檐下的鸟笼里跳跃的红雀，心里就产生了一种疼痛的感觉。那只红雀跳跃了一会儿就停下来啄自己华美的羽毛，肚子底下已经露出了红叽叽的嫩肉来。她想这红雀一定是疯了，是圈疯的。红雀疯了，她一定也会疯掉的，她想。与其让红雀疯了啄自己的羽毛，不如将其放飞，让它去寻找属于自己的那片天地，至于能不能活下去，就看它的造化了。她忽地从门槛上站起身慢慢地径直走到屋檐下，那只疯了的红雀却又显得那么安静和谐，羽毛凌乱地垫在它自己的脚下。曼日叶取下挂着的鸟笼，慢慢地打开圈鸟的笼门，让裸肚的红雀从鸟笼里飞出去。裸肚的红雀惊异地看了一眼曼日叶，又怔了那么一会儿，就摇摇晃晃地跳出鸟笼展翅飞走了。不过，它并没有立刻远走高飞，而是落在了门外的箭杆白杨树上，欢喜地叫了那么几声，然后啾的一声闪过了门前的箭杆白杨树，朝着它向往的地方像抛出的一颗红豆飞去了。

春去了，鸟笼子挂在屋檐下没有取掉，空荡荡的。

秋尽了，鸟笼子上布满了密密麻麻的蜘蛛丝，挂在屋檐下依然没有取掉，空荡荡的。

鸟笼子就那样空荡荡地一直挂着，似乎在等待着另一只红雀的到来。

这个空荡荡的鸟笼还能挂多久呢？这就没有人知道了。

（原载《回族文学》2009 年 3 期）

月亮和星星

　　春风像姑娘的纤手轻柔地拂过了村庄、田野、树梢，也拂过了那些清闲了一个冬天的孩子们的心田。春风轻轻地拂了几遍，那些孕育和生长了一个冬天的生命再也按捺不住激悦的心跳，竞技似的蹦了出来。田野、树梢一夜之间哗地绿了。春风拂醒的那些孩子们的心田也随之给哗地逗绿了。

　　田野里传来了一阵悠长而深沉的牛哞，大地苏醒了。

　　土地清馨的泥土味腥腥地荡漾在村子上空；树枝上几只麻雀嬉闹着追来逐去的，抖荡着那浓浓的春意。

　　圆圆和亮亮早早爬起来站在院子里看着绿意覆野的山川，心里就忧忧的，有种说不出的难肠。

　　天天听着麻眼奶奶唠叨春近了，要种田了，圆圆和亮亮的心里急乎乎的。

　　那只老母鸡焦躁不安地在院子里转来转去，咕咕地叫着，好像丢了蛋似的。

　　圆圆对亮亮忧愁地说，刚才我听着有人驾着车在村街上碾过去了。奶奶说了，再过一半天人们恐怕就要开犁耕种了，我听见山里的牛叫就心焦得没地方放。亮亮也忧虑地说，要是我长大就好了，种田就不用姐姐你操心了。圆圆说我要是个男娃娃就好了，种田就不用奶奶操心了。两个小东西在院子里说着有关农事的话儿。

　　麻眼奶奶在炕上听着两个孙儿孙女的说话声，也就起炕了。

麻眼奶奶虽然眼睛看不见，但耳朵却非常灵敏，就是夜风轻轻吹过窗前，她也知道是东风或是西风，南风或是北风，来预告一天天气的好坏。麻眼奶奶预告天气这点非常灵也非常准，让村里人很是羡慕。就是一只吊线蛛从屋顶上攀上吊下，她也知道是大是小。她通过灵敏的一对耳朵听着天气，听着村里人对前世和现世里事情的说道，听着两个孙儿孙女的说话，听着这个世道变幻莫测的变化，用她的耳朵经历着她该经历的一切。

奶奶隔着窗对圆圆说，我听到村街上有人在吆喝牲口，是不是有人犁地种田去了？你去看看，看是谁家种田去了。圆圆就出门去看了。亮亮你去看看园子里向阳的那垄葱有一拃高了没有？亮亮就跑到园子里用手拃了拃，葱果然有一拃高了，长得嫩嫩绿绿肥肥胖胖的。

亮亮高兴地跑去对奶奶说，奶奶，葱苔子绿绿胖胖的有一拃高了。

奶奶点着头说，我知道了，现在该种麦子了。

圆圆到门外看了一会儿就跑进来对奶奶说，对门曼苏说他们家到阳坡湾里种麦子去了。别人家也都还没有活动手脚，牛马骡子的也还在槽上拴着呢。

奶奶气嘟嘟地说，你们那没有良心的娘老子也该回来了。出门的时候说冬干拉粪的时候就回来务操庄稼，可冬干了，春来了，到了种田的时候还不回来，这也叫人话呢，说的话像风地扬了把灰，风一吹啥也都没有了。家务不管也就算了，但庄稼不种那就说不过去了，庄稼汉人务的一把庄稼，靠的一把庄稼，不种庄稼了那还叫庄稼汉吗？我知道他们走的时候就揣着不回来的心了，以前嘴里常浪荡着说庄稼没有啥种头了，那时候我就知道他们的心思不在庄稼上了。他们把心都死到腔子里了。这是要我们娃娃太太的种庄稼呢。可你们呢？也不听话，学也不好好上，今天就又没去学校逃学落课了。我一个麻眼老婆子，连自己都看守不好，还要照看你们，我的难肠太大了。

圆圆和亮亮听奶奶一诉苦，就又想起了娘，也想起了父亲。娘老子在身边的时候，就从来没在意过什么叫思念和寂寞，也从来没有过忧伤，更没有操过家务上的一分心。拴在槽上的牛饿着或是饱着他们不管，晚归的羊少了或是多了也不管，至于说归巢的鸡多了少了他们更不关心。他们只知吃饱喝足了玩，天天背着日头贴着月亮过日子。奶奶呢，在春天的时候还能下炕在院子里晒晒太阳，而在冬天呢，就常常静悄悄的好像没人一样地在炕上坐着，闭着一对麻眼，嘴里默诵着《古兰经》，手里数着念珠，多少年了，就是那个模样，不和你搭话，也不和你主动说话，人问一句她答一句。只有来了生人的时候才收起她的念珠，闭着眼和来人说上那么几句话，不温不火的。

其实，她睁不睁眼无所谓，她是看不见的，她睁了也跟闭着一样。她也很少操心家里的事，不是她不操心，是大家不让她操心，她一个麻眼人，看不见天瞭不着地的，能做些啥呢。即便是做了也做得马马虎虎粗粗略略的。

可现在就不一样了，家里的事她还得摸摸索索地操心，圆圆和亮亮的娘老子撇下他们走了，走得义无反顾。走的人是走了，但留下来的总不能把一副生活的重担放到两个小东西的肩膀上，他们稚嫩的肩膀担负不起啊。奶奶知道今年是指望不上那两个出门的人了，指望也是白指望。粮食还得一粒粒从磨眼里研细，活路还得一件件从她手里做过。她要是一个眼亮人就好了，可真主偏偏让她成了一个残疾人，一个看不见世界的麻眼人。好在两个小东西还不至于让她操太多的心，反而帮衬着她操了不少的心。要不是这两个小东西，她现在也许吃不上熟食热饭，只是可怜了两个小东西，那么小就有了一份分担家务的心。奶奶数着念珠心里却想着今年种田的事，嘴里的诵念也就停了下来。

圆圆和亮亮看着奶奶陷入到了一种前所未有的沉思和忧虑当中，心中就对娘和父亲产生了那么一分忧伤和憎恨。

早饭该吃什么呢？圆圆在心里问了自己好几遍，就是思谋不起该吃些什么。想了许久，圆圆就问奶奶。奶奶说煮一锅洋芋吧，先凑合着吃一顿，下午挖些羊角葱包饺子吃。圆圆和亮亮听了奶奶的话就高兴得忘记了饥饿。

圆圆搬来小梯子放到洋芋窖里，让亮亮下去掏了一洋瓷盆子洋芋，然后洗干净煮在了锅里。

奶奶坐在炕上听着洋芋锅里咕咚咕咚的沸腾声，干瘦的脸上就堆上了几朵艳艳的笑容，自言自语地说，圆圆长大了。

亮亮坐在炕角头听奶奶夸圆圆，就大声对奶奶说，奶奶夸姐姐了。

奶奶就大笑着说，亮亮是个攒劲的儿子娃娃，是奶奶的好孙子。亮亮就心满意足地说，奶奶，锅里的洋芋熟了。

吃了洋芋早饭，圆圆就拿上扫帚一下一下唰唰地扫起院子，亮亮拿着铁锨铲鸡粪。

奶奶听了两个人的动静就大声说，活先放下，院子干净着呢。快到晌午了，背上书包上学去。我可不敢再拉捞你们了，再这样下去，你俩今年都得留级，你们的娘老子一来，我就说不清头了。

听了奶奶的话，圆圆就思谋今年她和亮亮落下的课也够多了，再不好好上学，他俩就得双双留级，重读一年。

奶奶常说，寡妇门前是非多，没娘的娃娃事情多。娘老子这一走，两个娃娃的事情就真的多，早上起来放牛放羊喂鸡；中午放学做饭洗锅，照看麻眼的奶奶；下午放学担水，拴牛迎羊圈羊圈鸡，还要做饭……事情多得让圆圆和亮亮有点手足无措。

事情一多，圆圆和亮亮就不想上学了。有时，忙了家务，作业做不完，没有少挨老师的批评。老师虽然知道他们的情况，但天天那样下去也不是个话，不批评也不行，他俩的学习落得太多了。给家里人说一说吧，可家里只有一位麻眼奶奶。麻眼奶奶连自己的生活都料理不好，哪里还能照看上孙儿孙女的学习呢。圆圆和亮亮天天起早贪黑地务忙着家务，对上学读书也就显得有点疲沓，没以往的那种上进心了。这就叫老师们很着急，但你急也是干急。孩子的家长不操心不心急，你心急也是白急，你操心也是白操。圆圆和亮亮的学习没有人操心，就自个儿操起心来了。

圆圆和亮亮下午放学回到家里时，奶奶搬条小木凳子坐在墙根下暖暖地晒着太阳，一副很舒适惬意的样子，头歪在肩膀上有节奏地打着呼噜，完全沉浸在浓浓的无限美好的春意里。圆圆过去摇了摇奶奶的胳膊，轻声地叫了声。

奶奶忽地抬起头下意识地睁了睁那双麻眼，笑着说，太阳暖暖的像热炕把我的瞌睡虫晒醒了，让我美美地睡了一觉，美死了。没有听着你们来了。

圆圆蹲着趴在奶奶的腿上说，奶奶今晚夕的夜饭做啥呢？

奶奶就笑着露出了两排洁白的牙齿。

圆圆看着奶奶的牙就想起了那白净的生萝卜，白白生生的，咬一口既脆又香。

奶奶说圆圆去园子里挖两把羊角葱，亮亮去河对岸杨二浪家割一斤羊肉去。自己摸摸索索地摸进堂屋伸手从炕席底下摸出一个小布包，从中间摸出了两张五元的钱，让亮亮拿上割羊肉去了。

圆圆看着嫩展展的羊角葱，黄嫩黄嫩的叶子，白嫩白嫩的葱白，就馋馋地想吃一口。圆圆洗了手洗了葱，奶奶就叫她和面。等圆圆把面和好时，亮亮飞快地拿着一块割好的羊肉从大门里跑了进来。奶奶又指教着圆圆把羊肉和葱都切碎，然后放在热油锅里炒了个半熟。包饺子的时候，奶奶就摸索着帮两个人包。奶奶虽然眼睛看不见，但包起饺子来却也手快得惊人。饺子在她手里一只只跳跃着，像刚出窝的鸡娃子窜溜溜的。以前奶奶也包过饺子，但圆圆和亮亮就从来没有注意过奶奶的包法。包饺子的时候，奶奶说今晚夕我们思谋一下种田的事。说到种田，圆圆和亮亮的心里蓦地腾起了疙瘩，就凭奶奶和他俩种个啥田呢。本来不是他们考虑的事，现在却要他们考虑，他们的心里能不起疙瘩吗？

吃过了夜饭，黄昏也就悄然降临了。

一只只干干瘦瘦的羊踉踉跄跄地往家里跑，咩咩地叫唤着，一副饥饿的样子。而那只春头上死了娘的羊羔子耷拉着脑袋，走得蹒蹒跚跚，一副丧气的样子。它是羊群里的孤儿，它是那样地失神、无助和孤寂。

羊们挤挤搡搡地进了家门，强壮的羊走在头里，羸弱的羊走在后头，那只死了娘的羊羔子跟在最后，它是这帮羊里面的弱者。看着羊们一只跟一只地进了家门，也看着那只羊羔子进了家门，亮亮就用一只铁盆子端着吃剩的残汤让那只羊羔子喝。亮亮没娘娃没娘娃地叫着，羊羔子就欢快地叫了一声，轻轻快快地跑过来低头吃亮亮端着的残汤。羊羔子吃着，不时地抬眼看看端着盆子的亮亮，眼睛像两眼泉水，汪汪的、亮亮的。亮亮看着心里就柔柔地产生了一种难以割舍的情谊。

那些鸡们旋在亮亮的身边，不时地乘机挤过去往盆子里啄上几口，又跳跃开，如是往复数次，只吃了个满头残汤，没有捞到多少便宜。

在他家耕耘了一辈子土地的老牛此时却昂头默默地望着远处的田野，似乎是若有所思。

夜色浓浓地袭了来。月亮上来了，孤寂地挂在门前的白杨树杈上，遮遮掩掩的，把一副寡白寡白的脸藏而不露，像捉迷藏似的。单调而又稀疏的几颗星星远远地眨巴眨巴地扑闪着眼睛，瞅着这个世界上的芸芸众生，好像要诉说些什么。

傍晚的红气一褪尽，夜幕就哗地拉下来罩住了村庄，罩了个严严实实。

奶奶伸手拉亮了屋内那盏本不是太明亮的电灯，拉开被子让圆圆和亮亮都围坐在她的旁边。炕上温乎乎的，不冷也不是太热。奶奶让圆圆和亮亮按山头数地块，并逐一说出地名来。圆圆和亮亮就思谋着按山头说着地名：碗架板、疙瘩背、月亮湾、簸箕湾、大湾山、烽墩口、上阴坡、下阴坡、上阳坡、下阳坡……两人数着地块，说着地名，不时地瞅一眼奶奶的麻眼，看奶奶的反应。两个人说着地名，奶奶便陷入到了一种深沉的记忆当中。她眼睛还没有麻的时候，这些个地场她每年都要跑上好几趟，翻地、种田、锄草、拔草、收割、拉运，有时一样活她得跑上几趟，像锄草，你一天是锄不完的，得花她几天工夫。闲了的时候，她还要去看看庄稼的长势。数完了地块，奶奶又叫圆圆和亮亮按数了的地块说去年种过的茬口，是麦茬还是青稞茬，是洋芋茬还是大豆茬。你得说得详详细细的。说完了茬口，奶奶就说明天开犁种田吧。圆圆说谁种呢？奶奶说，明天天麻乎子亮的时候，圆圆去叫你赛里木阿爷，就说我叫他呢，让他帮忙雇别人种田吧。人忙地张口的时候央谁呢，这个年月谁都不容易，家家都和我们一样，老的老小的小，都有自己的活，自己的活都忙不过来，也没有心劲帮别人家的活。只不过别人家有老的人眼睛好着呢，只要眼睛好着，那做不上的活还可以看上。

亮亮听了奶奶的一番感慨说，奶奶，我的眼睛亮着呢，姐姐圆圆的眼睛也亮着呢，能看见活呢。

奶奶就伸手摸了摸亮亮和圆圆的头说，你们两个会疼肠扯心人了。我知道你们的眼睛亮着呢，比别人家的孩子亮。赶紧睡觉吧！明天早点起来还要上学呢。

圆圆和亮亮就顺顺从从地钻进暖烘烘的被窝里。奶奶顺手摸索着拉灭了电灯。圆圆和亮亮仰头望着窗外明明亮亮的月亮睡不着觉。

圆圆睡了会儿就记起奶奶还没有说明早要到哪块地里种麦子呢。就翻过身问，奶奶明早到哪块地里种麦子呢？

奶奶说，你们只管睡觉，明早天麻乎子亮的时候把赛里木阿爷给我叫来就成了。你们只管上学念书去。圆圆就想着那些地块，一块地一块地地想，可就是想不清头。哪块地里到底种啥，在往年，天麻乎子亮的时候，大门咯吱一响，父亲就驾上二牛抬杠走了，至于是在哪块地种，她是不知道的。只是后来庄稼长大了，成熟了，她才知道那块地种的是啥。想着种田的事，圆圆就想起了老师教过的古诗《悯农》："锄禾日当午，汗滴禾下土。谁知盘中餐，粒粒皆辛苦。"课本插图上日头高高地挂在蓝天上，炎炎的。老农在烈日下锄苗，脸上的汗珠滚落着。圆圆想着想着就想到了奶奶，心中酸酸的，眼泪哗地淌了下来。

亮亮忧忧地看着窗外月亮挂在树梢上忽忽地摆动着，就知道是起风了。

奶奶长长地叹了口气，好像有无尽的怨气憋得肚子里吐不完。圆圆和亮亮就知道奶奶想着种田的事睡不着觉，心里慌着呢。

亮亮就轻轻地问，奶奶，您没有睡着吗？

奶奶说，人老了瞌睡少睡不着，思谋些事，思谋些家务事，思谋明天种田的事，思谋的事情多呢。你们睡你们的觉，别耽搁了明早的上学。

圆圆听着奶奶说完了话，就转过身来捣了亮亮一拳头，说睡觉，明天还要早早起来呢。亮亮就一声不吭地躺下了。显然是听从了圆圆的话，要是在平常，他会毫不客气地还圆圆两下子。亮亮挨了圆圆一拳头，就默不作声了。

夜静如止水，月光透过窗玻璃把屋子分成了支离破碎的几块，一切声响都归于平静，只有三个人细微的呼吸声均匀地吞吐着，和着那支离破碎的月光在屋子里荡漾。

夜深了。

圆圆和亮亮大睁着让人担忧的眼睛，思谋着不该他们思考的问题。

月亮走过了树梢，圆圆的像脸盆像娃娃的笑脸，周围有一些云飘过来荡过去的但总是遮掩不住它脸盆似的笑脸。星星贼明贼明地亮，忽闪忽闪地眨巴着永远让人担忧的眼睛，让人猜不透它到底思谋些什么，担忧些什么。

奶奶已经入睡了，微颤颤地打着呼噜。圆圆和亮亮闭着发烫的眼睛，各自思谋着各自心里的事。

圆圆实在睡不着，悄悄起身看了一眼亮亮，发现亮亮同样大睁着眼睛，就轻轻地说，亮亮你想啥呢？

亮亮轻轻地说，我也说不清想啥呢。

圆圆歪了头说，还不如甭说。你到底想啥呢？

亮亮想了会儿说，我想庄稼呢。

圆圆忍不住又说，庄稼还没有种呢，你想啥呢？

亮亮闭了眼说，我想着种庄稼庄稼就长高了长大了长黄了。

圆圆说，我咋想着庄稼就长不高长不大也长不黄呢？

亮亮就骄傲地说，你闭上眼睛好好想，庄稼就长高了长大了长黄了。

圆圆闭上眼睛想了会儿说，我想了会儿不见庄稼长高长大长黄，只见月亮又大又圆，星星又明又亮。

亮亮说，那就对了，你再想上一会儿，想庄稼在月亮地里长呢，庄稼就嗖地长高长大长黄了。

圆圆听了亮亮的话，就闭上眼睛使劲地想，可怎么想庄稼也长不高长不大长不黄。

圆圆生气地用手拍了拍脑门子，狠了劲想。

亮亮看着月影子里圆圆那白白净净的脸庞，心想你该去想去年的庄稼才对，那才能想着长高长大长黄呢。今年的庄稼还没有下种，想着也白想，想了也长不高长不大长不黄。

圆圆想了会儿轻轻地对亮亮说，我还是想着庄稼长不高长不大长不黄。

亮亮轻盈地笑着说，你就想月亮想星星，然后想庄稼，想去年的庄稼，去年地里的庄稼那不高不大不黄吗？

圆圆怔了会儿说，你个贼打鬼，人尕鬼精，你就说想去年的庄稼。我说我想了半天今年的庄稼就是长不高长不大长不黄。

亮亮听着圆圆埋怨他，就嘿嘿地笑了。

圆圆按亮亮的想法一想，果然庄稼就长高了长大了长黄了。还想到把庄稼割了拉了碾了磨了吃了。她想着想着也就嘿嘿地笑了。这一笑把亮亮也给惹笑了。

圆圆和亮亮想着想着瞌睡就来了。

那几只公鸡也就啪啪地拍着翅膀高亢地叫鸣了。圆圆就不敢睡觉了，等一会儿她要起身叫赛里木阿爷去，完了还要上学。亮亮也不敢睡觉了，若再睡下去，那就起不了炕了，明天的学也就上不成了。鸡一叫，羊圈里也就开始不太平起来了，羊们起身在圈里来来回回地走动着，开春的那点嫩草芽子啃了一天还不够填它们的牙缝，饥饿已经使它们坐卧不宁，它们需要一把草料来填填肚子了。那头老牛像奶奶一样静静地卧着没有一点动静，十几年了，它还是知道的，这时候你就是把圈门拆掉，家里人也不会操心你的事，只有牛倌粗犷地喊上那么一嗓子，放牛了！家里人才会关心它放它去吃草。那些公鸡们一只跟着一只叫开鸣了。

奶奶翻了个身，喊了声圆圆，又喊了声亮亮，两个人就忽地翻身坐了起来。两个人一坐起来，奶奶就吃惊地说，你们醒来了。圆圆说，晚夕里思谋着庄稼没有睡着。亮亮说还思谋着月亮和星星呢。奶奶心疼地说，你们先睡会儿，天还早着呢。到时候我叫你们。圆圆和亮亮就又倒身睡下了。头刚一挨枕头，就呼呼地进入了梦乡。鸡的打鸣，羊的骚动，再也扰不醒圆圆和亮亮的瞌睡了。

月亮洒了一夜的清辉，静静地走了。星星眨了一晚夕的眼，眨困了也跟着月亮悄悄地走了。

窗户上有了一丝白气，门外大白杨树上憩息的鸟儿叽叽喳喳地叫开了。天已麻乎子亮了。

奶奶轻轻地推了推圆圆，圆圆睡得死沉。又揉了揉了亮亮，亮亮还是睡得死沉，根本没有醒来的意思。她想昨晚夕不该给两个孩子说种田的事，搅得两个孩子一晚夕没有睡好觉。奶奶心里就悲戚戚的。可不叫醒不行，圆圆还得给她叫赛里木阿爷去，种田的时候地不能落下也不能荒，得央人或雇人把地种了。两个娃娃不上学不行，不上学人就荒废了。地荒一年，人荒一世，哪样都耽搁不得，也耽搁不起啊。

奶奶狠了狠心，先是摸索着拉起圆圆，让圆圆给她叫赛里木阿爷去。圆圆半睁半闭着眼睛，一声不吭地下了炕穿上鞋，然后癫癫狂狂地揉着眼睛走了。

亮亮蜷缩在炕角头，任你推过来揉过去他再也醒不来了。正是睡瞌睡的时候，他却要替家里分担忧愁，分担家务的担子。也许他不会做作业的时候，还没有那么深刻地思谋过。奶奶流着泪硬是把亮亮从热被里拉了起来。亮亮这次被奶奶硬拉起来却没有撒娇也没有哭，要是在以往，他会给奶奶撒会儿娇然后再哭上那么几声，让奶奶哄上那么一会儿，他才会高高兴兴地上学去。

亮亮洗了脸趴在炕沿上对奶奶说，昨晚夕我想着种庄稼，庄稼就长高了长大了长黄了。睡梦里我还梦见月亮给我笑，星星给我眨眼睛呢。

奶奶说，那是你的记忆吧？

亮亮说，不是记忆，我想着了。月亮和星星我也梦着了。

奶奶就又高兴地说，亮亮是个乖娃娃。

亮亮听奶奶夸他，就又想到了长高长大长黄的庄稼。刚要抬脚迈出屋门，却又返回来说，奶奶，姐姐圆圆没有想着庄稼长高长大长黄呢。

奶奶笑着说，那是姐姐想着别的事情呢。

亮亮就倔犟地说，姐姐她想不着。

奶奶就顺着亮亮说，姐姐想不着，我的乖娃娃想着呢，昨晚夕你想着庄稼，月亮和星星都对你笑了呢。

亮亮说，您看见月亮和星星笑了。

奶奶说，我眼麻看不见，我听着月亮和星星的笑声了，在晚夕里笑得嘿嘿咯咯的。我想是月亮和星星看着你想庄稼的事把它们给惹笑了。

　　亮亮说，我一晚夕没有听着月亮和星星的笑声。

　　奶奶说，你睡着了了月亮和星星偷着笑呢。

　　亮亮听奶奶说月亮和星星被他惹笑了，心里就荡漾起了一种无以言说的明亮的涟漪。亮亮很高兴，就爬上炕抚摸了一下奶奶的手，然后蹦蹦跳跳地背上书包哼着小曲上学去了。一路上亮亮笑嘻嘻的，嘿嘿咯咯的，把路口大树上睡眠的几只麻雀给莫名其妙地吒飞了。

　　亮亮一抬头，村口那儿姐姐圆圆也背着书包一路小跑着来了。

　　亮亮再一抬头，就看见日头红红的像刚睡醒的胖娃娃的笑脸半掩着忽地跃出了地面，笑笑的，胖胖的，艳艳的，像熟透的麦田。

（原载《民族文学》2009 年 8 期）

天狗娘

这里先说一段与虫子天狗有关的话题。

在咱们洮州有一种像蜘蛛的虫子叫天狗。

每年春季,春潮萌动,大地返青,草长莺飞的时候,虫子天狗就开始像其他虫子一样忙着繁育后代。

天狗繁育后代的方式很特别,它的这种繁育方式让每个会思考的人都会感到惊奇。在阳光明媚碧波荡漾鲜花盛开的山坡上,一只或是几只天狗缓缓地爬出拇指般大小且光滑而又圆润的洞口,它的身上爬满了密密麻麻虱子般蠕动不已的小天狗,看着让人恐惧、肉麻和心悸。爬出洞口的天狗是背着那密密麻麻蠕动的小天狗的母亲。这些小天狗的成长是以母亲的肌肉和骨骸为食物的,而天狗娘繁育小天狗恰恰是以自己珍贵的生命为代价的。小天狗在母亲的背上长成麦粒般大小的时候,天狗娘也就完成了它光荣的历史使命,让儿女把自己噬成了一具空架子,抛弃在荒山野地里。而小天狗则抛下母亲的骨骸义无反顾地走了,走得毅然决然,然后在来年的春天再重蹈天狗娘的道路。难怪乡庄里人把那些含辛茹苦养育子女的母亲称作天狗娘。

我想起村里有一句俗话:儿多的母瘦。我想这句话也许就是人们从天狗身上得到启发而得来的吧。

在我们香子沟庄子里,人们把亡人瘸子尔沙那个蔫头蔫脑的儿子叫天狗,把他的老婆叫天狗娘。这样的称呼在我开始生长认人的时候人们已经那样叫了。我至今不知道瘸子尔沙的老婆真名叫什么,更不知道天狗的真名叫什么。反正从我听懂人话那时起就没有听到过村里有人叫天狗和天狗娘的真名。正如我们村里的老寿星红牛阿爷一样，年龄大辈分大一点的都叫他红牛巴巴，年龄小辈分小一点的都叫他红牛阿爷。而他自己遇见那些眼花耳背的老朋友时，也时常自称老红牛。外号一旦给某人叫上就成了某人的名字。红牛阿爷我们不知道他的真名，所以天狗的名字还得叫天狗，他娘的名字还得叫天狗娘。

今年上冬，天狗看着庄子里那些外出谋光阴拼家务的年轻人回来后都大手大脚地花钱，高声大嗓地说话，趾高气扬地走路，连以往走路的姿势都变了，让人有点看不惯。天狗的那个羡慕，那个胀气就更不用说了。那些人以往站在街上谁家门洞里或是阳婆旮旯里闲谝的时候总是把双手笼在袖筒里。而现在呢，他们不把手笼在袖筒里，却斜插到裤兜里，装出了一种文明，摆出了一种姿态，站出了一种傲气，同时，也站出了一种凌人的神气，一种出过远门的架势。这就让天狗在冬季漫长的晚夕里睡不着觉，思谋着羡慕得不行。

每天阳婆下来吃过早饭，大家闲了的时候，那些人就聚在一起天南海北地闲谝，天狗听着就听得头都大了，眼也花了。在他听来，外面的世界大得没边边，钱多得没数数，花哨得没说场。

天狗就暗下决心，等开春大家都走的时候，他也要跟着出去走上一遭，挣上一大把钱。回来的时候，穿上一身别人没穿过的衣服，再把手插到裤兜里在街上走上那么几圈，在笑话他角口他睬嚼他挖苦他看不起他的那些人面前走出一种姿态，走出一种架势，让那些人也眼馋羡慕上那么一回。但是要出门去，天狗却也有他的为难，他走得最远地方也就是县城，而且县城也不是常去，只到家里缺了非买不可的东西时，他才会去趟县城。天狗在县城里的大街上看到行色匆匆的人们时，就想到了他放养的羊儿，他放养的羊儿时常是那样的匆忙，放山的时候忙着去争吃一把嫩草，归圈的时候忙着争吃狗食槽里的一点剩饭，时常那样争争抢抢的，县城大街上来来往往的人们正像他放养的那些羊儿。很多时候，他想着想着就傻乎乎地给自己嘿嘿地笑了，笑得莫名其妙，也把走路的人惹得莫名其妙地笑了。天狗把县城大街上来来往往的人想成了他放养的羊儿，自己就觉得有点可笑，常常在山上放养的时候莫名其妙地笑，笑得那些羊儿也莫名其妙的，一眼迷茫地回头望着他的神色，不知所措。他走得最熟的地方就是庄子四周的山山洼洼，就是闭上眼也能说出哪些山山洼洼的草长得旺，哪里的山泉水甘甜，谁家地里的庄稼长得旺。

天狗决心要出一次远门。

有天晚夕里他把这个想法告诉了母亲。母亲听了天狗的想法后既没有反对，也没有赞成，只是轻轻地叹息了一声。她是知道的，天狗早该出门去了，再不出门就会窝老在家里。这几年她央了好多媒人给天狗说媳妇，人家不是嫌她家穷就是嫌天狗懵没出息。啥叫没出息，就是一年四季窝在家里出不了远门，挣不了大钱。天狗有这个想法是好的，他应该出去历练历练了，再不出去，他是连媳妇都说不下了。其实，这一层天狗也早就想到了。这几年母亲托亲靠友地给他说媳妇，可就是没有哪一家能看上他，就连山后殁了丈夫的那个小寡妇也看不上他，嫌淡他家穷呢。这就让他在庄子里抬不起头，觉得很丢人。邻居曼苏笑嘻嘻地对他说，打口气，跟上我出远门打工挣钱去，挣了钱到外面引上一个姑娘回来，把那些看你笑话的人的臭嘴给堵上。牛争一口草，鸡争一把食，人争一口气，弹挣着出去一次，就不害怕了。你没出过远门，想着啥都是害怕的，可一旦出了门见了世面，人的思想也就活了，人也就活得展扩了。以后你就想窝在家里不出去也不由你，你的腿推着你，你的心挠着你，让你往外跑得比谁都快。一出门，你的交往也就广，交往一广，媳妇也就自己找上门来了，不用你自己费心费力地去找。天狗听了曼苏的话，听得脸红心跳，心血沸腾，热情四溢。曼苏的这席话，让天狗好几天都笑嘻嘻的，像吃了常笑药似的。天狗决定开春一定跟着曼苏出去，回来的时候揣上一大把钱回来，然后再说几个笑话给庄子里那些瞧不起他的人。那些人闲偏的时候，都能说几个笑话，天狗的肚子里也是装着笑话的，可就是没有人愿意听。关于山羊和绵羊的故事，他听得还少吗？不少，他亲眼见过一只山羊和绵羊打架，好像是为了一只母绵羊的事，山羊和绵羊在山坡上打了半天，最后把角都打掉了，你说笑不笑？他见过人争媳妇的，还没有见过羊们争媳妇的。那次他站在人群里说了山羊和绵羊打架的时候，谁都没有笑，只有他自己笑了，结果他笑得很尴尬。人们都没有把他当一回事，没有把他的笑话当笑话，当作蚊子放了个屁，没听见。

　　天狗眉开眼笑地吆喝着羊儿进进出出，嘴里还吱吱唔唔地哼着小曲，母亲是听出天狗的兴奋劲来了。母亲知道天狗是遇上了好事情，要不然天狗是没有那么大的心劲哼小曲的。有天傍晚将羊儿归了圈，一家人吃了晚饭后，母亲把双腿烙在暖烘烘的土炕上，然后问天狗是不是遇上啥好事了。天狗就说了他开春外出打工的事，还说曼苏愿意引上他一同出去。母亲说，曼苏是个实诚人，跟上曼苏出去有挣头。母亲又说，你看庄子里有多少人出去呢，哪一个回来后不摆谱，不显阔，哪一个不人模狗样地学着外面人的烂杂碎在庄子里吆三喝四呢，把先人们的脸丢尽了。天狗忙说，曼苏人好着呢。母亲说，我没有说曼苏人不好，我是举例子来说曼苏的人品呢。跟上好人学好艺，跟上坏人学做贼。你说要跟上曼苏出去打工，这是好事情，我也不拦挡。女大了要嫁人，儿大了要出门，这是天经地义的事。前几年我没有逼你出门，是因为你生性懦弱，怕出了门吃亏，再说了，你也惜，遇事解不开疙瘩。这回有人引你，你也有信心，我就放心了。母亲这席话一说，天狗的心里就热烫烫的，好像熨斗熨过一样，平平展展舒舒坦坦的有种说不出的高兴。

　　冬季夜长天短，日子也就过得快。

　　一两个月过去，那些挣了大钱回来后把手插到裤兜里的人们挣的钱快花光了，手头上没有刚来时那么宽展了，脸上也就开始有了一丝焦躁与不安，开始又把手筒在袖筒里和人说话了，这样的时候也就没有了以往的那种站姿，人也活像一个个蠕动着的活宝，让人好笑得不行。天狗的心里就有一种莫名的惆怅开始像荒草一样地疯长，乱糟糟的。人是肉，识不透，那些人才出门几天就变了样，在庄子里耍起了大娃娃，不可一世的架势像有撑破天的本事呢，不就是挣了几个小钱，也就是比窝在家里务弄庄稼的这些个人手头上宽展一点罢了，但比起县城里那些深宅大院里的有钱人，他们可又是叫花子了。没有啥了不起的。你瞧，他们一旦手头上没有了钱，心劲就马上一落千丈，去不了人头里，就又成了彻头彻尾的叫花子相。天狗就想本本分分做人比什么都强。天狗把自己想得头昏脑涨的。

天狗为出门打工的事准备了几个月，终于等来了开春，等来了春暖花开，等来了外出换钱的季节。

天狗和娘首先是接二连三地种上田，然后是安顿好母亲的生活。种田没有大的问题，这里是靠天吃饭的地方，种子撒在地里就靠天了。天道顺，雨水广，庄稼就有好的收成；天道不顺，雨水不广，庄稼就没有个好收成，再要是在八月里庄稼还没有收割的时候落上一场冰雹，一年的庄稼也就完了。庄稼反正是种在地里了，成不成就看天道顺不顺了。

天狗走了，母亲的生活也是有保障的，面磨好装在柜子里，够母亲吃一年的。最主要的家里那帮羊，天长日久了母亲是跟着伺候不了的。冬天，很多时候，羊就圈在家里用黄草、青燕麦草喂着，可到了春天青草覆野的时候，也该是羊儿啃青上膘的时候，羊就不能圈在家里这样喂着，这时候的羊吃了一冬天的黄草和燕麦草，早把一身膘给塌掉了，再不赶着春草上来的时候给羊儿上点膘，以后上膘就有问题了，这是摆在天狗母亲面前的一个大问题。母亲看出了天狗的难肠，说，你放心出你的门，我浪着连散心带放羊心不急。

天狗有点不放心母亲，确切地说是有点不放心她放的那帮羊儿。但天狗还是跟上曼苏走了。母亲也不放心天狗，但她脸上还是没有表露出一丝一毫的愁肠。母子两人相依相亲那么多年没有分开过，突然要分开了，心里都有一些难过。但难过归难过，天狗门还是要出的，再不出门就真赶不上趟了。你看，走进弯弯曲曲的小巷，一路望去，家家的门楼高高大大的，而只有天狗家的门楼只是一点象征而已，看上去有倒塌的感觉。人常说，门是招牌，一个家庭要是连门楼都要倒塌了，那这个家也就离倒灶真的不远了。那些外出打工挣了钱的人回来后的第一件事就是扒了门楼重盖，且不看大门里面是一个什么样子，大门里面人的精神面貌是怎样的，但只要把门楼一翻修一重盖，大门的气势就出来了，这户人家的院子也就有了深邃的感觉，家也就像个家的样子了，人的精神也就有了。满巷子走出去，家家的门楼里透出一股威严的气势和欣欣向荣的景象在那儿，而天狗家的门楼上就看不出那样的气势，读不到院内的深邃，看到的只有满目疮痍和萧条，再就是一派破败的景象。

天狗满怀着挣钱重修家院的希望去了。

天狗娘则满怀希望等待着，等待着天狗挣着大钱归来。

天狗娘一共生养了九个子女，养活了八个，四男四女。天狗是天狗娘老头上生养的，是亡人瘸子尔沙和天狗娘心头上的肉。天狗一生下来就有点懵，一岁半才开始走路，两岁才牙牙学语，老两口从来没有见过也没有经过那样的事，在等待儿子走路学话的那两年里差点把老两口急傻，天狗会走路会说话了，老两口才放心了。看来天狗是不傻。儿大不由娘，儿子女子长大了，该出嫁的嫁出去了，该娶媳妇的娶媳妇了，像虫子天狗身上的小天狗似的都离身离家了，过自己的小日子去了。唯独只有天狗还恋着这个家，其实，天狗也只能恋着这个家，他不恋这个家还能恋哪个家呢，这么多年放着他连个媳妇也娶不上。瘸子尔沙到殁也没有给天狗娶上媳妇，让他带着遗憾走了，也让他殁得不瞑目啊。那有什么办法呢，家穷再遇上天狗那么个懵人，就把娶媳妇的事给耽搁下了。瘸子尔沙成了亡人后，天狗娘和几个子女都想尽快了却尔沙的心愿，给天狗娶一房媳妇，但没有一家看上天狗，也没有一个姑娘能看上天狗。这就让天狗在不断的说媒求亲中逐渐放弃了娶媳妇的念想，一心去放他的羊和务操他的庄稼，一心孝顺母亲。可给儿子娶不上一房媳妇，娘老子肩上的担子就永远也卸不下来，这是娘老子的责任也是义务。哪怕你娶上一房瞎了瘸了傻了的媳妇，也算是卸下了娘老子肩上的重担。天狗娘跟亡人尔沙有些原来的老朋友见了面问了好然后叹口气说自己肩上还有一副担子没有卸下来，请这些人帮着给天狗看着物色一房媳妇，于是亡人尔沙的老朋友就问清天狗娘她儿子天狗的基本情况，心里就装下了这件事，处处留意找访合适的姑娘给老朋友的儿子当媳妇。天狗娘也在周围的庄子里走了又走，找了又找，访了又访，给若干个老姐妹说了她还有一副重担没有卸下的话题。可就是没有哪个姐妹能给她捎上一句喜庆的话来。

那天晚上天狗给她郑重其事地说了要跟上曼苏外出打工的事，也嬉笑着说出门后说不定还能引上一个媳妇回来呢。她听了就觉得有点道理，可一想又觉得哪儿不对。庄子里能引上媳妇的年轻人都是尖得用眼睛说话麻利得像球滚的人，天狗懂得放着用嘴都不会说话，哪个姑娘会跟他。再说了，引上人家姑娘，还不把人家娘老子气个半死，比起人心都一样，要是哪个半吊子把自己的姑娘给勾引上走了，自己心里的那个难受那个痛苦还不把人折磨成麻线杆杆子。她并不指望天狗能引上媳妇，而是指望着天狗能挣上一笔钱，光光面面地回来，然后再大大方方光光面面地央上媒人，门当户对地去有姑娘的人家说媳妇，了却亡人丈夫和她的一桩心愿。

儿子走了，天狗娘就接过了放羊的任务。她毕竟年龄大了，整天跟着羊群跑来颠去的，把她的心劲都颠没了。好的一点是那几个孙子还疼肠人，轮换着替她放羊；三个媳妇也都早夕晚夕地过来帮她做饭，帮她喂养那些生钱的羊儿。她的日子过得不恓惶，但也不惬意。有几次，几个孙子把羊儿赶回到了自家羊圈里，想让她彻底歇下来，但她把羊又赶了回去。她不是不愿意把羊儿圈在别处，而是想让羊儿把粪都攒到自家圈里，来年种庄稼的时候少买一把肥料，省几个钱。她家自土地承包以来，很少买肥料，地里上的都是农家肥，种田的时候用犁划开土地，土酥软得像刚蒸熟的馍馍，能把人的心都酥透。别人家的地让化肥上得硬邦邦的，板结得划都划不开，翻开地满地的胡基疙瘩，让人看着窝心恼火。她家的土地让羊粪肥了若干年，把土都养熟了，让人看着亲切手痒。羊儿还得圈在自家圈里。她往回赶羊的时候，儿子和媳妇们都偷偷地挤眉弄眼地笑着，他们都知道她的心思，也都知道她整日里思谋的啥。天狗是她的牵挂，她不这样做能行吗？不行。你们几个人儿子女子的都全美了，她也就没有任何牵挂了，只要你们把自己的生活打捋好，让儿子女子的吃好穿好，光光鲜鲜地活在人头里，她的脸面上也就有光了。再说你们过好了自己的光阴，等天狗娶媳妇的时候，也能够有能力帮天狗一把。

天狗跟曼苏出去了一个多月，也没有给家里寄个信打个电话啥的，这就让她心焦得不行。她就催几个儿子四处打听着问天狗的去向，可打问上的人都说天狗不在内蒙古就在新疆。内蒙古和新疆那么大，熟人遇上熟人的可能性极小。几个儿子和媳妇就劝她忍一忍，等一等，天狗挣了钱就会写信打电话来的。现在除了放羊，等天狗写信和打电话来成了她每时每刻都想的事。

日子一天一天地推过，天气也一天比一天热起来。

天狗走时种在地里的庄稼长出来盖住了地皮。这时候庄稼汉人也都闲了。可天狗娘却闲不下来，那些羊儿还得让她雨里去泥里来地放。天狗在的时候她不是没有放过羊儿，那时只是替天狗放一两天，可现在不管刮风下雨，你一刻也不能耽误，羊儿正是啃青草上膘的时候。现在放羊成了她每天的功课。在羊儿扎圈的时候，她就想，把羊儿放到山上人也倒闲着，人一闲心也就急，她还得找点事干。她坐在山坡上看着山下家家户户低矮的土屋像土疙瘩摆放在庄子里，几道炊烟就像几把扯散的碎衣片子在庄子上空飘来荡去的，没有目标没有方向。穿过庄子的红浆河在阳光下晶晶地流淌，白银银的，似乎在补充着庄子的活气。田野里有人在锄田拔草，显得有一点乡村生活的气息。天狗娘看着眼前的景象，心想祖祖辈辈就生活在这样的庄子里，没清没白地过来了。到你想清头的时候，黄土已埋到下巴底下了。人一辈子就这样弹挣着，也不知活了个啥眉眼。年轻的时候为自己着想，为自己弹挣，为家庭弹挣，为活在人头里弹挣；老了还要为子女弹挣，为子女操心，这样一辈子下来，把自己的心劲都操没了。把儿子女子一个个拉扯大，一个个分房另过了，自己就像田野里那疯跑的天狗瘦成了一把骨头，再用不了多久，她也会像虫子天狗一样把自己的身躯抛在荒野里。但是现在不行，现在她还没有给天狗娶上一房媳妇，没有完成她的使命，会让庄子里的人把她和亡人丈夫说上几辈子的。不管怎么说，她还得弹挣着。

她一边放羊，一边继续央人到处打听着给天狗说媳妇。其实，放羊的时候也能挣点钱。那天她发现一帮小姑娘们在挖草药，问了问，才知是在挖秦艽。她想每天手里提把镢头，等羊儿吃草和扎圈的时候，顺手挖几把草药，也是一个补贴家务的好办法。第二天放羊的时候，她手里的羊鞭换成了镢头，在羊儿静静吃草和悄悄扎圈的时候，她就顺手挖下手边的草药，傍晚回到家里再从蛇皮袋子里倒出草药晾在地上。日积月累，她挖的草药越来越多，房檐下的地上堆了一大堆，后来有收草药的来，还真卖了一点钱，够她补贴家务的了。她虽然放着羊儿挖着草药，但心还是放在天狗媳妇的事上。她想起天狗媳妇的事心里就隐隐地作疼起来，天狗媳妇的事成了她的一块心病。要是给天狗说不下一房媳妇，果真有一天她要是殁了，她就卸不下肩上的重担了，就是殁了也不会瞑目的。

天狗出门打工挣钱去了，这是一个好消息，也是一个令人惊奇的好消息。天狗能够出门，就说明天狗是有点懵，但脑子是没有问题的。大家看着天狗娘整天赶着一群羊儿把自己摔成了泥疙瘩，于是就谈论天狗的家道，谈论天狗的品行，谈论天狗的能行，谈论天狗的媳妇，谈论天狗的将来……在人们的眼里天狗家的家道似乎好了起来，天狗也似乎是一个很有出息的人了。

事情顺了的时候，顺得让人有点不敢相信自己。这天傍晚，大儿媳妇的一句话让天狗娘就不敢相信那是一句真话。天狗娘回家时在村街上就远远看到大儿媳妇在门口等她，朝她幽幽地笑着，笑得眉眼上有点抑制不住内心的兴奋。她就猜想是天狗来电话了或是大儿媳妇家做了一顿啥好吃的。大儿媳妇帮她圈好羊，锁上门，然后拉着她到自己家里走，半路上说有一件好事要告诉她。她就说，看把你喜欢的。大儿媳妇说，等吃完饭我再给你说，准让你高兴。吃过晚饭，她乏困得就想睡觉，连昏礼都懒得做了，哪有兴趣再听大儿媳妇说什么了。她弹挣着洗了小净，弹挣着礼了昏礼，让大孙子去她家里睡觉，自己头一歪倒在枕头上睡着了。大儿媳妇的脸上依然洋溢着一种兴奋的笑容，自言自语地说，明早再说吧，也不是太急的事。

天狗娘这一睡就睡到了第二天晨礼的时候。她起来洗了小净礼了晨礼，然后才记起大儿媳妇昨晚说过的话来，就问大儿媳妇是啥事。大儿媳妇笑着说，今天你就甭去放羊了，羊让几个尕娃娃们放去。我俩去一趟我娘家。昨天我娘带话说她们那里有一家愿意把姑娘嫁给我家老四。我们先去看一下人家姑娘，看有没有啥麻达，然后再说。天狗娘嘿嘿地笑着说，你昨晚咋不说，掩到今早才说。大儿媳妇就笑嘻嘻地说，昨晚上见你瞌睡得连宵礼都没有礼，就没有给你说，怕你一晚上心急没瞌睡睡不着觉。天狗娘一听有这样的好事情，就说，那我们早点起身吧。大儿媳妇说，我们也要拾掇一下，要不然邋里邋遢的让人家姑娘看了心里不踏实。

两人拾掇打扮了半天就出发到大儿媳妇的娘家去了。

到了亲家家，亲家看着她们焦急的样子说，先别忙，等吃了饭，我过去把人家姑娘叫过来，你们再仔细地过目。姑娘可没说的，品性好，模样也看得过去，屋里地里的活一样不差。前几天我说了你家老四的事，姑娘家里人要看老四，我就说上新疆打工去了，我让人家看了老四的照片，一家人和姑娘也都喜欢。你们要是看上人家姑娘，就赶紧按规程走。亲家母这么一说，天狗娘的心里就热烫烫的，好像人家姑娘已经娶到了自己家里。亲家母看着天狗娘心急的样子，说，我就去叫人家姑娘，要不然你们急得连饭都吃不下。亲家满脸喜悦地走了。

过了半个小时左右，亲家母回来了，身后跟着一个圆脸盘的姑娘。大概是亲家母给姑娘说了此事，姑娘的脸红扑扑的，头勾得低低的，眼睛盯着绣花布鞋的脚尖，双手不停地搓着碎花上衣的衣角，显得很不自然，只是没有别的姑娘的那种娇气，也没有别的姑娘的那种矫情和骄矜。天狗娘一眼就看上了，其实，她没有理由看不上这样的姑娘。在这之前，她就想只要不是眼瞎就是腿瘸的也行，现在碰上这样好的姑娘了，她觉得心里的那块心病好了半划，精神也好了许多，脸上不由自主地洋溢出一种幸福的神色。

天狗娘终于给儿子天狗说上媳妇了。

她和大儿媳妇回来的时候，一路上高高兴兴地说了很多话。也和大儿媳妇商量着该拿怎样的礼当，上等礼当自己拿不起，下等礼当又拿不出手，就是拿出手也会让人家亲戚笑话的，那只有弹挣着拿中等礼当了。但有一件，娶前三个媳妇的时候，光阴也不好，都拿的是下等礼当，而今要给天狗娶媳妇拿中等礼当，其他三个媳妇有没有啥说辞呢，那就不知道了。她拐弯抹角地给大儿媳妇说了这个事，大儿媳妇开通地说，这年头和前几年的世道不一样了，礼数也不一样了，人人弹挣着往人前头走，给人一个好看。你要是给人家拿了下等礼当，说不定这桩事情就没回话了。还是要弹挣着给人家拿中等礼当，这样的话，两家脸面上都光彩，姑娘一家人也认为咱们家看得起人家姑娘，人家姑娘过来后也就有心劲在咱们家脚手勤快地过日子。天狗娘听着大儿媳妇如此开通，也就放下心来，不怕因拿中等礼当而得罪其他几个媳妇。她和大儿媳妇商量着置办如何的礼当，央何人说媒。大儿媳妇笑着说，媒人有现成的不用央。姑娘是我娘介绍的，媒人就让她当，央个生人咱们有时候还不好说话。天狗娘看着大儿媳妇笑着说，我怎么就没有想到老亲家呢？她当媒人便当得多，也好替我们家说话。大儿媳妇说，当媒人也不能替一家说话，要公公当当替两面着想才对，要不然以后就会有闲话出来呢。天狗娘说，也是。两人一路说说笑笑轻轻松松地到了家，下来该做的事情也都在路上的说笑当中理了个差不多。

这天晚夕里天狗娘就兴奋得没有睡好觉，她把她的一生足足思谋了一晚夕。到天亮时，天狗娘思谋得有点头昏脑涨。她想等把天狗的媳妇娶进门，她也就彻底地放下心了。她很想把这件事告诉天狗说一说，让他也高兴高兴，可天狗在哪儿呢，天南海北的不写封信也不打个电话，说他人懏，也不至于懏到给家里写封信打个电话啥的也不知道。要不然天狗就是没有挣到钱，不好意思给家里写信打电话啥的。天狗娘思谋着头绪有点乱。

翌日早夕里，天狗娘就攒凑上钱安顿大儿子到县城里去买央媒人和说媒的礼当，安顿二儿了挑了一只顶肥的绵羊央阿訇给宰了。晌午不到时分，大儿子买好东西提提夹夹地从县城里回来了。她就和大儿媳妇马上驾上牛车拉上礼当和羊肉到大儿媳妇的娘家去了。她俩赶到时，天还早着。亲家母看到她们就笑了，说还真心急，万事都有个变数呢，也不知人家商量得如何。反正丫头我问了没有啥说的，愿意得很，就不知丫头的家里有没有那个口话。跟黑我把东西送到他们家里去，让人家再商量着打听打听。嘿，你听我说的，好像我当上媒人了，亲家母说着就嘿地笑了。天狗娘说，媒人就是你了，也没有央别人，给你当媒人的礼当也都带来了，你再不当媒人就没有礼当了。亲家母说，看来这路还得我跑嘴皮子还得我磨，说来，也该跑也该磨，谁叫我们是亲戚呢。挨火的着呢，挨水的湿呢。不过礼当你还是带回去，现在正是用钱用礼当的时候，给我礼当就显得有点生分了。天狗娘说，礼当只是一个礼数，也是我们的规程，你不收下，我心里就不踏实，也不好意思央你，叫你跑路磨嘴皮子。说媒是件两面不讨好的事，既要跑路，又要磨嘴皮子，其实说白了，你是给我家帮忙呢。亲家母笑着说，那好，礼当我留下，事情我去说，你放心好了。现在我就去说，亲家母让小孙子扛了羊肉自己提了打门和落话的礼当脚手轻快地出门去了。

吃过晚饭，大门咯吱地响了一声，亲家母从门缝里探进头眯着眼嘿嘿地笑着，她迈着碎步脚手轻轻地回来了。天狗娘和儿媳妇一看那架势就知道事情准成了。亲家母前脚迈进堂屋门后脚还在门外，话匣子一下子就打开了。成了，事情大概成了，过几天就给回话。我刚进门，人家丫头就看见了，也知道了我的意思，给我笑了一下，就把个脸烧成了红铜罐，再也没有照面，看样子丫头完全同意这门亲事。看来娘老子也是同意。不过，他们当下没答应有当下不答应的道理，毕竟丫头是娘老子身上的肉，在自家门上要了十几年，突然要出去，当娘老子的心里还是很难受的，比起人心都一样，养丫头的谁不希望自己的丫头以后能生活得好一点呢。

第二天回到家里，天狗娘的心里就七上八下的，新的忧愁又袭上了心头。要是人家回了话，那定亲拿首饰的钱从哪儿来呢？这又不能不叫天狗娘心焦了。说实在的，这十几年来，接连着娶媳妇打发丫头把家里折腾成了空架子，这么折腾着不说人身上的皮得掉三层，就是身上油也得淌几斤。天狗的父亲在世时，光阴还马马虎虎过得下去。可人家脚一蹬就那么百事不管地走了，轻轻松松地走了。这几年她和天狗全凭几个儿子、媳妇、丫头和女婿帮衬着，要不然这日子还不知道怎么过下去呢。这几年天狗除了养些羊也没有出过门，天狗不出门，是因为他懵，懵得有点让人不放心，所以也就把娶媳妇的事给耽搁下了。其实还有一层就是虽然天天给天狗攒着说媳妇，但自己的心始终还是虚得慌。现在虽然说上了媳妇，但她的心里更是虚得慌，当下最最要紧的是那么一大笔钱从哪儿来呢？只有拉下老脸向大家借了。其实她是知道的，几个儿子和丫头的家道也都不好，也都还没有从穷窝里翻过身来。要是借驴借车那还是有的，可钱是硬头子货，谁家也没有把钱攒够了放着的。但她也知道，只要她张口，几个儿子和丫头女婿的还是能攒凑着拿出一点钱的。可这几年家务上把他们拉劳得够重的。但这一桩事不尽快地攒凑到钱，等媒人把话一回，那可就来不及了。凡事都要有个主意才对，等媒人把话一回，要赶紧把亲定了，把首饰拿了。要不然人家姑娘家里也不踏实，媒人的心里也着急。虽然媒是大儿媳的亲娘当着，可也不能给人家太大的为难。天狗去了这么长时间，电话不打信也不寄来，更不用说挣上挣不上钱了，就是人的事也让她放不下心来。现在要给他说媳妇了，可他倒好，懵头懵脑地躲在外面一人吃了全家饱，就不管家里的为难了。她思谋着心里就幽幽地产生了那么一点儿火气。现在她想把羊卖了，可羊是她家里的钱袋子。她决定还是把几个儿子、丫头和女婿叫来，让他们大家商量着说说看怎么办。

那天早夕里天还没有大亮，天狗娘就赶着羊上山了，她想让羊儿早早地吃饱，然后在村口等路过的人给几个丫头和女婿捎话。中午还没有到，羊就吃饱了想扎圈。她就急急地赶羊回家，然后在大路口等人捎话，还好，那天她的运气也好，给几个丫头和女婿都捎上了话。第二天，儿子、丫头和女婿都到齐了，在吃夜晚的时候，她既没有高兴也没有愁眉苦脸，而是郑重其事地给大家说了详情。听她说完，大儿子就接着说，大家凭自己的能够攒凑点钱，让老四把媳妇娶了，我们就是穷得提棍也不能让老娘再操这个心，老娘还是养了几个儿子的，又不是没儿子，我们几个儿子就多担待一些。给丫头的那面衬个体面，人家以后是要到我们门上来过日子的，不能让人家姑娘家还没过门就看着我们家的人心酸和心寒。几个丫头和女婿也都说大哥说得很有道理，大家就是粜粮卖房也要弹挣一把，给懵头懵脑的天狗娶上媳妇也就算尽到了当哥哥姐姐的责任和义务。

跟亲家母说的一样，过了几日，那家没有任何的托辞，就给亲家母回了话。刚一回话，亲家母就马不停蹄地跑来告诉天狗娘来了。亲家母一来，就对定亲的礼当和首饰做了具体的要求，其实大家都明白，这不是亲家母的意思而是姑娘家里人的意见。天狗娘既高兴又愁肠，高兴的是姑娘和姑娘家里的人没有嫌弃他们家和他们家的天狗；愁肠的是当下给人家没有钱送礼定亲和送首饰。她给亲家母实打实地说了家里的困境和难肠，让亲家母去说着延缓几日，等东西齐备了就给她送来定亲。亲家母也不说啥话，只是点着头说我知道，也不用太急，我回去后就说我忙着家务没有给你们回话。亲家母吃了晌午就急匆匆地走了。显然她也为这个家里拿不出那点礼当和首饰而有点痛苦。

又过了几日，儿子、媳妇和女婿都多少不等地拿着钱来了，让她尽快地打捞礼当送到亲家母手里，让她去说道着让人家定下心来把亲定了。有时候，养丫头的心里有一定的难肠，不像养儿子的，这家不成再央媒人到另一家去说媒，总有一家会成的。而养丫头的总不能天天追着媒人说，我家的丫头长得漂亮美丽，现在想找个什么样什么样的婆家，假如有这样的人家，媒人是一定不敢承揽此事的。这样说来，总会有人认为这家的家人大脑里进了水或是丫头长得不怎么样。养丫头，有媒人来说媒来了，即便是丫头有意要跟人家去过，家里人也总要想点法子给媒人推说一些丫头还小，现在打发出门还不到时候，要么和家里人与亲戚们商量一番后过几天回话。其实，这时候不管大人还是丫头心里早就同意了，媒人也知道这一层意思，耐心地等上几天再跑到丫头家里满面春风地去问，得到的答复是说这几日和家里人及亲戚们商量了一下，觉得那家大人娃娃还不错，大家一致同意这门子亲事。于是媒人就开始和丫头的家里人说往后的礼数了，这一次几乎是对以后的事说成了八分，两家人只有准备着定亲拿首饰和娶妻嫁女的喜事了。

丫头家里首饰要金子一两，这是一个整数，其他各样的礼数和穿戴省却麻烦，折合人民币一万元。这样下来，没有一万六千元是下不起场的。大家攒凑来的那点钱还是不够，这就让天狗娘的心里很不好受。那天傍晚她放羊回来后在脑子里把村里人挨着数了一遍，真正有闲钱的人家是没有几家的。给天狗的几个哥哥说媳妇他们一家已经求过几回人家了，不过那时候，家里的顶梁柱还在，虽然那时候天狗的爹腿不好使，但他毕竟是男子汉，说话有分量，有了困难能求到人。

可现在她一个妇道人家，不知人家信过信不过。但为了能给天狗说到媳妇，现在就是下跪她也不惜那张不值钱的老脸面。吃过夜饭，她就按想好的挨家挨户地去求情下话借钱。她想到的有钱人家跑完了，家家都没有拒绝她，多多少少借了一些。那一晚夕她是睁着眼熬到天亮的。一晚夕她把前前后后几十年的事都思谋了一遍，把几十年来的人情追往也思谋了一遍，就是没有思谋清人活着为啥就这么难呢。后来她思谋着给天狗媳妇拿钱定亲拿首饰的事，心里就疼得厉害。她想，该把圈里那帮羊剩下两三只其余都卖了，反正今后天狗也用不着放羊了。再说她也放不动羊了，即便是有了儿媳妇，也不能让人家新媳妇去放羊。把这些羊只卖了也还能挡些将，也能缓解眼前的一些困难。她该去找找那些羊贩子，也该问问村里那些常卖羊的人，让他们估估价，看这些日子羊能不能卖上个好价钱。天还没有大亮，她就跑到那些人家里，去问羊价。问完羊价回来，她按羊的个头又逐个算了一遍，反正卖不上大价钱，再说了，现在你需要钱，买羊的人会压着价不会出合适的价钱。但羊是非卖不可了。另外她还思谋着，前一段日子她放羊的时候还挖过草药呢。羊一卖，她放的羊也就不多了，剩那么两三只羊放着也不费事。人老了，手里的针线活是做不利索了，但每天挖些草药补贴家务也还是能行的，原来她挖草药只为补贴家务，所以挖得不是很卖力，但现在不一样了，她指望着挖草药给天狗娶媳妇呢。想着心劲就大了，心里也就亮堂了许多。她巴不得把山上的草药都挖了来。但挖草药是有季节的，过了季节草药就没有太大的药效了，也就不会有人来收草药了。看来这种想法还是不能帮她的大忙。

那怎么办呢？天狗也不来个信打个电话啥的，真是叫人心焦透了。说媳妇这么大的事，要她一个老婆子家的撑着，有点叫人受不了。儿是娘心尖上的肉，时常在身边的时候不注意，但当儿子出门了或是当娘的离世了，那情况就不一样了，到那时才知道什么叫珍惜，什么叫疼肠。她还真指望上了天狗。可天狗的心似乎是叫狗吃了。其实，她也该打听打听天狗了，天狗不是跟着人出去的吗？按理说天狗不打电话不写信，那些个人还能不提醒一下吗？天狗是早该写信或是打电话了。

羊贩子买走了她家的十二只羊，剩下了三只绵羊，这是她精心挑选了几日挑选出来的，这三只羊的名字她记得清清楚楚的：黑耳朵、蓝眼圈、麻脊梁。这三只羊不管你给多少钱她都不能卖，别人不知道，但天狗娘说什么都不卖，将来的几个月后它们是有大用途的。只是羊们还不知道自己的用途到底有多大，只知道每天数着有草的地方吃饱肚子长身肥膘，可这恰恰是自己生命将要完结的序幕。

思谋了几天，鸡窝里不是还有十几只鸡吗，拉出去全卖了，能顶一只大羊的价钱呢。可娶媳妇开宴席鸡也还有鸡的用途呢，鸡是不能卖的。她想着把家里能变卖的东西都思谋了一遍，除了剩下的那些只活物再也没有啥可变钱的了。说实在的，她是无论如何也攒凑不出一分钱了。买首饰的钱还缺那么一些，不过，其他的东西现在就送去，首饰等到婆亲的前几天送去还是行的。送首饰在咱们这里叫拿手，等这一道程序进行完了，剩下的事就只有兴师动众车水马龙地娶新媳妇了。

天狗娘想着心里稍微宽敞了些，也亮堂了许多。真正等到那时候，天狗也就挣钱回来了，到那时一切事情就会迎刃而解。

只是摆宴席还是需要一大笔钱的，这就不能不叫天狗娘心里发愁了。

还是到时候挖些草药卖了慢慢地攒凑一些钱，看能不能攒凑着够买首饰的钱呢。说实在的，在田里拔草什么的，那些个年轻媳妇丫头片子没有她的手快，因为那是轻活，不需要花费多少气力的，再说她一辈子就这样在地里拔下来了。而在山坡上的草丛里挖草药，她就不如那些年轻媳妇丫头片子手快了。显然这需要眼尖手快，她的眼力、动作、劲头跟不上年轻人了。那些年轻媳妇和丫头片子在山坡上说说笑笑就把草药挖了，一天下来，塑料袋子装得满满的，扛在肩膀上神神气气地回家，而她弯腰弓背费劲吃力地在山坡上挖上挖下，一天下来，也挖不了多少草药。那样算下来，她挖草药也换不了多少钱，给新媳妇的首饰恐怕也买不了。她的心里就焦躁得有点受不了，照这样下去，给天狗的媳妇恐怕是娶不回家的。这时候，天狗要是来个电话告诉她一声挣钱的结果有多好。现在她要知道天狗挣钱的事，她要用这笔钱来打理事情呢。这样想着她就有点生气天狗。这懵头懵脑的平时看来也是有点心计的，但偏偏这时候就没有了心计，心上的肉像狗吃了似的。在没出门收黄田的时候，天一晚他就捎话给回家的人，让娘放心，不用等他，他要在地里多割一会儿。这时候，出了远门，她怎么就忘了给家里说一声呢。她想着心中就产生了几分恐惧，天狗怕是在外没有挣到钱，也许是遇到了什么不测。她不敢往下想。这样思谋儿子思谋钱的日子让天狗娘着实吃不消了。夜晚，她闭上眼就是天狗的身影和拿在手里的花花绿绿的碎钱。

天狗娘等天狗等得心焦忙乱的。

天狗娘终于在焦急的等待中等来了天狗的一个电话。

那天天狗娘刚把羊收进圈，村头小卖部里的老杨就大声喊嗓地满巷子喊叫天狗娘，说天狗来电话了。天狗娘听说是天狗的电话来了，那个心跳啊，那个激动，一溜烟似的小跑着像个年轻人，迈着碎步的脚下轻盈而又急促。老杨看着她那样跑着，怕她跄翻碰着自己，就笑着大声说，天狗十分钟以后再打来，你不用跑那么急。但她还是跑得那么急切。她知道，现在她是多么想听到天狗的声音啊。快三个月了，天狗没有一点音讯，急都把她急死了，她没有不跑的理由。她是一口气跑到老杨的小卖部的，到那儿时，她气喘得像头犁乏了地的老牛，喘着粗粗的气，气结得说不出话来。老杨说，你跑那么忙干啥，天狗说了，十分钟以后再打来，你先等着吧。这时候，电话铃急促地响了起来，天狗娘像触了电似的，从凳子上蹦了起来，伸手就去抓电话。老杨用手挡了挡她，自己拿起电话问了一声，原来是另一个在外打工的小伙子打来的电话，要他娘接电话。老杨说十分钟以后再打来，你先挂了，我去叫人，说着挂了电话就又扯开嗓子吼着喊人。老杨原来是一个小声细气的人，自从开了这个小卖部，天天给出外打工的人喊家里人接电话，就成了一个大声喊嗓的人。

电话铃声再一次响了起来。老杨接过问了一声，就顺手递给了天狗娘，说现在你接吧，是天狗的电话。

天狗娘还没有接过电话眼泪就先下来了，她哽咽着说不出一句话来，只是使劲地点头。老杨急得又大声喊了起来，说你说句话啊，那一头天狗等你说话呢。天狗娘就哽咽说，天狗，我的儿，你没有挣到钱吧，要是外面挣钱难就回来，家里还是有几亩田地的，不愁你的吃喝，要不行，你就回来，娘等你。天狗在那头也哽咽着说不上话，看来天狗真是没有挣上钱，要是挣上钱他还不会高兴着告诉娘。天狗娘的心就凉了半划，在这之前，她还指望着天狗在外挣的钱呢，可现在天狗的电话一来，她的心劲就没了，心就瘫了，精神也就彻底地垮了。

天狗哭着说不上几句话就把电话挂了，他知道娘对他再也没有指望了。

娘也知道，她对天狗说媳妇搭帮是没有任何指望的，天狗挣钱的事也没有任何的指望了。

看来，靠天狗是靠不住的，她只有靠自己拼搏了。只要自己这条老命不绝，她是能给天狗说上媳妇的，也一定能给天狗把新媳妇娶回家的。她给老杨说了声多谢，就腿脚沉重地回家了。回到家里，她才恍惚记起没有告诉天狗说媳妇的事。真是老糊涂了，这么重大的事怎么就没有给天狗说呢。这件事是该说一声的。不说是不行的。那年，台子街上的马成德给儿子说下了媳妇，说媳妇的时候，儿子事前不知道家里给他说媳妇的事。家里人给儿子说了媳妇就高高兴兴地走完了所有的程序和礼数，并定了亲说好上冬就娶新媳妇进门，可儿大了不由娘，儿子出远门到新疆去打工，临上冬领回了一个新疆姑娘，这一下差点就把马成德一家人的脸丢尽，丢了脸不说还损失了彩礼钱近两万元。不过，天狗娘不愁，天狗没有这个本事，就是给他十个贼胆他也领不回一个媳妇，要有那贼胆，天狗也不会打光棍打到今日。其实，她有时候就想，要是天狗能领回一个媳妇有多好。可她想着又觉得不对劲，你领来了人家姑娘，还不把人家的娘老子给气死，这是件伤天害理的事，可不能做。但是把话说白了，天狗是领不回一个媳妇的，他没有那个本事。俗话说，小伙子不坏，姑娘家不爱。这里说的小伙子的坏，其实是麻利、审活和能说会道的意思。也可以这样说，天狗不坏，姑娘家不爱。

天狗娘现在知道了天狗没有挣到钱，也知道天狗没有领媳妇的本事。但是天狗还不知道家里给他已经说下了媳妇，这对天狗来说是一件天大的喜事，怎么就忘了告诉天狗呢。看来人老了啥重啥轻也掂不出了。

天狗没有挣到钱，她觉得心上的负担和肩膀上的担子更重了。天狗不来电话的时候，她的心里还有那么一点指望，现在连那么一点指望都没有了，她的心里就空落落的，像把心丢掉了似的。她经过了那么多的事，都一样一样地挺下来了，也都没有现在这么难肠。她以前总认为她是经得住任何事情的，可现在她觉得自己有点撑不住了。

她愁得一连几天吃不下东西。她觉得她乏得像抽掉了筋似的，坐下就再也起不来了。她想，能给天狗说上媳妇再能娶到家里，她的使命也就完成了，这是责任也是义务。天狗要是尖窜一点麻利一点，娶到娶不到媳妇她是放心的，可天狗天生就懵头懵脑的，遇事解不开疙瘩，出门怕把自己丢了的一个懵人，就是遇到哪一个当娘老子的，也不会放下心来。她想了好几日，天狗没有一处让人放下心来。不过，给天狗说的那个姑娘人还算尖窜麻利，模样也好看，只是人家现在就等着规规程程地过手续呢。这手续过得越早越好，要是迟了人家听出一些闲话来，退了这桩亲事以后再给天狗说媳妇就更难了。现在就是上坡拉碌碡挣死牛也要弹挣着上。弹挣着翻过这个坎也就不那么难了。

天狗娘弹挣着东借西凑顺顺利利地定了亲，走完了最后一道手续，就只剩下娶亲这件事了，真正到娶的那天，这件事也就不算大事了，这是水到渠成的事，也就用不着太麻烦了。不过，新媳妇要娶进门还是要花费一番的，没有个万儿八千的，新媳妇是娶不进家门的。庄村要请，亲戚朋友要请，有交往的人一概得请，这是活人的礼数。天狗娘想着这车水马龙的事心里就又颤抖了起来。这么重的担子落在了自己的肩头上，压得有点喘不过气来。要是瘸子在还好一点，毕竟他是个男人，是这个家里的主心骨，她只是搭帮手。瘸子没有完成他的使命走了，她成了这个家里的主心骨。原本这个家里的主心骨是天狗的，原因他是男人，但天狗当不了这个主心骨，反而成了她的帮手，世道好像一下就颠倒过来了。她真的快撑不住了。

离娶新媳妇的日子是越来越近。日子一天天地像翻纸似的过得很快，田里的庄稼也一天比一天长得旺，看来今年是有个好收成的，庄稼有个好收成，也算是帮了天狗娘一个大忙，天狗帮不上的忙庄稼能帮上。要是庄稼能平安收下来是卖几个钱的，这也是天狗娘指望着的。

忙忙碌碌地过着，庄稼也就转了色，再等了几天工夫，就下镰割了。往年割田还有天狗在身边，她只是给天狗搭帮手，现在割田，她既没有帮手，也没有联手，她一个人像只打洞的老鼠，钻进地里没有了踪影，渴了没有个送水的，饿了没有个送饭的，乏了没有个说话的，她像一台耗尽了油的旧机器，拼着最后一点劲努力着。

天狗娘觉得自己像一盏灯盏在风雨中摇摇晃晃的，心力是那样的交瘁。

那天傍晚，天狗家的大门上着锁，屋里的灯黑着。

那三只没有卖掉的大绵羊满村街乱跑着，咩咩地叫着，找寻着主人。

天狗娘从地里没有回来。有人注意到了，有人没有注意到。

羊叫的时候久了，有人就疑惑地问，天狗娘咋还没有回来呢，羊满村街乱跑呢，跑丢了呢。有人就跑到天狗的几个哥哥家去找，还是没有天狗娘的踪影。这时候人们的心里就毛骚起来了。

天狗娘是不是上哪儿去了呢？有人喊着说，年轻人到地里去看看，看是不是在地里，这么迟了，也该回来了，再不来，她的那几只宝贝羊可就要跑丢了呢。几个年轻人打着口哨去了。

一阵急促的脚步声在村街上跑来跑去。有人大声说，天狗娘晕翻在了地里。随后就有人在村街上大喊大叫。有人摸索着从天狗娘身上取下钥匙，打开大门上的锁，把天狗娘背进去放倒在炕上，几个老年人过去试了一把天狗娘的气色，发现早已没有了气。天狗娘早殁了。

天狗娘殁了，天狗没能回来。

天狗娘殁了，她的心油干了，有人说。

天狗娘殁了，她是愁殁的，有人说。

天狗娘殁了，她是累殁的，有人说。

（原载《回族文学》2010 年 5 期）

失踪的母牛

　　老阿訇礼完晨礼站在清真寺大院内，看着坟湾里游动的早雾潮水般漫漫畅畅地涌动着向清真寺笼来。老阿訇凝视着涌着的雾浪心里蓦地罩上了一层模糊的雾气，他心境有点模糊不清了，心绪有一丝纷乱，不是那么稳妥平顺。

　　清真寺大殿顶上耸立的镀金新月顷刻被涌来的雾霭罩住隐没了月迹。

　　他整个人笼罩在像撩起衣襟缓缓抖动着下摆的滚涌的雾浪中，吮吸着湿润的空气，长长地叹了口气。他今早不知为什么，心里空荡荡的，像丢掉了一样东西又像是欠了谁的一笔债。一早起来，胸腔里就雾腾腾地堵得慌，可又驱散不开。心境始终是混混沌沌的，一时半会儿明亮不起来。在往日，礼完晨礼，他先要诵习一卷《古兰经》，然后回家里喝上几口儿媳妇烧得滚烫的茶水，心境也就往往清静得一如坟湾的泉眼，不存一丝杂念和纷乱。

　　今早这是怎么了？"噢！差点上了伊比利斯（魔鬼）的当。"他自语着转身进经房请了《古兰经》，径直朝坟湾走去。坟湾与其说是湾，还不如说是沟，其实它就是一条宽而深的山沟，里面植满了河柳、白杨、酸刺，还有长不大的李子树，几十年来，人们你一片我一块地植树，硬是把这条山沟植成了一个杂木林。在那茂茂密密的林地上，人们堆起了一座又一座的坟茔，久而久之，就形成了坟湾。

　　老阿訇的老伴就沉睡在这众多的坟茔中间。每当走进坟湾，他的步履就无限沉重起来，他眼前看到的不再是一座座长满了青草或是一抹黄尘的坟茔，而是老伴清清亮亮的眼神。

老伴去世至今快七年了，但她的容貌仍然是那么鲜活地浮现在他的眼前，尤其是她那逼视人的眼神，常叫他心悸不安。说实在的，他还真应该记念她，多跑跑她的墓畔念个"苏勒"，祭裹着搭救搭救，祈祷真主宽松她的墓室，饶恕她的罪孽。在那年，他因受不了村里二杆子对他的捆扎批斗，差点举伴真主而自缢。那一刻，要不是她的劝导，就差那么一点他就成了一个永远得不到真主饶恕的结束自己宝贵生命的人。那时，要不是她，他准会一根绳子挂上脖子举伴真主而去，那么在后世的日子里将是一种怎样的命运和结局呢？那是显而易见的。他知道，每个人都是真主造化的，每个人的生命都在真主的掌握之中，作为人，就没有权力结束自己或是别人的生命，除非真主的大限来临，人是无能为力的。他真切地感受着挖清了人生的奥秘和活着的意义。他跪在老伴的墓畔念了"苏勒"，捧起枯萎的双手，为全坟湾和全世界沉睡的老的小的男的女的亡人们作了祈祷。这时，太阳像只懒羊慢慢腾腾地爬上了树梢，然后轻轻地跌落在他的胸前，抚摩着使他的胸腔热乎起来，他心里堵塞的雾气也就烟消云散了。他如卸重负，心境顿然像坟湾里的泉水般清澈明亮，爽快无比。

他该回家了。他步履轻快地回到家里时，儿子和媳妇仍沉浸在昨夜的梦境中。他的心里就隐隐作疼起来，心情复又纷乱如麻，今天是主麻日，这对不成器的东西竟如此般睡过了头。这几年，家务交给了儿子和媳妇，他就再也没有过问过家里的事，自己也老了，说不动儿子和媳妇了，只是饭来张口就行了，这样就不会讨嫌。他在厢房檐底下转了一圈，咳嗽了几声，两口子仍不见醒来，他心里就生起了一股无名的恼火，心里头又堵塞得慌。驴在圈里听到老阿訇的咳嗽，就马上有了声响，踢槽嘶叫着把一个宁静而温和的早晨硬是扯入了一片纷乱和不安当中。温地尼和媳妇被驴的踢叫从酣梦中惊醒了过来，起身一看，日头已透过窗棂快照到屁股上了。温地尼连二赶三地穿衣下炕套鞋，媳妇则哆哆嗦嗦地穿着衣服，似埋怨自己又像责怪温地尼，看着窗子说道："这是咋了？你看，睡过头了，把头睡扁了。"温地尼"嘿"

地笑了笑，挤了挤眼睛，满脸贼坏地出了厢房门。

温地尼到院子里时，老阿訇已经把驴拴到了槽上，添上了一掬黄草，驴正吃得香呢。黑白花奶牛已缓缓地从圈里神态安然地步到了自己的槽上。老阿訇正在浇水拌麸草，铁青着脸一言不发。温地尼知道阿訇父亲的早饭耽搁了，他原想今日是主麻，肯定有人要请阿訇待客的，就睡了一个放心觉，可人算不如天算，偏偏落了空。要是往常，在这个时候，阿訇父亲准会带着一大帮满拉（学生）在谁家喝足了茶水，吃饱了肚子。真是倒霉透了，媳妇天天不睡懒觉，可今日偏偏跟着他这个懒死的东西睡得连晨礼都撇了。两口子连主麻日的晨礼都不礼，这两个不吃劲的东西。他越想越生气，主麻日这么尊贵的日子，儿子不但不礼晨礼，而且给老娘也不上个坟，真叫亡人寒心。唉！她一把屎一把尿地把儿子拉扯大，没享上几天清福就撒手人寰了，儿子本该记念着她，给她上上坟祭襄着搭救一番，也算尽了儿子的一片孝心，亲人的诚心搭救真主会应答的。可他却偏偏在这么尊贵的日子里忘记无常了的娘，让娘成了坟坑里受罪的一把朽骨。老伴的无常也许就是他的前兆，将来他无常了，他的墓畔也将会是无限寂寥的，儿子也会像忘记他娘似的把他给忘记了。老阿訇想着就想到了那艰苦的年月。在那样的年月里，人人白天黑夜地劳作，还吃不饱穿不暖，连人心都乏困了，还有谁能每天坚持履行五桩天命？可老伴就不一样，她时刻谨守天命，还要照看一家大小的生活，真是不容易。在那样的年景里，她作为母亲，哪怕是一碗拌汤，也要滗出拌汤里的菜叶、面疙瘩给儿女吃，宁愿自己饿得头昏眼花，腿软体弱。儿女是娘老子的"眼珠子"，心尖上的肉，要多疼爱有多疼爱，可儿女能理解你的疼爱吗？儿子不理解也罢，但也不至于这么快就忘了他无常了的娘。唉，现在的年轻人，也真是的。未来的日子依靠儿子的搭救只能是一种奢望了，他有点失望。人活着就应自己搭救自己，认真完美地履行好五桩天命，时刻看守住自己行亏的身体和心灵。

老阿訇拌完了麸草，看着黑白花奶牛埋头大口大口地吃着麸草，才转身看着在院子里忙碌的温地尼狠狠地剜了一眼："今儿个是主麻日，不要忘了换身水。"说完又看了一眼蹲在檐柱后面用汤瓶洗脸的儿媳妇，气嘟嘟地走了。

黑白花奶牛几大嘴吃完了麸草，又对着温地尼"哞——哞——"地叫开了。这头奶牛是瘥牛，养了好几年都不怀犊，可牛是头好牛，不挑食也没有大的毛病，前段时候，有人掏两千多元要买它，可老阿訇舍不得卖，温地尼也不情愿卖，指望着看今年能不能再怀上犊，要是真主赐美怀上犊的话，也就能卖三千多元，再拿上这钱为无常了的娘好好念个殁忌，尽尽孝道。

温地尼给牛和驴各添了一把黄草，驴和牛又都不吃。已过了五月初五，山里的草因今年雨水充沛都长得肥肥硕硕、嫩嫩绿绿的，日头一照，青草的清香已飘过院墙渗进了驴和牛的肺腑里面，它们都想青了，该拉出去遛一遛了。可今日是主麻啊，阿訇父亲有个重要的演讲。拴它一天割捆青草得了，已经拴了多少天了，也不在乎这一两天。温地尼温了一大锅水，钻进水窖里洗大净，虽然他未坏大净，但每个主麻日他还是要洗的，在主麻日洗大净是他雷打不动的一项功课。他洗了大净，浑身清爽，然后背了背篓拿上镰刀割草去了。

日头暖暖地照进院子里，黑白花奶牛和驴大嘴大嘴地卷着青草。

温地尼吃了早饭就搬条凳子坐在不远处看牛突起的两胁，两胁间不时地跳动着，一晃一晃的。温地尼就这样坐着，一直坐到主麻的唤礼声灌进耳朵时才觉得胯骨都坐酥软了，刚起身，右脚掌就像鸡爪一样，痉挛得落不到地上。他狠狠往地上跺了几脚，踮着脚给牛和驴添了剩下的一抱草，才往寺里走去。温地尼一路上念着赞主辞，又想起无常了的娘。前年他举意要宰只羊给娘像样地念个殁忌，可阿訇父亲硬是拦住不让宰，说宰只鸡就够了，活人的举意没到多少和大小上，而全凭虔诚和能力，举意一枚枣的回赐有时胜过举意一座金山的回赐，就是这个道理。温地尼知道，这是有条件的，家徒四壁，举意一枚枣的回赐当然胜过举意一座金山的回赐，可自己是有这个能力的，宰只羊是不成问题的，但阿訇父亲却坚决地阻止了他的行动，因此他也就践约了自己的举意。今年，黑白花奶牛再不怀犊，他就把它给娘的殁忌举意上，给娘好好念个"苏勒"，温地尼想。

温地尼想着就走到了清真寺门口。他迈进寺门，只有几个儿童在玩，人们都已跪在了清真寺大殿上，他匆匆跨进水房洗了小净，然后小心翼翼地进了大殿。阿訇父亲已诵完了赞主赞圣辞，开始演讲了。其实，温地尼已听熟了阿訇父亲的演讲，他的演讲无非是如何端正主道，看守信仰，谨守天命，孝道父母，与人为善……温地尼刚坐在拜毡上就眯上了眼睛，心里继续想着给无常了的娘如何念个殁忌呢。这样迷糊了半天。温地尼就听到阿訇父亲说在主麻日请阿訇搭救亡人，清静人的心灵，真主会给予无限量的回赐的。尤其是亡人渴望活人的搭救，虽然活人的搭救对亡人来说是沧海一粟，可亡人需要这沧海一粟啊。亡人归真后渴求真主恕饶他们的罪孽，也渴望亲人和清廉人的搭救啊，因为亲人的搭救是实实在在虔诚无比的，清廉人在真主面前是有面分的。但更重要的是人在活着时候要多思考身后的无常，身后的无常是一个多么恐怖和惧怕的过程啊，谁不怕无常呢。他还讲要多揽些回赐，尤其是有能力的人在平时要对一切贫苦之人有同情心，慈怜一切的贫苦之人，当你有香汤饱饭吃喝的时候要首先想到那些无依无靠的断顿之人和孤儿寡母。他说人生有三件事得济于后世，其一是费力教育优良的后人，其二是川流不息的施舍，其三是孜孜不倦的功修，当然这是以一个人虔诚的信仰为前提的，一个人如果没有虔诚的信仰也许能做到其中之一二，但不可能做到全部。他还说村里穷，大家的日子也不好过，大家请阿訇时不要太浪费，随便一点。可是，大家虽然家道都不好，很穷，但对阿訇很尊敬，因为阿訇是知识，不尊敬阿訇就是不尊重知识，不尊重知识的人是得不到大家的尊敬的。因此，不管谁家搭救亡人或是在重大节日，都要请阿訇待客的，阿訇往往是有请必到，从不会怠慢谁，也不会推辞谁，这是阿訇的职责。而且请阿訇的人也都毕恭毕敬的，唯恐对阿訇失敬，亵渎了知识，人人从骨子里有一种对知识的尊重。

整整一个小时阿訇父亲的演讲还没有结束，温地尼听着就想起了早上的事，他想父亲很有可能是因自己和媳妇睡过了头撇了晨礼而借机敲一敲大家有点迷糊的心吧。

温地尼在大殿上跪着，就想起该给拴在槽上的黑白花奶牛添把草料了。他环视了一圈跪着的人们，都是一脸的肃穆和虔诚。直至演讲结束，他的思想还没有收回来，他是想着今早睡扁了头的事。阿訇父亲常讲进了大殿要摒弃一切杂念，可作为人就不能没有一丝杂念，人不是常说：阿訇牵的经上的，瞎汉牵的心上的，这就不由温地尼不想早上的事。他昨晚梦见了无常了的娘，醒来后心里就隐隐地难受。他想娘已脱离了虚幻，归向了真实，可能是提醒亲人在主麻的日子上念个"苏勒"呢，自己却一觉睡到了大天亮，既没有礼晨礼更没有念个"苏勒"，他心里觉得很是惭愧，老娘算是白养活了自己一场。他想，在老娘的殁忌上要尽其所能地搭救。

从主麻上回来，温地尼就躺在炕上边喝茶水边思谋。他又想起了黑白花奶牛，他想亡人娘的殁忌也快到了，也就那么几个月了，如果他举意上黑白花奶牛，阿訇父亲也许不会答应，现在他得想个办法让阿訇父亲答应。想着想着温地尼的心里就不平静起来。

又到了一个主麻日，温地尼就早早起来洗了大净去寺里礼了晨礼，和父亲一同到坟湾里给娘上坟念了"苏勒"。从坟湾里回来，温地尼的心情就不太好。他虽然主麻日上都给娘上坟念"苏勒"，可就是几年没有给娘念过一个像样的殁忌，待个客。他回家草草地吃了早饭，牵上牛到村外的草地上去放。一路上他想，赶在主麻头里他要和父亲好好商量一下，在娘的殁忌上就举意上那头黑白花奶牛，到时宰了给娘好好念个殁忌。虽然凭能力念大念小的回赐都一样，但念小了人心里还是不一样的，往往觉得念大比念小的回赐大。温地尼就举意念大一点，把村里那些个穷苦人都请上，让大家都诚心做个祈祷。

太阳渐渐端了，主麻的时候快到了，他把牛和驴拴在马莲草上就上了寺。不过，他得给阿訇父亲编一个善意的谎言。在去寺里的路上他已经想好了。到寺里后他就给阿訇父亲说他做了一个梦，梦见了娘。娘在梦中不是很高兴。梦中娘站在檐柱前看着黑白花奶牛说我的牛我要牵走了。说罢她牵上牛就走了，也不知是上哪儿去了。温地尼说，他觉得这个梦很奇怪，不知娘牵上牛要做什么。温地尼明白，平白无故编造梦境尤其是给无常了的娘编造那样一个梦境是不妥的，虽然编梦的罪过很大，但为了亡人娘的殁忌他也是实属无奈。其实，他给阿訇父亲当了这么多年的儿子，还是不懂阿訇父亲更不懂他的心思。他把梦境一说，阿訇父亲就咧嘴笑了，笑得有点莫名其妙。不过，阿訇父亲还是没有点破他的谎梦，思谋了一会儿说照你想的去准备吧。温地尼心里就更想不明白阿訇父亲的心思了。

主麻一散，温地尼去牵牛和驴，可哪里有牛的影子呢。几个孩子说，牛让一个开三轮的人装上车拉走了。温地尼一听，心里哗地凉了下去。前几日邻村就有两头牛不也是叫人给三轮拉走的吗？自己怎么就这么大意呢！他顺着孩子们指的方向追了一程，哪里还见三轮的影子呢。

他折大财了。最关键的是他对娘的殁忌上的举意恐怕要落空了。

温地尼的心里悲戚戚的。

他只有把今年的举意举念到明年的殁忌上。

傍晚，阿訇父亲踏着碎步回家吃饭来了。他进门的第一件事是先看一看驴和牛，因为驴是他的坐骑，作为阿訇出外送埋体代步离不开它，牛是生钱的口袋，虽然它不怀犊让生钱的口袋瘪着，补贴不上家务，但这个家里还是不能没有它，起码它一年还能攒一堆上地的好粪呢。他进门环视了一圈，发现驴静静地站着，好像牵挂着一顿草料似的，一往情深地扭头看着他，失去了往日的那股子调皮。他怔怔地看着驴，心想这畜生还挺恋人的，我人不在它就不吃不喝的，看来这畜生把人的脾性给摸透了。他这样想着，又朝牛槽上望去，槽上却空着，只有一泡稀牛粪在地上摊了一大堆，槽沿上一截短短的缰绳软塌塌地耷拉着，他心想儿子只操心牛而不关心驴，好像驴是他寄养在这个家里的，他心里就隐隐作难起来，驴要是饿瘦了出外送埋体那就赶不上趟了，也罢，把牛操心好也就成了，驴不费草料，牛的料口大，他的心里稍微安稳了些。温地尼媳妇端着茶和馍馍站在门口望着他。他看了一眼儿媳妇，径直朝屋里走去。他喝足了茶水，抹着胡须迈出屋门去照看他的驴，他看着牛的空槽突然记起刚才温地尼在厢房里似乎咳嗽了一声，人在呢，牛呢？他朝着厢房门口喊了一声，温地尼半天才蔫塌塌地出来应了一声。他拉着脸指了指空着的牛槽。温地尼没有作声。他又大声问了声牛呢？温地尼木愣了半天才说是丢了。他瞪着眼要温地尼赶快去找，温地尼却原地站着没有动，一副极不情愿的样子，他从温地尼慌乱的眼神上已觉察出牛是找不回来了。他转身悻悻地走了。

阿訇父亲再也没有提及牛的事，这样过了几天又到了第二个主麻日，牛还是没有找回来。阿訇父亲的脸就一直阴沉着，像二月里的天气。

几个月过去了，阿訇父亲的脸仍像黑透了的锅底，一直黑沉着，显然他是可惜那头黑白花奶牛呢。一晃，他无常了的老伴的歹忌到了，可温地尼却平静地忙着日常琐事，没有给亡人念歹忌搭救的意思。温地尼把他娘的歹忌咋就给忘了呢？他提了个醒，温地尼仍不为所动。他想，儿子的心是硬透了。自己给老伴上坟念个"苏勒"搭救一下，尽尽自己的心吧。

至于亡人老伴的歹忌他再没有提醒温地尼，温地尼也没有念"苏勒"的意思。在亡人老伴歹忌的那日，他在上完坟回来的路上没有理识温地尼，只顾勾头走自己的路，心想这狗日的东西的心迷透了，娘才歹了几年他就不给念歹忌了，要是有一天自己咽了气，埋在那深土里，这狗日的东西肯定也会忘个一干二净的，他想着日后的凄凉景象就掉下了儿滴清泪。人心难测啊，人心识不透，他想。

他觉得人活老了就成了累赘，活着捉摸不清为谁活着，也捉摸不透活了个啥，更捉摸不着身后的事。

人的一生到底有多少时候是清醒的，有多少时候是没有苦闷的，他想不出来，他感叹着思谋着把自己的一生前前后后都仔细过滤了一遍，也就顿悟了一切，顿悟了人生。

人活在这个世上，靠谁呢？旁人靠不住，儿子靠不住，谁都靠不住，得靠自个儿。要不然，人啊像一头挤奶的奶牛一样挤来挤去挤干了挤垮了连自己都不知道是为什么。温地尼那天说那个梦的时候，他知道儿子已经给老伴的歹忌举意上了，可现在呢，他的指望空了，举意空了，人心空了。今年老伴的歹忌就这样算是罢了。至于明年老伴的歹忌上还能不能念得像样一点，儿子是指望不上了，只有靠自个儿努力了，但那还要看他还能不能活到明年，活过老伴的歹忌。

（原载《格桑花》2005 年 1 期）

全　美

　　月亮还没有上来，鸡也没有叫唤。

　　圆圆怕自己不慎的响动吵醒奶奶。人老了瞌睡轻，奶奶一到夜晚就睡不着觉，睡着了也常常睡不好。奶奶睡不着觉的时候，脑子就轰轰爆炸似的疼，脑子疼了的时候她的脾气也就不好，会找着茬儿嚷着骂人。奶奶脑子疼的毛病是她年轻时生圆圆父亲坐月子落下的老毛病。奶奶生圆圆父亲那年是在腊月天，奶奶跟着村里人到林里砍烧柴，狠着劲挣着肚子动了胎气，就在山林里生下了圆圆的父亲。路远天寒，同村的几个女人就用架子车把奶奶拉到了家里。回来的路上，奶奶的头上受了寒，后来坐月子时破旧的家里四处透风，她的头上又招了风，出了月子，她的脑子就轰轰地疼，一直疼了四十多年，把一头的头发都疼得掉光了。

　　奶奶睡不着觉的时候是令人躲避不及的那种泼烦和唠叨。

　　所以一到黄昏时分，圆圆就常常静静地坐在院子里，望着西边山头上快要跌落的晚霞，显得忧心忡忡，常常心想那点霞光永远地存在下去该有多好。

　　天气晴朗的傍晚，一丝回光返照也会让她高兴上半天。她害怕暗夜的到来，更害怕夜晚的漫长，渴望白天的永恒存在。

　　圆圆悄悄地摸索着挪到窗户跟前，爬在窗台上朝屋外瞧去，屋外黑咕隆咚的没有一点光亮。遥远的天上只有寂寥的星星眨着闪闪的眼睛，没有人理会。旷野里，孤寂的野生像哭奶的婴儿偶尔也会嚎上几声，叫人听得毛骨悚然。是不是该生火了，也不知道。鸡不叫，月亮不上来，时候就是没个准。要是有个小闹钟该有多好，铃声叮铃铃地一响，就可以起身生火煮大豆了。圆圆就想明天卖了大豆就买个小闹钟，再说有了闹钟，妹妹上学也就用不着操心了。也用不着爸爸在厢房里每天大呼小叫了。

窗户上的玻璃冰乎乎的，圆圆看了一会儿自己呼出的气就罩住了玻璃，看不清外面的黑了。圆圆心想先睡会儿觉吧，可又怕睡过了头。这时候妹妹挪了挪身子，把光脚片子直直地伸过来。她突然觉得有个肉叽叽的东西搭在了她的腿上，吓了一跳，"啊"地叫了一声。圆圆的这一声叫，惊得自己的心房都颤抖了起来。

奶奶醒来了，怒气冲冲地问圆圆是不是招了风还是发啥神经，惊得人睡不好觉。

圆圆低声下气地辩解着说，花花的脚搭在我腿上了。

奶奶仍怒声怒气地说，那又不是长虫，看把你吓的，你是成心不让我睡觉，不让我静心。

圆圆说，月亮还没有上来。

奶奶在黑暗中说，不好好算算日子，现在是啥时候，二十一二三，月亮上来鸡叫唤。这个时候月亮上来得迟，等到月亮上来就迟了。你先睡甭吵，等会儿我叫你。

圆圆又焦急地说，鸡也还没有叫。

奶奶听着就不耐烦了，说我心里亮堂着呢，有准呢。鸡一叫月亮就上来了。你这个死丫头，成心叫人烦心呢。

圆圆再也不敢出一点声音了，怕奶奶嚷着骂她。奶奶嚷着骂人的时候，爸爸在厢房里就会听见。爸爸虽然是个麻眼，也就是人常说的瞎子，但他的心里很亮晶，对家里的事"看"得一清二楚，奶奶嚷着骂人的时候他也会相着奶奶跟上骂她们。爸爸骂人的时候，圆圆和妹妹就觉得很冤。就是冤也得受着，她们没有地方去诉，也没人听她们的诉苦。女孩子本该有冤啥的会诉给妈妈的，但她们的妈妈很早就去世了，是得癌症去世的，去世的时候都瘦成了一把干柴。圆圆和妹妹是记着妈妈的面容和相貌的。有时候，她俩会偷偷地抱着妈妈的相片哭诉上半天，发泄一下心里的那种郁闷和难过。

圆圆悄悄地爬到妹妹身边躺下来，不敢有丝毫的动静。

圆圆静静地等待月亮的上来，尽量不让自己睡着。同时她也希望奶奶不要睡得太死沉，万一要是她一晃眼睡着了，不叫她，就来不及生火煮大豆，明天卖熟大豆的事也就会耽搁了。

这时候圆圆就非常羡慕妹妹花花的瞌睡了。圆圆知道，妹妹才七岁多，对世事还不是那么清晰，思想上不会有活人和生活的负担。所以她每天晚上一做完作业，就倒在炕上呼呼大睡了，睡得很香很沉，不管奶奶头疼着叫唤还是骂人，她照睡不误，叫圆圆看着就羡慕得不行。

静谧的夜晚，漆黑的夜空，圆圆躺在漆黑的土炕上大睁着眼睛，望着同样漆黑的屋顶，听着墙壁缝里的"土钟"嘀嗒、嘀嗒地响着。在夜深人静的暗夜里，"土钟"响得非常清晰而又生动，像一口真正的小钟在小屋的土墙里响着，听着是那么地清脆而又亮晶，惹得圆圆再也躺不住了。她再次爬起来，悄悄地把耳朵贴到墙上去听，那个清脆而亮晶的"钟"声却奇怪地停止了嘀嗒声，但当她挪开耳朵悄悄躺下去时，那个奇妙的"钟"声再一次响了起来，仍然响得清脆而又亮晶。圆圆想扯亮电灯仔细地瞧一下，看那"土钟"到底是一种什么样的东西，她没有见过，爸爸看不见，只有奶奶说她见过，但奶奶就是不去拿它，说它是一样好东西，有运气的人家才会有"土钟"响呢。其实，圆圆估计谁也没有见过"土钟"。她问过村上的"通大"老汉，他说"土钟"是一种虫子，在庄稼收割的时候，就会响起来。但"通大"老汉也说不上是为什么。圆圆问他"土钟"是怎样的一种虫子呢。"通大"老汉更说不上，他说从小的时候家里人就不让孩子们挖"土钟"，破坏"钟"声。到如今也没有人能说得清"土钟"到底是一种什么样的虫子。圆圆就很想知道"土钟"，但她真的不敢动手，奶奶连瞌睡吵了都嚷着骂呢，更何况你要破墙掏钟呢。那不叫她骂死才怪呢。她就是有那个贼心也没有那个贼胆。"钟"声越响越清脆，越亮晶，越生动。圆圆就又爬起来悄悄地把耳朵贴到墙上去听。刚爬着把耳朵贴到墙上，奶奶就大吼了一声："把人欺到家了，你干啥呢？"

圆圆吓了一跳，猛地坐到了炕上，可这一坐就压着妹妹的脚了，妹妹一疼从睡梦里醒过来了，哭哭啼啼的，显然是把她给压疼了。圆圆的神还没有缓过来，奶奶就又骂开了。

圆圆争辩着说，"土钟"响呢！

奶奶咬牙切齿地说，我知道，还"土钟"响呢，屁响呢，我又不是聋子，我腿瘸呢但我耳朵不聋，看你编的，你是盼我头疼死呢还是瞌睡着累死呢。

圆圆委屈地说，我真的听到"土钟"在响呢。老"通大"说"土钟"响是好事呢。

奶奶没好气地说，"土钟"响是好事呢，恐怕是我死呢。

圆圆不再吭声了。

鸡叫了，月亮也上来了。

圆圆一骨碌爬起来，跑到灶房里生着了火。好在昨晚上她就把大豆倒在大铁锅里并继上了两勺子凉水，盖上锅盖苫上了围锅单。这样做的目的是恐怕早夕里睡得迟了来不及。

一把一把的干黄草塞进灶火门里，舔舐着黑黑的锅底。

圆圆心有点急。这晃来晃去的，奶奶还说她叫呢，要是等她叫，早等到大天亮了。圆圆一把又一把地把干黄草放进灶火门里，再用一根木棍子搅一下，让火着旺一点。

村里家家户户的狗睡醒了，汪汪地叫着，怕人不知道似的，一只狗，两只狗……就把村子给搅乱了，搅得一塌糊涂了。锅里嗖嗖地冒着蒸汽，雾腾腾地罩住了灶房里烧火的圆圆，只有那红红的灶火门跳跃着红火，嗖嗖地蹿着烧着锅里的开水，煮着锅里的大豆。

家里那只老得头昏眼麻的黄狗也昏昏沉沉汪汪地叫了几声，这是一种动物界的互应吧，也算是对人类的一点负责吧。

天色麻乎乎地亮了。

村街上有人走动了。这是和圆圆一样早早起来去县城卖大豆的姑娘和媳妇们动身的信号。

大豆煮熟了，圆圆拿来一个背篓，里面垫上一张洗得干干净净的白塑料布，然后再把热气腾腾的大豆从铁锅里用大碗挖到垫着白塑料布的背篼里，扎上口子。圆圆推开锅盖的时候，爸爸起来了，他摸索着拿上钥匙去打开大门，再叮嘱圆圆拿上点干粮，干粮就是点干馍馍。再用拾来的可口可乐瓶子灌上一瓶凉水，在县城里口渴了当饮料喝。虽然县城里家家户户都有自来水，但有时候你去要一口凉水喝，人家还不给呢。在县城里什么东西都是那么值钱和稀缺。乡里人的一把熟大豆也能在县城里卖成钱呢，还有麦索也能卖成钱呢。大豆卖罢卖麦索正是时候。

奶奶起来后拄着拐杖立在灶房门口，看着圆圆熟练地在背篼里装大豆，就唠唠叨叨地说她让圆圆扰得又没有睡好觉，只睡了个半拉子，头昏脑涨得像要爆炸。

圆圆没有理识奶奶，她知道你若理识她，她就会滔滔不绝地说下去，说到肚子里有气了再接着骂起来。

圆圆让爸爸进来帮她背好背篼，走出灶房门朝大门外走去。她走的当儿对奶奶说，您该礼晨礼了，顺便给爸爸也灌一汤瓶洗小净的水。说完大步朝村街上走去，等着找她的伙伴们去了。

奶奶没有了发泄的对象，就努着嘴说，十二三岁的大丫头了，嘴还这么硬，长大了没人要媳妇。她说这话的时候，圆圆已经背着背篼跑到了村街上，不会听到她说的话了。她就只好乖乖地去给儿子灌水并洗她晨礼的小净去了。

月光淡淡的，没有以往那么亮，但是能分辨得清路。圆圆和伙伴们一人背着一个背篼，沉沉的，压在她们幼小稚嫩的背上。她们缓缓地走在去县城的山道上，个个像背着座小山。山道上野狐子还有不知名的鸟儿恐怖地叫着吓唬她们，脚跟前不时地有兔子什么的野物突然跳起来窜走，惊得她们不轻。一背篼熟大豆少说也有几十斤。她们走走停停，走走歇歇，她们最怕走的路上没有塄坎。有塄坎时，她们走一段路就靠在塄坎上歇一会儿，没有塄坎的时候，她们就咬着牙多背着走一会儿，等有塄坎的时候再歇下来。她们就是这样走走停停走走歇歇地走下去，一直到县城里的十字路口。

天亮了，刚开始大街上人还很少，但还是有人走过来问她们一大碗大豆的价格。她们边走边回答着问大豆价格的人，但是不敢放下背筐，要是谁放下背筐，再背起来就难了。她们必须得赶到十字路口那儿去，那儿来往的人多，机关单位和学校都在那儿，买大豆的人多。到了十字路口那儿，她们才长长地出口气，看好地方摆好位置，再一长溜地摆开，在人围上来的时候猛地掀开扎紧的塑料布的口子，大豆的热气和香喷喷的香气就在十字路口弥漫开来，惹得人们纷纷掏钱买上几碗。卖到最后剩下几碗的时候，圆圆就看那些骑着自行车或是快步走过的和她们一样大小的上学的学生，心里就莫名地疼起来。他们的神色、开心、悠然、自豪是那么地令圆圆她们羡慕不已。人家还在上学，而她们却过早地担上了生活的重担。人围上卖大豆的时候，她们虽然忙碌着，但心里始终热乎乎的，数着钱往怀里塞，盘算着又可以给自己买一件衣裳了，又可以给奶奶增添一双袜子了，可以给妹妹买一本书了。总而言之，数着钱的时候她们的心里是美滋滋的。但一看到和她们年龄差别不大的城里姑娘都兴高采烈地去上学，她们的心情再也好不到哪里去。

回来走在半路上的时候，圆圆觉得肚子里空荡荡的，才记起她还没有吃馍馍和喝凉水。一路上她想要是她妈妈还在，她一定也在背着书包上学，也肯定不比那些城里的姑娘念得差。她上小学一年级的时候，语文数学时常考双百呢，二年级三年级的时候，她总是考第一名，年年在"六一"儿童节上领奖呢。可是她刚上四年级，妈妈就得癌症去世了。妈妈虽然大脑有点问题，但对她和妹妹上学很支持。人都说圆圆娘脑子有问题，但在姑娘上学的事上脑子清醒着呢，不含糊，没问题。妈妈一去世，麻眼爸爸就对家里转不开了，再加上奶奶腿不好，家里那十几亩地就种不下去了，于是她就极不情愿毫无办法地辍学了。学校里老师来过几次，劝了她父亲好几回，但现实摆在眼前，他家就这么个家道，这么个困境，这么个过法，谁见了都会同情着掉一把眼泪的。圆圆就是天才也没有理由再念下去了，她得帮着麻眼的爸爸和瘸腿的奶奶务好地里的庄稼，做好屋里的家务，拉扯大不懂事的妹妹。但她还是非常想念书的。

圆圆身心疲惫地回到了家里，把卖大豆的钱交给了爸爸。爸爸接过圆圆递过来的钱，一张一张地摸着，摸着，然后再一张又一张地数着，数了好几遍，才含着笑放进自己贴肉的汗衫口袋里，还用手重重地拍了拍胸口那儿，怕钱长腿飞了似的。早饭是奶奶做的，煨在灶火门上，早已冰凉凉的。草火没有多少后劲，烧过之后就成了灰，把饭煨在那里还不是个样子。不过，这时候天气热着呢，饭也不是太冰凉。其实，早饭已过了时候，该是吃晌午的时候了，圆圆感觉抠心挖嗓的，胃里还有点烧乎乎的，早已没有了饥饿的那种感觉，是饿过了。圆圆也不用碗，直接端起铁缸子就吃。奶奶让瞌睡折腾得身体虚弱，再加上腿不好，时常会搬条小木凳坐在院子里那棵枝叶繁茂的麦黄杏树下，抽空打个盹眯上会儿。圆圆吃饭的时候，她却没有打盹也没有眯眼，而是睁大眼睛盯着圆圆的吃相，然后板着脸说，一个大丫头要站有站相，吃有吃相，你既没站相也没吃相，纯粹是野了，将来谁还敢要媳妇呢。圆圆也不答话，只管吃她的饭。她吃完饭还得去地里摘大豆，大豆摘好后背回来，再剥掉外面的豆荚，剩下豆肉放进锅里，重复昨天的劳动。一背篓大豆需摘回四背篓豆荚。这是一样多繁重的活啊，妹妹放学了后还能帮她。但今天天上的云彩是弯弯钩，这样的云彩会有雨的，要是大豆摘不回来，落上一场大雨，就进不到地里去了，那明天也就卖不成大豆了。妹妹放学还得等上几个小时，再说妹妹人小也帮不了她啥忙。有时候只会添乱，摘大豆的时候往往会踏断豆秆。所以也就不等她了。

圆圆往回背着大豆，沉沉的背篓重重地压在她背上，脸挣得通红通红的，汗珠顺着脸颊流下来噗噗地掉进炙热的土路上，化作了蒸汽。那些做农活或是摘大豆的婆娘们孽障地看着圆圆，不由得吸上几口冷气，想搭个帮手，但自己却也腾不出手来。谁家的孩子调皮或是不乖的时候，就拿圆圆的各方面作比较，让子女从圆圆身上学到些东西。但有用的材料不用育，学好的娃娃不用教。让子女从小就学着圆圆务庄稼拉家务，但是恐怕没有一个家长愿意他们的子女像圆圆这样从小就担起家庭的重担务庄稼拉家务。

又是一个无眠之夜。

这一夜妹妹吃多了生大豆，一晚夕肚子疼，跑了几趟茅坑，也把奶奶给吵着了，奶奶没有睡好觉，精神状态就不好。头一疼就唠叨着一直骂了半晚夕。圆圆心牵着烧火煮大豆的事，一晚夕也没有睡踏实，眼皮子重得抬都抬不起来。可到了后半晚夕，瞌睡却来得快，奶奶的呼吸此起彼伏非常均匀，奶奶睡着了。圆圆却睡不着了。再睡下去，那就醒不来了。她索性坐起来，在静静的暗夜里静听墙上"土钟"的嘀嗒声，直到鸡叫和月亮上来。

第二天圆圆卖完大豆，走到半路上的时候，看见有人给自己的亲人上坟念"苏勒"。她坐在一处草滩里，思谋着自己的母亲去世得早，自己和妹妹好好没人管，日子过得这样苦焦，也没有能力请阿訇给母亲上坟念个"苏勒"。虽然大多数人都是在亡人的殁忌上念"苏勒"，但她现在就想请阿訇去母亲的坟上念个"苏勒"，向真主祈祷给她亡人母亲个平安，给她们全家个平安，尤其是给奶奶个平安，免得她一晚夕睡不着觉抱着脑袋骂人，扰得一家人睡不好觉。

圆圆心里有了那个想法，回来后就向爸爸说了。爸爸抚摸着圆圆的头说，我的丫头长大了，长成大姑娘了，会想事。明天我抓上只鸡宰了再去寺里请个阿訇，到你母亲的坟上去念个"苏勒"，给我们全家无常了的和活着的祈祷个平安。

圆圆说把阿訇请到下午吧？那时候我就卖完大豆回来了。我也想看看妈妈，看看她的坟。自从妈妈无常之后我还没有去过坟园。爸爸睁了睁他混浊的麻眼，说女人们到坟园里是去不得的。圆圆就说我不是女人，我是丫头。爸爸笑着说，丫头也是女人。明早我去寺里问一下阿訇，看你是不是能去成。圆圆说，明天一定等着我。爸爸点了点头，算是同意了圆圆的请求。

这天天气还不错，大街上行人、上班上学的人也多，只一会儿工夫，圆圆她们就卖完了大豆。看着天气还早，圆圆的几个同伴把背篓放到存放自行车的老大娘那儿，给家里买添补家务的一些东西去了。而圆圆心里想着上坟给妈妈念"苏勒"的事，就匆匆地背起背篓回家了。

圆圆这天回到家里时还早，煨在灶火门上的饭还有一丝热气，她边吃边问在院子里晒阳婆的爸爸。爸爸笑着说，阿訇说了，去坟园里向真主给全世界的亡人祈祷平安，丫头小没有别的想法也行，不过以后还是不要去为好。圆圆听着爸爸的话，眼泪就哗地流了下来，本来去坟园给亲人念"苏勒"是男人的事，可她家里是没有男娃娃的，真主会饶恕她的行为的。她举意着热了一大锅水，彻彻底底干干净净全全美美地洗了个大净。她学着洗大净的第一汤瓶水还是妈妈浇在她身上的。妈妈教她学洗大净的时候她还很小，跟着妈妈举意上，再跟着妈妈的样子按次序洗大净。那时候，她跟着妈妈学洗大净时脑子里怪怪的，但也说不上这种怪异的感觉是一种怎样的感觉，至今也说不上来。

阿訇来了，手里牵着她爸爸的手，笑着对她说，尕丫头走吧，上坟园给你亡人妈妈念"苏勒"去。她没有回答阿訇，跟在他的身后，不远不近地走着。阿訇和她爸爸说些家常，说些她家的困难和愁肠。她都听到了，只是现在她不想家里的那些事，只想妈妈，想妈妈给她的那些记忆。

悠扬的诵经声回荡在坟园里。阿訇念得很认真，她爸爸也听得很认真，她也认真地听着，仍然回忆着妈妈过去的音容笑貌。坟园里的青草很长很茂盛，掩住了平缓的坟头。圆圆妈妈的坟头也长着旺旺的冰草、狗尾草和几丛马莲草，还有一些不知名的小草，开着碎小的红色花儿。马莲草那些紫色的花儿早凋谢了，结着硕坚的籽粒。坟园边的松树上鸟儿唱着动听的歌儿。圆圆看着坟园里这么青翠，这么肃穆，心想这里真是个好地方。

阿訇的诵经声惊动了草丛里静卧的一窝小野鸡。在修长的草丛里有几个小脑袋探视着陌生的世界，陌生的圆圆他们。圆圆也看到了它们，它们一共是七只，其中一只翅膀上还受了伤，圆圆估计是上坟的人走过踏坏了的。这时候圆圆就想它们的妈妈该在哪儿呢，它们的妈妈怎么就不管它们呢？要是有人发现它们并把它们捉了去怎么办呢？这时候圆圆的心里替那些小野鸡忧愁着，忧愁着它们的命运，忧愁它们的存活和长大。阿訇诵完了经，展手作了祈祷，圆圆还在想小野鸡的事。阿訇拉了她一把，她悄悄地对阿訇说，那儿有一窝野鸡。阿訇顺着她指的地方看去，的确看到了一窝肉叽叽的小野鸡。阿訇说不要乱动它们的窝，一旦动了，它们的母亲就不会管它们了。坟园里调皮娃娃们来得少，让它们全美着长去吧。人在坟园里全美安稳地睡着，野鸡在坟园里全美安全地长着，让活人有了许多放心。阿訇说，坟园是人生最全美最平等的地方，不管你是高官还是贱民，不管你是富翁还是贫民，无常了都同样地躺在了这巴掌大的一块地方上，苫了三锨黄土。阿訇说这些，圆圆现在还听不懂也理解不了。

从坟园里回来，圆圆的心情就一直不好，总是觉得妈妈还在她身边，牵着她的手，痴痴地看着她的眼睛，傻傻地笑了。妈妈虽然脑子不全美有点不好使，但她的心境清澈得像大泉里往外溢流的泉水，没有一丝一毫的杂质。可她却得上病撇下她们走了，永远地走了，到那巴掌大的地方去了。她的走也是全美的。

只是，现在她们一家人的生活过得并不全美啊。其实不全美的生活还在后头呢。

那天天上起了钩钩云，但雨却没有下。第二天，圆圆她们刚卖完大豆回到家里，天色就逐渐地暗了下来，东风也刮得紧紧的，天边，确切地说是从四面八方涌上了黑云，一会儿就把天空罩了个严严实实。风在吼，树在摆，地好像也在动。闪电一个接一个地闪晃，闪得人心惶惶的，雷是一个接一个地在头顶上炸响，惊得人无处躲藏。雷鸣电闪当中鸟蛋大的冰雹从天上像石子般砸了下来。树叶哗哗地抖落，像秋天的疾风扫落黄叶一样，落得迅疾、干脆，不拖泥带水，刚落到地上，就又被冰雹砸着镶在了烂泥里。总之，树上的叶片像奶奶那次发怒了用鞭子往下抽一样似的往下掉。房顶上也咚咚地敲着，一声声地砸在人的心尖上。奶奶望着像倒豆子似的冰雹，无神的眼睛半闭着哭了，爸爸混浊的麻眼里也流下了心疼和无助的泪水。奶奶一个劲地喊着，庄稼完了，庄稼完了。奶奶哭着一喊，圆圆感到她们家的天真的塌下来了。全家人一年的希望就在这场冰雹中砸碎了，砸烂了，还有她的梦一同被砸烂在了这昏天黑地的冰雹中。

冰雹过后，太阳却出奇地跳了出来，像没有这回事似的，亮亮的，艳艳的。

大地上一片狼藉，院子里的麦黄杏同杏叶也落了一地，滚着搅在烂泥里是那样的肮脏和晃眼。菜蔬摊了一地，漂着浸泡在污水里。白杨树的枝头光秃秃的，难看的枝头轻挑着几片树叶，让人看着心里像火燎一样。庄稼地里被砸了个稀巴烂，没有了以往的生机和翠碧，白生生的一片，显得杂乱无章，凌乱不堪。一年庄稼二年苦。靠田吃饭的人慌了神，看着这样的情景，哭着都没有了声音。对圆圆这样的人家来说此时此刻是怎样的忧虑、无助、难肠和痛心呢，她们一家人的生活今后就会更苦了。而现在的问题是圆圆没有大豆卖了，她心中的一切设想也都落空了。给妹妹的书买不了了。本来她想再卖上一次她就去买一个小闹钟回来，和那个"土钟"比一比，看谁走得响，看谁走得稳。这样一来，她的小闹钟就买不回来了。那些钱还需等着以后买油盐酱醋呢，还要给奶奶买一大包安乃近和去痛片，由于奶奶常年吃这两样药吃出了瘾，要是啥时候这两样最平常的药快断了，她的心就开始焦急起来。圆圆时常注意着奶奶的表情和药瓶子，要是药少了她就去再买上一大包放进奶奶的药瓶子里，让她放心去吃，放心去睡。

奶奶依然和往常一样睡不着觉，圆圆没有了大豆可卖，她的心里空落落得像被谁掏空了似的，她彻夜思谋着地里被冰雹砸完的庄稼，心焦得睡不着觉。她想她不卖大豆就没有了活干，没有了活干，一家大小的家务开销就没有地方来了。庄稼没有了，她们一家人的生活就无法过下去了。

那天早夕里，一家人默然无语地围坐在上房炕上，诉说自家的难心和今后的难肠，圆圆听了一会儿掉着泪到灶房里做早饭去了。再这样坐着也不是个办法，饭还得吃，日子还得过。昨天的冰雹让奶奶受了惊吓，从晚夕里开始她的头就疼得比以往厉害，折腾了一晚夕，也没有缓轻。

奶奶的头疼着，龇牙咧嘴地在炕上乱转。

村委会主任全福咳嗽着进来了，大声喊嚷地说有没有人？全福有很长时候没有踏进这个家门了，今天来不知是啥事。

圆圆的父亲思谋着在炕上大声地回答说，人有呢。

全福说，那我就进来了。

圆圆父亲说，进来吧！全福进了看了一眼这个没有女人操持的家是一个怎样的家啊。屋里黑嘟嘟的像炕洞似的。同样光线黑乎乎的炕上，圆圆的奶奶抱着头坐在炕角头靠在一床破旧的被子上，龇牙咧嘴的不说话，她用手指着炕沿让全福坐。麻眼拉着脸，从炕上下来给全福让座。圆圆在灶房叮叮咚咚地做着早饭。全福在心里想，没有女人的家真不像个家，瘸的瞎的做不了啥，把家务的重担丢给了一个十二三岁的小姑娘。

全福叹了口气说，昨天的雨把庄稼打了，家家户户的地里都没有了庄稼，不过有些人家里还有上年的余粮，不知你们家有没有，你们家的损失我都上报了。圆圆奶奶把抱着脑袋的手取下来说，我们家里哪还有余粮呢，眼看着就断顿呢。今年的庄稼长势喜人，眼巴巴地指望着能有个好收成，却不料被这场冰雹全砸烂在了地里，把人的指望砸成了失望。家里上年的余粮都粜了换成家务钱了，你说一家四口老的老小的小，瘸的瘸瞎的瞎，我还时常病着要吃药，哪里还能有余粮呢。一家老小拖累大。就是太可怜圆圆了，一家人把她当大人使唤呢。别人家的娃娃和丫头们这么大的都上学玩着呢，还在娘老子跟前撒娇呢。我们家圆圆就没有那个福气了，她不动弹一家人的生活和日子就过不下去了。前几天圆圆还摘大豆卖着呢，想是换两个家务钱，但雨这么一打，啥都没有了。开春种田的肥料钱都还欠着呢，本来想是庄稼下来后粜了就还人家，看来今年是还不上了，人家的肥料钱都让人愁着了，日子过不下去了，也没法过了。说着她就哽咽着说不出话来。多少年了，她还从来没有在别人跟前诉过苦。丈夫去世得早，她一个人就那样拉扯着圆圆的爸爸直到成人，后来娶了媳妇，但好景不长，没几年，媳妇就又去世了，把一家子的烂摊子丢给了她。好在圆圆和花花都还听话。她脾气不好，头疼的时候就想着法子骂人，两个丫头会一声不吭地受着。全福不知道怎么劝她才对，只是默默地坐着听她诉说，多少年村主任当过来了，遇到人诉苦的时候，他从来不说一句话，只是盯着诉苦人的眼睛那样听着。他知道，认真听人诉苦就是对人最大的安慰。

圆圆的早饭做熟了，热气腾腾地端了上来。全福忙起身走了。

圆圆给妹妹把饭煨在灶火门上，自己却跑到田野里看地里的庄稼去了。田野里有人叹息着，有人哭泣着，有人蹲在地上默不作声。庄稼完了，一年庄稼两年苦，两年的血汗就这样完了，全砸烂在了地里。有人说家里是待不住了，再待下去还不把人饿死，出去寻点活干，也能填补一下空虚的家务。圆圆听着就心动了，别人要出去打工找活干，那我也就出去找点活干，可找啥活呢，圆圆的心里很茫然，没有目标也没有目的。

乡上也来人组织年轻人出去打工，用他们的话说是田里损失打工填补。圆圆也去报名，但乡上的干部不要她，说她一个孩子家出去打工不合适，再说那样小的年龄人家用人单位也没人会要，那样小的年龄还是童工。圆圆围着乡上登记报名的干部缠了几天，也没有缠出个结果。村里的人也帮着给圆圆说了许多好话，但就是说不动那些人，无论怎样说人家就是不答应，一句话，圆圆的年龄太小。

村子里一部分人跟着乡上的人走了，也有人陆续地自己走出去寻找门路去了，老的小的都出去了。村子里一下子就空了。庄稼汉人没有啥技术，就是一身臭力气，走到哪儿都是干体力活，轻活、动脑子的活你干不转。圆圆给奶奶和爸爸在吃夜饭的时候说了她也要出去寻个门路挣钱去。爸爸没有吭声，他无法开口，圆圆出去家里放心不下，不出去一家人的日常生活就要靠奶奶操持了，只有奶奶开口了。奶奶嘴角颤抖着说，你人这么小，恐怕是找不到活的。圆圆说，我试着去找。城里的饭菜馆肯定是要人的，我到城里卖大豆的时候看到那些个饭菜馆里走动的尽是像我这样的小丫头。妹妹花花听着姐姐说要出去找门路挣钱，她嚷着不念书了，在家里照看爸爸和奶奶。奶奶摸着花花的头说，奶奶不用你看，奶奶腿是瘸着但眼睛还好着，再说你爸爸他也还能摸索着干些家里的活，也不用看。你就念你的书，好好念，将来等奶奶和你爸爸动不了看不着了你再照看奶奶和你爸爸。花花答应着哭着写她的作业去了。

圆圆拿着爸爸给她的一百块钱去了趟县城，给自己买了件雪青上衣，一双白球鞋。家里存放的那条裤子还是新的，不用买。那是去年上冬的时候，村主任全福从乡上回来送给她的，说是大城市里捐赠给贫困地区的。他到乡上的时候，正给各村分配那些捐赠的衣服，他就给圆圆挑了几件没挨身的衣物。上衣圆圆早穿烂了，裤子存着没有穿。

圆圆出门寻门路去了，是流着泪走的。

她走的时候就想只要能挣到钱填补着家里，让家里人能够全美地推着把日子过下去，不管自己有多累有多苦，她会忍受得了的。但不知道她那么小的心灵和肩膀能否担负得起家务和养活一家大小的重担。一家大小能否像她想的那样会全美地把日子过下去呢，就不得而知了。

　　但愿圆圆在外面能够寻上个好门路，挣上钱全美地养活好自己和安顿好一家大小的生活，这是所有人的殷切期望和美好愿望。

（原载《椰城》2010 年 12 期）

看 守

　　冷炕上贴了一晚夕，到傍亮时穆沙腰酸腿疼地起来洗了小净，礼了晨礼，就急急地给上庄的连生打了电话。连生在电话那头说他早已动身了，走在半路上，几分钟就到。

　　穆沙在院子里转着等连生，看着空落冷清的屋子，心里有一种难受。

　　这一走，又要十来天，门又要上锁了。这个家，没有个人看着还是不行，上了锁几天没有个人影，再打开锁进去就像进到了空寂的寺庙里，空空荡荡冷冷清清的没有了生气和温暖。他很多时候回来时就不想打开这把锁，也不想进这个家，没有烟火气的家就不像个家的样子，倒是像一处歇脚的窑洞。他走时也不想给门上锁。他站在地上，就想起了以前这个家的温馨来。那个时候，老伴还没有去世，健康地活在这个世上，替他操持着这个家。穷家难当，老伴是让这个家操持得生病去世了。老伴去世的时候，两个丫头还都不大，后来大丫头长大了，他寻了个殷实稳当的婆家一个人操持着打发了。二丫头现在上高中，明年就高考了。周末二丫头回来替他整理一下屋子，再回去。但二丫头一走，屋子照样锁着，关着门的屋子还是见不到阳光，见不到人影，没有烟火味。没有女人的家真不是个家。大门外摩托在响，他知道是连生到了。他笑着迎了出去，让连生把摩托推进来放进堂屋地上。给堂屋和大门上了锁，两人就急匆匆地上路等汽车去了。

　　他们到高阳坡村的时候已是下午了，找到支书福来说明了收药的事。福来就让老婆烧锅去做饭，还特别交代要把锅烧红烧干净。穆沙就劝福来不要麻烦了，今晚他俩到附近的县城里去住，明天一大早过来。以前，穆沙来了的时候，福来总是在院子里架一堆柴火把铁锅烧得通红通红的，把沾在锅上的油啊什么的都烧尽，才放心让老婆做饭，要不然穆沙不放心锅不素净，做了饭不敢动筷子。后来，每到一个地方，吃不上饭的时候都是连生去烧铁锅做饭，穆沙就吃得放心了。

这个县的县城比他们那个县的县城要大好几倍，街道也比他们那个县的要宽，看着就像个县城的样子。肚子饿着得找个清真饭馆吃饭去。还是去吃那个河沿面片去吧？连生建议着。穆沙笑着说，就吃河沿面，看来你不吃河沿面胃里就不舒坦。那个面馆他俩时常去吃，里面的老板和跑堂的都混熟了。只要他俩到那儿一坐，不用说就知道他俩要吃什么。人家会做好端上来。他俩吃得满头大汗，尤其是穆沙吃得痛快淋漓，早上吃的那点干馍馍，的确已在胃里没有了影子。吃饱喝足也没有事，穆沙问连生是转一会儿呢还是去宾馆睡觉呢，连生说让车坐得乏乏困困的回去睡觉。两个人就到宾馆里走去。

"哥哥，耍一个去？"一个年轻的女子扯住穆沙的衣袖轻轻地问。穆沙和连生说着明天收药的事，被狠狠地吓了一跳。"啥？"穆沙没有反应过来，站住问道。

连生忙摆着手对那个女子说："哥哥忙着有事，不耍，不耍。"

那个女子还是不放手，仍然笑嘻嘻地说："哥两个都耍去？"这时穆沙才知道是遇上了麻烦，猛地甩开了那个女子扯住的衣袖说："哥没时间耍，哥忙着呢。"

那个女子狠狠地甩了下头，说："乡巴土豆子，就是有时间，你们也不会耍。"说完头也不回地走了。

穆沙就有点生气，你拉客挣钱呢还心气大，傻子才跟呢。两人摇着头继续往回走。走着走着，穆沙就笑着问连生，我真有那么年轻吗？刚才那个女人叫我哥呢，我听着像蚂蚁虫子咬脊梁呢，牙痒得很。不叫你哥叫你大叔啊，那还不把你吓得更厉害，你反过来又说我有那么老吗？人家还怎么说话呢。走，回去睡觉。连生笑着对穆沙说。两人说说笑笑地往宾馆走去。

住进了宾馆，穆沙让连生先歇着，自己则洗小净礼昏礼和还补当日白天落下的拜功。连生看着穆沙神情肃穆地礼拜，内心也受了感动，人家这才有精神寄托呢。穆沙礼完了拜，就和连生坐着说闲话。突然一声清脆的电话铃声吓了两人一大跳。连生顺手接上了电话，电话那头一个娇滴滴的女子问哥需要不需要特殊服务，连生忙压低了声音说，我老板特别交代了，今晚不需要服务。那个女子就说需要服务的话打个电话，说完就挂了电话。穆沙躺在床上听得明明白白，皱着眉对连生说，现在这个世道是怎么了，乱七八糟的，尽是女人寻男人的。连生说，世道好着呢，是人心乱了。是人的信仰发生了危机，这样的事就多了。因为她们的心里没有恐惧，没有寄托了。不过像这些花花绿绿的女子还是有她们的职业道德呢，她说五十绝不要一百，不像那样道貌岸然的人，嘴上说的一套然而做的又是一套，把你活宰了你都不知道，还帮着人家数钱呢，没有啥道德可言。穆沙听着点了点头。连生话题一变说，我俩出来一直说得很沉重，今晚我就给你说一个以前在我身上发生过的故事，让你也年轻一回。连生喝了一口水就说开了：

　　那是80年代刚开放那阵子，我家里穷得揭不开锅，弟兄几个人就出去寻门路去了。我小时候跟着父亲时常去藏区，藏区也有我家的主人家，对我家亲得很。去别处也寻不上个活，我就去了藏区，到那儿给主人家牧羊，推天天过日子。我在藏区一共待了七年。后来发生了一件事，我就不得不离开了那里，至今也忘不了。那时候我人小但非常机灵，深得那里人的喜欢，有人笑着开玩笑说他家的卓玛很好看，要我住到他们家里，说是玩笑，也是一种实话。但我偏偏看上了一个叫格桑的姑娘，那个姑娘只有一个奶奶，我俩一起牧羊一起玩耍，一起唱歌一起回家。晚夕里睡觉的时候也想着对方。后来她奶奶也看上了我，要我留在她的帐房里，我那时还没有那个胆子。但我在心里还是很想留在她的帐房里，因为我在心里时刻想着格桑。有一次，我在一个牧人家喝了点酒。说实话，你不喝酒，酒有时候是好东西，有时候真不是好东西。是好东西的时候它让你兴奋让你陶醉，疗理心灵的忧伤；不是好东西的时候，它让你痛苦让你乱性。那天中午我喝了酒之后，我的记忆中就只有格桑。在酒精的作用下我跌跌撞撞地去找格桑。那天恰好她就在帐房里，我去的时候，她家时常趴在帐房门口像雄狮的那条藏獒红着眼看了我一眼就继续在那儿趴着，理也没有理识我，它为什么没有理识我，我至今没有想明白，一条好藏獒对一个比较陌生的来人没有理识，那不是藏獒的性格，更是失职。格桑放牧时骑的那头牦牛在帐房门口卧着，缰绳盘在头上，对于我的到来头动也没动，只是轻轻地瞟了我一眼。我进去时，格桑正在换衣服，宽大的袍子已经解开了，胸前那两朵含苞待放的花儿晃着我的眼，让我目眩心颤，白生生的肌肤让我狠狠地咽了几口饥渴的口水。我心跳着烧得慌，再也控制不了自己的意识和手脚。我三下五除二脱了自己的衣服顺手搭在了门口的牦牛背上，扑过去紧紧地抱住了吓得抱着膀子往里退缩的格桑。格桑的身子颤抖着，脸烫得像着了火似的，张着嘴想喊叫但是却没有喊出声。我像饿狗一样，忘情地相拥……格桑浑身滚烫、颤抖……时间在这一刻停止了。突然我听到了藏獒沉猛的一声怒吼，更是听到了它站起来要扑进来的声音。也听到了格桑奶奶对藏獒的低吼声。我要起身，但格桑颤抖着死死地抱住我不让我走，我用劲摔开了格桑，猛地跑出帐房去取我的衣服。我出门的当儿惊着了牦牛，牦牛猛地站起搭着我的衣服疯狂地向山上猛跑起来，我追了十几步没有追上。但那条藏獒却龇牙咧嘴地朝我追了过来，我知道它的凶猛和可怕，它要是咬人的话，那会把人咬成肉饼子。我恐怖极了，只有撒腿向山上猛跑，此时的我像一只狂奔的精鹿又像一条出水的白生生的乱跳的鱼儿慌不择路地狂奔着，忘记了头顶的太阳，跑过了草地，跑过了酸刺林，跑过了青河……我不知道那时我精沟子跑着的那个姿势有多难看，也不知道自己到底跑了有多远，反正脑子里只有一个字，那就是跑，甩掉那条凶猛的藏獒。不知是跑了多长时间最后跑到了主人家，是主人家的才让把他的羊皮袍子拿来为我遮了羞。后来我在才让家的连锅炕上躺了四天，才让用细针给我红肿的脚心里挑了半把黑刺。过了一段时间，格桑的奶奶拿着我的衣服和鞋子来了，说要让我到她帐房里去，才让的父亲就狠狠地对格桑的奶奶说，你也用不着那样对待他吧，太狠了，差点把他吓成傻子。格桑的奶奶咯咯地笑着说，我的格桑还小，我怕他伤了格桑，只是叫狗吓吓他，谁知把他吓跑了呢。

格桑的奶奶临走仍咯咯地笑着说，脚一好就到我帐房里来，我的小格桑还等着他呢。但你说我受了那样的惊吓，还敢再到她那儿去吗？从那以后我要是见着藏獒听见藏獒的狂叫心扇子就抖。后来我心扇子抖得厉害，主人家叫才让骑着马把我送回了家里。从那之后，我再也没有去过草原，也没有见过我心爱的格桑，也不知她现在怎么样了。连生回忆着说着是一脸的痛苦。穆沙知道那是他的初恋，是让藏獒惊着伤着他了。

听完连生的故事，穆沙笑得连气也接不上来，说从来还没有听过这么有趣的故事，笑得人肚子疼。连生说，我不是编，这是真的。穆沙说，我知道是真的才笑。你不说我还不知道你身上还有这么一折戏呢。你这叫精沟子避狗不害羞，把底丢大了，丢到人家草原上了。

连生看着穆沙也笑了。

高阳坡村的群众都起了个大早，支书福来早早地起来站在村口等着他两了。

福来说，今天先领着你两到地里去看一看药的情况。今年前春雨水汪，当归长势喜人，夏季里没有多落雨，当归长得粗壮，面气也饱，就是今年的价格要比往年稍微高一点，群众已经从外面的市场上了解了当归的价钱。穆沙笑着对福来说，高一半点不算啥，就是当归的品质要好。今年我是要一块地一块地让人挖，像去年有的人明明是看了地块看了药的，但挖来的当归却不是那块地里的。当归就是你们这里的好。这里的土质好，种出来的当归晒干后不褪色气，黄沙沙的耐看而又能卖上好价钱。不过这样的话我不该给你说。福来笑着说，我们又不是打了一年两年的交道，打了这么长时间的交道了，你还不知道我的为人？村里就我一句话，只要我放话了，谁也不敢日鬼糊弄你，你把心放到校场里去。穆沙拍了拍福来的肩膀笑着说，我就是夸了你们种的当归，你就不肯了，走，到你家吃早饭去，让你老婆子把锅烧净，顺便买上只鸡我宰了请你的客。福来笑着说，我负责烧锅买鸡，你负责宰鸡拾掇。连生笑着说，让穆沙宰，拾掇的我来，现在我已经是半个清真了，我拾掇的他放心。

那天穆沙和连生到山上的地里转了一圈。今年的当归真是长得好，不但粗壮而且面气足。穆沙和连生就让福来通知卖的人家乘着天气好赶紧挖。当归挖下来还要晾着晒几天，要晒成柔干子才能装车，不然湿着装车运到省城里，早就蒙着发毛了，影响当归的价钱。

晚上吃饭的时候，福来家里来了好多人。福来笑着指着一个年轻媳妇开玩笑说，两位老板要好好照顾一下我们村的单身媳妇六月。地上坐着的和站着的媳妇们都嘿嘿地笑着说，书记就心牵着六月，心上把我们没有一点点。那个叫六月的媳妇就红了脸。穆沙看着那个叫六月的媳妇非常耐看，光鲜的瓜子脸上一直像桃花样带着微笑，像秋水一样毛茸茸的大眼睛忽闪着是那样的顾盼自如。仔细看着就让人有点心旌摇荡。穆沙看了一眼就低了头和福来说话。福来又笑着对六月说，两位老板可是大老板，是有钱的主。这时候，福来的老婆过来捣了一把福来，笑骂着说，没个正经话，开玩笑也不瞧个场合。娃娃太太的也不嫌腆。福来做着怪脸笑着不吭声了。

问当归价钱的人们都走了，福来对穆沙说，我刚才说的那个媳妇叫六月，人可好着呢。她当媳妇当了十年就是没生下个一男半女，前年春上，男人去世了，家里就剩下个小姑子。想是给六月寻上个人家但她哪里都不去，但也有几个想上门的但人都不攒劲，六月也看不上。我看着你各方面就合适得很，但信仰不同，难夹住人了。穆沙笑着说，这是一件根本就不可能的事，你就不要开玩笑了。福来笑着说，看把你紧张的，我只是说说而已，又不是真的，也不是要硬压给你。就是真的那也要看人家六月同意不同意。连生笑着说，我有老婆娃娃呢，要不然我是要定六月了。福来大笑着说，六月还把你看不上呢。女人的眼睛就是窗口，她的眼睛里透出来的信息那绝对错不了。你们是没有注意，但我却看穿了她的心思。

穆沙笑着摆了摆手不让福来继续说下去。

躺在福来家炕上，穆沙的脑子里又想起了那个漂亮的媳妇，是那么清晰地站在穆沙的面前。连生笑着说，我瞧你是看上那个年轻媳妇了，也许那个媳妇也看上了你呢。

穆沙用胳膊捣了捣连生，说你才看上那个媳妇了呢。

连生说，那个媳妇真的漂亮，叫人没有邪念的那种漂亮。

穆沙说，这才说了句人话。穆沙伸手拉灭了电灯。在黑暗中，穆沙再也睡不着。老伴去世十几年了，他一个人跌跌撞撞地走过来了，还从来没有哪一个女人在他心里留下如此深的感觉。六月的站相，六月的神貌，六月的微笑，六月秋水样的眼神，一直晃荡在他的眼前。是不是连生说的我看上人家了，他在心里问自己。

穆沙翻了一个身，连生就又说道，今晚夕睡不着觉了吧？

穆沙笑着说，还真睡不着了。

连生说，十几年没有老婆焐被子了，今晚夕好好想一想，过过你想女人的瘾吧。

穆沙也就真的把六月想了一晚夕。

早上起来到村街上转的时候，六月到泉上去挑水，走过来红着脸微笑着问穆沙："老板起得早？"穆沙看到六月早已心跳着红了脸，嘴里答应着但不知自己说了些什么。六月红着脸微笑着走了，走得轻盈而又急促。穆沙就想自老婆去世之后，自己十几年来还从来没有在女人跟前心抖过，这是头一遭。他心抖得像十几岁的小伙子初次和心爱的女人搭话一样。连生看着他的脸色偷偷地笑着，笑得有点坏兮兮的。

收当归的几天，穆沙和连生就吃住在福来家。福来家的院子里码放着整齐的当归把子。看药、过秤、数钱，一切都是那么的井然有序。只是那个叫六月的媳妇不时地晃在眼前，有时候是一个人来，有时候是由小姑子陪着来，看着别人送药、过秤、数钱。这时候穆沙的心里总会想到她，眼神也总会瞄到她。他瞄到她的时候，她就低了头装着没有看见或是装着看别的地方。往往在这时候连生就用胳膊膀子靠一靠穆沙，让他看六月，但穆沙却装着什么也不知道，而是专心致志地看药、过秤、数钱，重复着这一连贯的动作。连生有时还笑着悄悄地说，六月看你来了。穆沙依然装着什么也不知道。连生知道他的心，也看透了他的心思。有时候，连生就乘空出去，盯着六月的眼睛说，六月又来了？六月就红了脸微笑着说，闲着没事来看村里人卖药。连生就又笑着说，是看人来了吧？要不要我给说一声？六月就害羞地说，你才看人呢。连生说那我给你叫去了。六月一听红着脸微笑着转身飞也似的走了。时候不长，六月就又出现在了那里，远远地站着，像是在等人又像是看人。有几个媳妇过来把六月瞅上半天，坏笑着说六月等人呢吗？六月就笑一笑说，看卖药呢。那几个媳妇就笑着走了。远远地就听到她们说六月是寡妇婆娘站大门有走心没守心，看上收药的了。六月的心里一惊，莫非是大家已经知道了她的心思。她心慌忙乱地跑回家里，再也不敢出门去。但坐在家里心也闷得慌，就是想出去转一转，看一看收药的那地方。

又一天晚夕里，两人睡下没有瞌睡，连生就郑重其事地问穆沙是不是心上有着六月了。穆沙叹了口气说，看上能怎么样看不上又能怎么样。连生说，要是你看上了，我就不插手了，帮着你把她领回家。要是你心上没有，我就试着在这里安个小家，看人家答应不答应。穆沙笑着说，你让我没办法回答你。你说我心上是不是有六月？连生笑着说我看你心上还是有那么一点。穆沙说，心上有是心上有，就像你心上有格桑的一样，那你领上格桑了吗？连生说，那是两回事，一码归一码。穆沙说，怎么就说是两回事呢，心情都一样。就是六月看上我，我也不能领上六月回家。但你也不能在这里安个小家。你在这里安个小家，两面都不得安心，你也做不到公平待承两个女人。再说人家六月能答应你吗？福来说来了几个人六月都没有看上人家。你不要看六月嘴上话不多，但人家心里亮晶着呢，像镜子一样。除非你没有婆娘，六月也许答应嫁给你。但这没有可能，六月绝对不答应你，不信你试着去探。连生说，这个六月太耐看了，看上一眼就让人心里放不下。穆沙说，只要是心理正常的男人都一样，谁不爱美不爱耐看的牵人心肠的女人呢？你说。

连生用被子捂了头，穆沙仰着头望屋顶。六月清晰地浮现在眼前。熄了灯，两人闭了眼自己思谋自己的心事。

早夕里吃早饭时，福来说，话不挑不明，通过我这几天的观察嘛，这个六月还真看上了穆沙，要不我就说一声，给你们牵牵线，往一起里拉一拉，反正都是过来人了，没有啥不好意思的，就那么一回事，只要人把人看上，没到银钱两万上。既然人家六月看上你了，你还得有个表示吧？成也一句话，不成也一句，成了让人家有个盼头，不成也让人家死心。以前六月有没有这个心思，我没有看出来。去年你们来收药的时候，我也没有注意过六月的表情。要不是那晚上六月的那个表情，我也不会注意上她的。现在人家有了这层意思，就看你有没有这个意思了。穆沙一脸严肃地说，漂亮女人谁的心里都有呢，何况六月既漂亮又耐看呢。连生笑着说，我昨晚夕说了半晚夕，他就是不答应呢。我还说不答应了我就在这里安一个小家，他也不答应，好像六月是他的啥亲戚似的。穆沙笑着对福来说，这不是看上看不上的问题。风俗、习惯、信仰、饮食等等各方面的不同，会导致以后生活上的不和谐。连生虽然各方面可行，但你是有老婆孩子的人，即使人家同意，但你也不能答应。人和人彼此有那么点好感并不代表你要娶她当老婆。福来说，穆沙说得完全有道理。连生这让穆沙和福来一说，也就不吭声了。

　　吃了早饭，送药的人来了，穆沙和连生就和前几天一样看药、过秤、数钱，忙着该忙的事。六月又来了，径直向他们走来，连生小声对穆沙说，六月又来了，朝你走来了。穆沙抬头一看，果然见六月微笑着向他走了来。这时穆沙的心有点颤，眼前一晃一晃的，有点心不在焉。六月走到跟前说，穆沙你来一下，我有话对你说。穆沙就让连生看秤收药，自己跟着六月走了。六月一直引着穆沙朝她家里走去。穆沙说六月你到底有啥事说吧。六月说到我家里再说吧。穆沙就默默地跟在六月的身后走到了六月家里。六月的小姑子不在，家里就六月一个人。到了家里，六月并没有让穆沙到屋里去坐，而是搬了条凳子让穆沙坐在院子里。太阳暖烘烘地照着，院里的一棵梨树上挂着大大的黄梨。穆沙说这梨结得不错，六月就让穆沙自己摘取着吃。穆沙就摘了只梨吃着。六月自己坐在穆沙的对面，看着穆沙半天没有话说。穆沙说，六月有啥事你就说吧。其实这时候穆沙已经知道了六月的意思，她的眼睛已经告诉了他一切。但他还是希望六月不说。六月看了一会儿低了头看着自己的脚尖说，你家里就你一个人，还有一个上高中的丫头？怎么说呢，我想跟着你去生活，看你要不要我。我想了几天，不好对你开口。那天我对书记福来也弯着说了，不知给你说了没有？穆沙把刚吃的一口梨含在嘴里，半天才咽下去。说那你小姑子咋办呢？六月说我已给小姑子找了个好人家，聘礼钱都拿过来了，我也不准备买东西，直接让小姑子带着那笔钱过去，免得操办事情花钱。反正就那么一回事。小姑子一打发我在这里也就没有啥扯心的了。你要是愿意就带上我，不愿意就当我没说，你先思谋着想上几天，临走再给我回话。六月说完起身向大门外走去，穆沙也就心情复杂地起身到福来家收药去了。那一天穆沙好像变了个人，整天不说一句笑话，让人有点捉摸不透。

晚上吃饭的时候，福来问穆沙怎么像是有心事。他摇了摇头，没有回答福来的问话。晚夕里躺在炕上的时候，连生笑着说，六月是不是问你了。他反问连生说，六月问我啥呢？连生说，她是问你要不要她当你的媳妇呢。穆沙苦愁着脸说，还没有那么简单。

高阳坡村的药收完了，穆沙就雇来一辆货车，装完车后给省城里他的上家打了电话，让连生坐上车去交货，自己则要到离高阳坡村不远的小沟村去收药。临走他给福来说了六月找他的事，也说了他的想法。福来说你还是好好考虑一下吧？一个女人做出一个决定不容易，她说要跟你走，那她一定是想了很久，这是决定她后半生的幸福的事，要不然一个殁了丈夫的女人是不会轻易做出这么重大的决定的。

穆沙走的那天早夕里，六月默默地站在村口望着穆沙，等待他说一句话。但穆沙一句话也没有说就走了。

穆沙在小沟村收了三天药，连生就回来了，满脸的喜悦和满足。穆沙从他的脸上看出了，连生可能是遇着什么好事了。连生说他来的时候顺便去了趟高阳坡村，并用一种盯得人发毛的目光盯着穆沙说，你说我见着谁了？穆沙说见着福来了？连生说见着福来也用不着给你说，我是见着六月了。她向你问好呢。只是满脸的忧虑，好像有心事。我看你把一个女人的心凉透了。穆沙说我又没说要领她回家，她凉的哪门子心。连生说六月对你的意重着呢，从去年就注意上了你。她说她看重你的人品。我看你还是把她领回家，把这里留给她将要出门的小姑子。这样对谁都好，不光是她，对你也好。十几年守着那个黑窑洞，过着光棍的生活。那年你们村的那个寡妇看上了你，而你却看不上人家，那是个好事情。后来人家走了，你看人家现在过的啥生活，你还住在那个黑窑洞里，过得多孽障。那个家里总得要有个焐被暖脚的吧。你也不能太亏着自己了。二丫头明天高考就要走了，丫头迟早是人家的人，你也总不能守着她过一辈子。她一走，那你一个人还怎么生活。现在六月要跟你，你就领上她，也不枉人家想你一场。连生一说穆沙就不言语了，好像是动心了。连生说明天我收药，你去看一下那个耐看的六月吧。穆沙没有答应也没有回绝。

第二天两人早早地起来，在小沟村的主任家吃了早饭，穆沙就去了高阳坡村。他要和福来商量一下六月的事。

福来笑着说，我就知道你还会来，你的心里放不下耐看而又能干的六月。穆沙说，不是放下放不下的问题，任何事情总得有个了结。虽然我和六月没有发生任何事，但让人家那样天天牵挂着我却无动于衷也不是个事。这件事还得你出头，你是村里的书记，算是个头面人物。福来说，看来你还算是看对人了，我说了算。穆沙说，有些事不一定你说了算，我要领走六月，但她那个家族的人能答应吗？这个你又没问过。有时候有些事不是你我说了就算的。福来说，那倒是个事，怎么就没有把这想到呢。看来还是你们走南闯北做生意的人有远见。走，我俩去六月那儿，看她怎么说。

穆沙和福来说了来意，六月红着脸说，就是守寡我也守了十几年，丈夫殁了婆婆我也抬埋了，现在小姑子长大成人了，我的责任和义务也尽到了，小姑子一走，我还守着个空房有啥意思呢。说实话前几年有人要到我这里来过我没答应，有人要我过去我也没答应。现在小姑子成人了，我再守着就没有意思了。我还年轻还有自己的前程和生活目标，我要走谁也挡不住我。福来说叫上村里的几个老者商量一下其实是给他们通传一声，让他们知道六月你们的事。

六月说不用叫其他人了，我的事自己做主，就一句话穆沙要是能领上我，我就跟上走；他要是不愿意领上我，我也不硬缠着跟他。这个事是两厢情愿的事。说罢看着穆沙的眼睛，要穆沙给一个痛快话。穆沙突然想到了年龄的事，忧忧地对六月说，事情怎么说呢，我刚才也给你们书记福来说了，他也知道我的心思。不是我不愿领上你。我心上有你呢。我知道你心上也有着我。但我就是不能把你领回家。

穆沙没有想到六月说话这么果断，真是攒劲女人，他佩服。他想了想还是不能领六月回家。他这次回去就央人找一个焐被子和暖脚的，凑合着过日子。人家六月还年轻，比自己年轻二十多岁呢，何况以后的事还多着呢。他在一瞬间就决定了，不能带六月回去，六月有六月的生活方式和生活道路，他也有自己的生活方式和生活道路。他想他回去后就帮六月打听着找一个年轻点的会操持家的人家。但他也想着要帮六月开一个小卖部什么的。这几年他也是挣了点钱的，除了两个丫头之外，他也没有其他的亲人了，想孝顺父母亲，但父母亲却没有那个福了。但他不动弹又闷得慌，在家里待不住。家里如连生说的像个无人的窑洞。他回去后就找一个焐被子和暖脚的人，把窑洞打理得像个家。也该找一个了。

六月没有问为什么，她明白穆沙是不会领上她的，她有点明白但也有点不明白。

穆沙还是走了，带着他对六月的无限思忆走了。走的时候他给福来放了六千块钱，让六月做点小生意或是在村里开一个小卖部什么的。

六月没有接福来送来的钱，哭着离开了福来家，哭得嚎嚎呔呔。

连生惋惜得直撕自己的嘴巴，恨不得自己把六月领回来。

后来福来给穆沙和连生打电话说六月出外打工去了，恐怕是再也不回来了。她还说她对男人们彻底失望了。

穆沙在电话上对福来说，她会回来的，一定会回来的，她是对我失望了，她心中的那点苦痛一过就回来了。穆沙又说，我看守住了我的思想，连生看守住了他的心思，六月也看守住了她自己。我们都像是看守光明的守夜人，都成功了。福来说没有听明白穆沙说的话。穆沙说你以后会明白的。

六月会回来吗？那就只有六月自己知道了。

（原载《东京文学》2010 年 6 期）

猎　手

　　黄昏的雪气凛冽切肤。太阳掩在凝重的云雾里，隐隐约约地从云层里透出一丝淡黄的光亮，映照着一片素净的世界。这时，父亲歪歪斜斜地拄着一根棍子从落日的山沟里扯着细长细长的身影走来，远远的像一个踏上归途的旅人，行色匆匆。

　　父亲曾是一个猎手，是一个远近出了名的猎手。父亲的出名是昔日的事，现在却像流淌的红浆河水一样已然远去，淡出了人们的记忆和视野。

　　要不是那件事，父亲依然是这一带猎手们称颂的佼佼者。但自从出了那件事后，父亲就砸碎了使了二十多年的猎枪，歇了手。可作为一名出色的猎手，砸枪歇手犹如庄稼汉永远地脱离了土地那样难受和不可理喻。冬季是出猎的好时候。在厚雪覆盖的原野上，父亲时常出外，望着雪地上的兽迹时而出神时而眼睛放光，闪露着耐人寻味的兴奋和不可捉摸的笑容。此时的他也许记起了某次在茫茫原野上迅疾地追逐一只野狐或是野兔的一幕。那时的他，天亮背上枪进山，日暮而归，枪管上总是挑着野狐的皮筒或是一两只野兔一两只野鸡什么的，像一个凯旋的英雄，在肮脏的村道上接受着一群牛羊和谝闲传的人的检阅，心中便充满了无限的自豪和满足。在这种时候，父亲往往忘记了满腹的饥渴，向往着家中的热炕暖火和妻子儿女的欢颜笑容。回到家里，父亲就笑呵呵地焐在滚烫的被窝里，吃上满满三海碗洋芋面片子，驱掉饥渴和乏累，然后，美美地睡去，直到第二天天亮。这是一个猎手的生活，也是一个猎手的骄傲。

　　父亲曾经作为一个猎手的素质依然存在着。我的家修在村道边上，院内台子很高，站在台子上就能望见原野上的一切。父亲往往是这个原野的守望者。所以，他记忆深处的时间计算是以某月某日某山梁上跑过了一只野狐或是某棵树上落了一只野鸡为起始和终结的。父亲的时间里只有野生。有太阳的时候，父亲就坐在院子里的台子上微闭着眼睛晒太阳，勾头思索着什么，身旁是一汤瓶晒热的洗小净用的洁净的清水。就在这一汤瓶清水里，父亲倾注了他一生的念想，几滴清水撩上去或是淋下来，他的心灵深处就充溢着被彻底净化的感动。当一汤瓶清水淋完时，他就长长地吁口气，把一切念头和思索统统抛向了九霄云外，清洁无比。父亲虽然闭目弓腰地晒着太阳，但他的思维是灵性的，耳朵是全聪的。当一只被咤惊的野鸡呱啦啦地飞过屋顶消失在原野上时，他微闭的眼睛会放出两道灼人的电光，把周围所有人都灼得萎缩低矮，但他的这种放电只是瞬间的事。一切野生都会勾起他对打猎的向往，但他内心的一道坎阻拦着他的向往，使他痛苦，也让他苦闷，更让他忏悔不已。有时他真想给那些大言不惭的谝匠们露一手，可他心里的那道坎确实让他为难。他发誓不再使枪，他不能违背自己的誓言。他向往打猎，说明他依然是一个猎手，勇敢的猎手。因为他还不算太老，他还能动弹，他还有一股年轻人羡慕的毅力和勇气。他在院子里思索着就有了一个怪怪的念头——要在下雪的某日猎只兔子。徒手空拳去行猎是可以逾越他内心的那道坎的。他说，他闻到了一股兔血的腥味。他年轻时，在冬日下了雪的时候猎兔子是不用枪的，而是撵兔子，他撵兔子是有讲究的，在雪地上不管兔子跑得快慢，只是紧紧跟上兔子的踪迹，一个劲咬住追撵不放松，只等兔子翻过了几座大山，穿过了几条平川，蹚过了几条河流，到那时，兔子的血液就会沸腾起来，似婴儿撒泼般四蹄挣展哭叫着挪不动一步了，然后掏出随身携带的腰刀割断兔子脖子上的动脉血管，狂猛吮吸喷涌而出的沸腾的血浆。第一次我们一家大小看到父亲满脸的血污时，简直吓坏了，我们以为他摔断了门牙或是受了什么伤。但他看着我们惊恐的神色却"嘿"的一声笑了，露出了一口洁白的牙齿，牙齿完好无损。后来，当我们说起那次的惊恐时，他有点兴奋地说，那才叫猎手。人饥渴乏累的时候，猛吸沸腾的兔血，满腹的饥渴和浑身的乏累瞬间便从身体上消失了。不是真正的猎手，就没有那种体验。

父亲的决定是瞬间决定的，谁也不能阻拦他。

父亲坐等着等来了一场厚重的雪。头天，刮了一天的冬风，临近黄昏时，天上就飘飘扬扬地洒起了大片大片的落叶似的雪。父亲深邃的目光盯着飘扬的雪片凝成了两道火辣辣的光束。我们大家知道他又想到了打猎，或许是想起了那件令他终生不安的往事。可谁能猜透他呢？

他又说他闻到了兔血的腥味。我们知道他是要出猎。那就让他自己遂愿出一次猎吧。那是他自己的事。

第二天早上，大家准备吃早饭时，却不见天亮前去清真寺里礼晨礼的父亲回来，出门一打听，老者们说父亲晨礼散后跟着村口一个兔子的蹄印撵去了。

父亲真的出猎了。

父亲从晨礼上回来，看见一只兔子从村里谁家的豌豆草垛子上吃了草径直朝原野里去了。他就跟着撵了去。父亲跟着兔踪在茫茫雪原上走着，雪气很重，凛冽地刀割般往肉里面剜，尤其是一双耳朵，在尖锐的风的呼啸声中似乎肿大了许多。那只兔子却没有丝毫冻或是冷的感觉，仍然蹦蹦跳跳地跑着。但是，它好像精力不济，他从蹄印上看出来了。它的蹄印显得笨重迟缓，蹦出的距离也不是很均匀，但蹄印较大。他从蹄印上看出这是一只老兔。他撵着兔子仿佛又年轻了几十岁，体态轻盈步子轻快地跳上爬下。那只兔子知道遇上了劲敌，蹦蹦跳跳地跑一阵，然后歇息片刻再回头望上那么几眼，然后又飞快地蹦跳而去。那只兔子他是从大湾山上开始撵上去的。狡猾的兔子一出村子，就径直朝窝里奔去，但狡兔必有三窟，它从一个洞子里进去后觉得不安全又出来进了另一个洞子，但仍觉得不安全，就出来卧在了一段断崖下的草窠子里。父亲找见它时，赶早的日头正抚着它光滑而灰色的绒毛，静静地睡着大觉。就在父亲举棍击下的时候，它从危险的睡眠中醒了过来，蹦上断崖逃走了。父亲笑了，他也许要的正是这种效果。真正的猎手并不喜欢唾手可得没有一点刺激的猎法，而是喜欢那种带点刺激或是心跳的猎法。

转眼间兔子不见了踪迹。但它蹦跳着的蹄印深深地印在雪地里，既沉重又醒目。

父亲有点气喘，显然已不同于年轻的时候了。他跟着兔踪连续翻越了两道山梁，仍未撵着兔子。这说明他在行动上是有点慢。翻过了红山梁，他循着兔踪进入了一大片毛梢林子。他意想不到会进入到这片林子里面。

二十年前，就是在这片林子里，他一枪要了达吾的命。那年的冬天，扯展两个月没有落一片雪，但到了五九刚入的那天，天上突然像瞌睡了似的扬起了大雪，一连飘了三天，落了足足一尺厚。这场雪压断了不少电线和树枝，也压塌了不少人的草房。这样厚的雪融化掉是要些时日的，雪一时半会儿融化不掉，山上的鸟雀和小动物都着了慌。很多鸟雀都飞下山钻出林子扑进了挪腾出一点空地的农家院子里来了，咋着不惊，撵着不飞，都与人亲近了许多。可是野鸡、野兔、野狐之类的就不与人亲近，其实它们是不敢与人亲近，假如它们与人亲近起来，人会谋了它们的皮毛和肉。它们没有鸟雀的胆量。但是它们饿急了也会自投罗网。临近村边的人家都铲出了一片空地拴上了套子，专等饿得发昏的野兔或野鸡之类的来下脚上套。

对于真正的猎手来说，在那样的情况下猎取几只兔子或是野鸡、嘎拉鸡不是一件难事。而猎手们向往的往往是野狐，哪怕几天里猎获上一只也比猎获几只野兔或野鸡之类的要强得多。父亲当时就是这样想的，也是这样做的。

在那样的雪地里去猎野狐是需带干粮和火柴的。猎野狐比兔子难，野狐比兔子气长，一口气跑十里八里路那是不费丝毫气力的。而兔子则不然，早时气长，后面气短，跑上三五里路它就会找个僻静的地方躲上一会儿歇乏睡觉，兔子一睡觉也就逃不脱猎手们的猎枪，最终成为锅里的东西。野狐的嗅觉比兔子灵敏得多，猎手撵野狐不会顺着风去追，而是迂回着去追。那次父亲撵着一只红似火焰的野狐整整跟了两天。两天之中，他三次曾有机会朝那只野狐开枪，可那有悖他一贯打野狐的打法。他打野狐从来不打腰身，而是开当头枪或是穿眼枪，那样开枪野狐会当场死亡，不会伤及皮毛。要是从腰身上开枪，若击不中心脏，野狐会拖着伤残的身体逃命，这样会损坏皮毛的。他追着野狐在第二天的黄昏时才循着它的踪迹进入了这片毛梢林子里。二十年前，这片林子似乎比现在要大。已经到了黄昏，他估计野狐会在这片林子里隐身。已经两天了，他是吃了一点东西，而野狐是空着肚子跑了两天。两天来他跟着野狐迂回几次翻越了七座大山，他的腿都僵成了一根棍子，嘴皮上裂开了几道血口子，然而野狐的四条腿也不会好到哪里去。他信心十足地在毛梢林子里盯着狐踪搜寻着前行。他的感觉告诉他，要是在这片毛梢林子里再寻不上它，他就没有精力再跟下去。他慢慢地爬上一台又一台的崖坎，循着狐踪向山顶上攀去。有那么一会儿，他眼前突然一亮，一道火焰似的红红艳艳的东西在山顶那里的毛梢林里闪闪烁烁，忽隐忽现。显然，野狐是到了生命的最后时刻，在做最后的拼搏。父亲信心倍增，迅疾地向山上爬去。近了，近了。他看见了野狐在踽踽挪动。他摘下枪握在手中，卧倒，然后瞄准。野狐太俊美了，它任何时候的出现都是一道亮丽的风景。野狐在他的视线里移动。他真舍不得开枪，有那么一刻，他的思维不是那么很清晰。但他还是用右手食指扣动了扳机。枪声响彻了山野，震落了树梢上的积雪，有那么一片落入到了父亲的右眼里，冰凉冰凉的，等父亲再睁开眼睛时，山脊上一只俊美的野狐迅疾的一现便不见了……

等父亲爬到那只击倒的野狐跟前时，他吓傻了。原来他一枪击穿了戴着狐皮帽的达吾的脖子，血浸透了很大一片雪地，稠嘟嘟的殷红殷红的，涌出的血液强烈地刺激着父亲的眼睛。他感到天塌了。父亲猎狐猎倒了人，这对于一个猎手来说是莫大的耻辱，也是一生的遗憾。父亲羞愧难当，便发誓永远不再打猎。他亲手砸碎了使了二十多年的猎枪。但是羞愧和痛苦却深深地留在了他的记忆里。

父亲猎狐猎倒了达吾，他为之忏悔了二十多年，也痛苦了二十多年。每年的那天，他都要给亡人达吾上坟念个"苏勒"，要么举念上个东西请阿訇隆重虔诚地念上几本《古兰经》，搭救着祭裹上一回，但仍然减轻不了他心中的那种痛苦。就那么一枪，就轻轻地要了达吾的命。

此后的日子，他害怕见血，见到血就会记起那血腥的场面，令他心悸不安。好在那次达吾的家里人没有把他送进班房。把他送进班房关上十年八年也不亏他。

自从出了那件事后，父亲就再也没有狂吮过沸腾的兔血。可时隔二十多年后，他突然说闻到了兔血的腥味，这可不是件好事。人常说临近无常的人会闻见自己十分熟悉的味道。父亲说他闻到了兔血的腥味的时候，我们一家大小都感到了骇怕和惊恐。

父亲在毛梢林子里循着兔踪一路撵去。雪气升腾着，尖锐凛冽的寒风追着他不肯放松。父亲呼出的气流在胡须上结成了冰溜子，甚至连眉毛都结成了两道霜白的冰棍。很快，他跟着那一溜兔踪爬上了山脊。兔子正扯直了脖子斜着山脊往下溜，连滚带窜。看来野兔已到了精疲力竭脉血沸腾的时候了。父亲瞪直了一双血红的眼睛朝兔子撵去。

父亲此时爆发出一个猎手的昔日的活泛来，撵得迅疾。野兔看到了眼前实实在在存在的危险，挣扎着向林子里跑去。父亲的喉咙里"咕咕"地叫着，是一种饥渴难忍的渴望之叫。这不由让父亲在脑海中闪过第一次狂吮兔血的记忆来。那次，也是在一场厚雪中追撵一只猞猁，从早上追到了下午，才将猞猁追到了手。追到了猞猁，他的身心完全松弛了下来，一种难以忍受的饥渴即刻侵袭而来，他想到了回家。他望了一眼周围银白的世界，有一群不大不小的孩子提着棍子疯狂地追撵着一只受伤的野兔，野兔径直朝他奔来。他看着就知道野兔的大限到了。该帮他们一把，他想。他就朝着奔他而来的野兔开了一枪。一枪齐茬茬地截断了野兔的一只前腿。野兔在雪地上乱窜着，声嘶力竭地悲叫着。父亲走过去拎住了野兔的双耳。饥渴又一次向他袭来，他就想起了不知是谁说过的沸腾的兔血能解渴的话来。父亲的嘴角上露出了一丝微笑，当父亲的嘴角露出微笑的时候，一件要做的事情就马上被决定了。他解下腰刀刺向了仍在动弹的野兔脖子上的动脉血管，然后狂吮起来。一股滚烫黏稠的液体润润地滑进了父亲的喉咙里，一种难以形容的感觉涌上了父亲的心头。

野兔在梢棵子里碰碰撞撞地逃遁。

父亲看着野兔的脊梁上微红的毛色就不由自主地想起了那只红似

火焰的野狐来，达吾的脖子上喷血的一幕又在眼前浮现了。他记起了达吾的殁日，他算了算日子，已入了五九，他心里猛地一沉。就用这只兔子请阿訇给亡人达吾念个"苏勒"吧，他在心里默默地为达吾举念着。野兔已经跑不动了，开始扯展了四蹄向下滑，他知道野兔已到了身心交瘁无可奈何的时候。他连滑带跑地溜下去，用棍子压住了野兔的脖子，然后捉住双耳提了起来。野兔声嘶力竭地如婴儿般喊叫着，挣弹着。他看着沉沉地挣弹不已的兔身准备下刀。野兔鼓胀的腹部猛烈地跳动着。他用手指弹了弹，那种跳动更剧烈了。父亲明白这是一只怀仔的母兔。父亲开始犹豫起来，怪不得它精力不济。冬尽春初正是母兔怀仔的时候。他的眼前跳跃着拇指般大小血淋淋的兔仔，他心里隐隐约约地产生了一种难以名状的惆怅和难过。这只野兔是不该挨刀的。为一只生灵而死去几只或是十几只正在孕育的生命，那将是一种怎样的罪过呢？他不敢往下想，也不敢往那血淋淋的正在孕育的被掏出撒了一地的生命上想。

父亲蹲下身放开手，野兔猛地跃身而起蹦蹦跳跳地跃上山脊翻过山梁不见了。可父亲对亡人达吾的举念是落空了，他拿啥还补呢？

凛冽的雪气袭裹着素净的黄昏世界。父亲歪歪斜斜地挂着一根棍子从日落的山沟里走来，他还能闻到兔血的腥味？

（原载《飞天》2004 年 11 期）

狼　王

1

小羊倌放羊时发现了一窝野狗。

那天清早，小羊倌赶着羊穿过了毛梢林，蹚过了红浆河，到了他朝思暮想的渗泉滩。

渗泉滩很大，水草也很茂盛，人走进去就不见了踪影。去年小羊倌就去过一次渗泉滩，后来听大人们说那里有狼，他心里害怕就再没有去过，但他心里一直思谋那个地方。那里是鸟的天堂，各种鸟儿都在那里生息繁衍，铃铛鸟、花花鸟、云雀……它们清脆的叫声像优美音乐的旋律在渗泉滩飘荡，叫人浮想联翩，遐思不已。还有很多鸟儿小羊倌自己叫不上名字。野鸭在涓涓的溪流里捕捉狗鱼，不惊也不咤。羊儿欢快地撒在草滩上啃着嫩草，不跑也不叫。

小羊倌的心里一直对这个地方存有那么一点神秘和向往。

一个冬天，他在村子周围的荒山上放羊，满目凄凉和秃光，叫他很寂寥，也很孤独。现在开春了，草一下子钻出了地皮，但草还来不及长高就被羊儿啃光了。小羊倌的羊一直吃不饱肚子，羊儿有了饥饿感就咩叫着向有草的地方跑，小羊倌跟着羊儿天天跑觉得很累。有一天，他终于忍不住赶着羊儿去渗泉滩。他从来没有见过狼，心里虽然对大人们说的狼有几分恐惧，但他心里对渗泉滩的向往胜过了对狼的恐惧。他决定瞒着大人们赶着羊儿去渗泉滩，哪怕是有狼。

　　冬天落过几场厚雪，开春又落了几场透雨，山野里的地皮松软得陷脚，草吸足了养分长得很旺，像园子里的葱苗，比往年高出了半截子；毛梢林里的各种矮种树木如同清水洗过般青嫩滴翠，纤尘无染；红浆河也比往年清澈了许多，河底红浆泥的颜色也寡淡了些许。渗泉滩的河汊里波澜不惊，清澈无比，不时有畅游的狗鱼扑腾着惊破了河面的平静，吸引着窥视捕食的野鸭猛地扎入水中。小羊倌把羊儿撒在草滩上，任凭羊儿吃草，自个儿寻野鸭蛋去了。

　　小羊倌在草丛里转来转去，这一转他就转远了。他捡到了一帽子野鸭蛋。时间不早了，他辨认着草丛里的路径往回走，边走边寻找撒散的羊群。在往回走的当儿，发现一条长尾巴的野狗嘴里叼着一只嘎拉鸡跑进了一面塄坎下光滑的洞子里去了。他害怕地蹲在梢棵子里面瞅着那个光滑的洞口，吃半碗饭的工夫，那条野狗蹿出洞口向四周望了一眼，便夹着尾巴钻进草丛里不见了。小羊倌很是好奇，有一股力量促使他去看一看。他小心谨慎地边走边往洞里瞅，他怕突然又蹿出一条或是几条野狗来。洞不是太深，他趴在洞口瞅了一会儿，瞅清了，洞里有五条毛茸茸的野狗娃子，挤在一起撕扯老野狗叼来的嘎拉鸡，鸡毛撒了一地，它们吃得正欢。他从心里喜怜这几条野狗娃子，大着胆子伸手摸了摸野狗娃子的头，野狗娃子很乖，不烦不恼，他瞅着野狗娃子可爱的样子笑了。他心里还有一个小小的打算，等这些野狗娃子长大以后，他就领养一条，为他放羊时做伴。

　　他听到了一声好像与家狗不一样的长嗥，他的心里突然有了几分恐惧，急忙走离洞口收拢他的羊群去了。

　　他还从来没有听到过这么令人恐惧的长嗥。他想到了狼，可他没有见过狼，想象不来狼的样子，但他心里还是有那么几分恐惧。在这荒山野地里要是真有了狼，那可是了不得的事，自己和羊儿就完了。他以前听过许多关于狼吃羊的故事，也听到过狼吃人的故事，他这一想心里就害怕起来了，收拢起羊群迅疾地赶着往回跑。

2

小羊倌有几日没有去渗泉滩了，心里怪想那几条野狗娃子的。

几日来他都心神不安，那天他听到的那声与家狗不同的长嗥，时刻回荡在耳畔。他心里虽然恐惧那声长嗥，但他却又不能不去想那窝野狗娃子。

一日早夕天气晴朗，碧空万里无云，他决定去渗泉滩再放一次羊，看看那窝野狗娃子长大了没有。他心里想着那窝野狗娃子挤在一起的样子，赶羊的脚步就很快，他似乎是追着羊儿跑到渗泉滩去的。他很快找到了那个洞口，他瞅了一眼，那些家伙正挤在一起酣睡，个头是稍微长高了一点，变得更加可爱了。他趴在洞口往里瞅着，听到了一阵什么东西穿过草丛的声音，他扭头一看，不远处前几日叼了嘎拉鸡的长尾巴野狗正徘徊着，满眼的焦虑和不安。小羊倌看着野狗焦虑和不安的神色便可怜起它来了，他心里害怕着咧嘴朝野狗笑了笑。野狗便摇晃着长尾巴在一面土崖上长嗥了一声遁去了。小羊倌奇怪这野狗的叫声怎么就与家狗不一样呢。这个问题他后来独自一个人想了好几天，也没有想明白。

3

小羊倌去乌代婶子家取他的球鞋。脚刚踏进门就看到乌代婶子白中透红地裸露着上身，裹着被子用一把孝顺使劲地挠痒，可能不解痒，她还腾出另一只手伸进被窝里来回地挠。乌代婶子皱着眉龇牙咧嘴的，看来她是痒得不轻。小羊倌说，婶子我来给你挠痒。乌代婶子说，挠痒不起作用，越挠越痒。是风气病，挠痒后反而更痒。用了几天药也不见效，反而更痒了，没办法。听县医院一个老中医说，狼肉作药引子可治风气病，可现在狼没有了，哪儿还有狼肉呢。你乌代叔到老炮爸家找去了，看能不能要上几口。老炮爸是猎手，前几年打过一条狼，我还喝过人家送来的一颗狼苦胆呢，现在不知道他那儿有没有狼肉，不过，猎手一般不会储存狼肉的。我的这种风气病前几年犯时还比较轻，犯了去县医院让大夫开点药吃上就好了。这次吃药就不灵了，痒得要命，一天到晚挠来抓去的把身上的肉都抓挠烂了。尤其是到了晚夕里就痒得简直让人受不了，你说得啥病不成偏偏得这种拿夹人的病，让人死活受不了。乌代婶子裹着被子围坐在炕上，不时地把手伸进被子里抓挠身上。小羊倌看着乌代婶子觉得好可怜，人得这种痒病是很难受的。那年，他还小，不知道蜜蜂会蜇人，只觉得蜜蜂很是讨人喜爱。他追着捉住了在院子里飞舞的一只蜜蜂，谁知那蜜蜂并不领他的情，在他的手掌心狠劲地蜇了一下，他疼得丢开了蜜蜂，发现蜜蜂的一根细细的蜂刺扎进了他的掌心里，蜂刺上连着蜜蜂的肠子。他不明白这蜜蜂是怎么回事，蜇人还要带出自己的肚肠。被蜜蜂蜇了疼只是暂时的，过了几个小时，他的掌心便火辣辣地似发酵的面包肿大了起来，肿大以后的那个烧疼和奇痒让他好几年都忘不了，现在见了蜜蜂他还心有余悸。现在他看着乌代婶子浑身发痒心里就隐隐作疼起来。过了一阵子，乌代叔领着老炮爸回来了，是空手回来的，没有找到狼肉。乌代婶子见老炮爸来了就憋红着脸把被子裹得更紧了。老炮爸看着乌代婶子的难受样心里不好受，好像乌代婶子的病与他有啥联系。他说，明日我到渗泉滩去一趟，听人说那里有狼，还有人听到过狼的嗥叫呢，但有没有狼就看你们的造化了。老炮爸把乌代叔和乌代婶子安慰了一番就叹着气告辞回家了。

小羊倌决定再赶着羊到渗泉滩去放上一天。那窝野狗娃子他已经占下了，再不能让老炮爸知道了，他知道老炮爸打猎打惯了心狠手辣，说不定他知道那窝野狗后会弄死野狗娃子的。

小羊倌刚走进渗泉滩就听到了一声枪响，他循声找去，在一片空地上看到老炮爸已把一把锋利的刀子扎进了一条野狗的喉咙里，野狗的长尾巴还叭叭地甩着，横扫着地面，没有完全断气。小羊倌蹲在野狗的面前看着野狗有限的挣扎，心中涌上了些许难受。他觉得这野狗好面熟，他终于看着想清楚了，老炮爸杀死的就是他几天前看到的那条野狗。他对老炮爸说，你怎么把狗打死了？老炮爸笑着说，傻东西睁大眼睛看，这是狗吗？这是狼，狼是狗的舅舅，你说能不像吗？你看这长尾巴，狗能有这么长的大尾巴吗？这回你乌代婶子就有救了，不过这是条母狼，药效可能不是太烈。老炮爸边剥狼皮边说这里肯定还有一窝狼娃子呢，我看到这条狼的时候，它并不跑，吸引着我的注意力，与我保持一定的距离，最后就把我引到了这片空地上。所以我就一枪把它放倒了。小羊倌无心听老炮爸说这些，他认为老炮爸在骗他，硬把野狗说成是狼，他不相信。他想马上知道那几只失去了母野狗的狗娃子，那是些不咬人的野狗娃子，他的心里绞疼着思谋那几只嗷嗷待哺的野狗娃子。老炮爸回村了，他就偷偷地去瞅那几只野狗娃子，几只野狗娃子仍然挤在一起酣睡，好像什么也没有发生过一样，也好像永远睡不醒似的。小羊倌听到了几声凶猛异常的长嗥，他胆怯了，腿肚子有点打战。他从那长嗥声中听出了那野狗的愤怒和悲哀，他感到一种无以言说的恐怖正在向他袭来，他的头顶上似乎悬着一块沉重的阴云，心里蓦地水浇般冰凉冰凉的，一下子就冰到了脚底。

4

小羊倌放的羊开始一只两只莫名其妙地失踪着，谁也搞不清羊是如何失踪的，有人怀疑是小羊倌勾结什么人偷走了。可村里派了几个年轻人跟着小羊倌守护着放了几天羊，羊还是莫名其妙神秘失踪着，像是掉进了地缝里或是蒸发掉了似的，这就叫人有点说不清楚。有一度，小羊倌还真不去放羊了，由村里人轮换着放，可羊还是丢，丢的不多也不少，一天就那么一两只。于是，这丢羊的事就在村里引起了轩然大波。家家羊圈里的羊一天比一天少了下去。这期间也有人想到了狼，可除了老炮爸打的那条死狼外谁也没有见过一条活狼。很多人活老了活了一辈子也还从来没有听说也没见过羊自个儿丢的这等奇事。老炮爸依然背着他那杆老土炮到各山去转，寻找狼的踪迹。那天他再次转到了渗泉滩，但让人吃惊不小的是在渗泉滩的一片荒沙滩上有一堆乱糟糟的羊皮羊毛，他立刻想起了村里失踪的那些羊只。然而他找来找去却没有找见吃羊的狼。第二天，他老远跟着羊群看羊是怎样失踪的。到日头悬至头顶晒得人浑身发汗时，羊都扎圈了，他趴在一处梢棵子里看着扎圈的羊群，一条雄伟的公狼悄然地摸了来，咬住一只小羊的喉咙又悄然迅捷地叼走了，那速度简直就是迅雷不及掩耳之势。他找到了羊失踪的原因。他即刻回到村里找人商量除狼的办法。大家聚在一起七嘴八舌商量如何打狼。解铃还需系铃人，村里推选出老炮爸挑出五位猎手去渗泉滩围捕那条公狼。可当猎手们真正盯上公狼之后，公狼却不再出现在猎手们的面前。过了几日，公狼带来了几条狼出其不意地袭击了羊群，还公然袭击了一个猎手，差点要了那个猎手的命。于是人们决定投毒，根据狼袭击的规律，猎手们给一只小羊的身体里注入了大量的毒剂，可狼不吃死羊，仍然袭击羊群，叼走活羊。猎手们跟踪提防了几日，终于捕杀了一条狼，但不是那条公狼，猎手们依然找不到那条公狼的踪迹。

捕杀了一条狼，却把祸患从此引向了深入。狼群开始疯狂地袭击村里的所有牲畜，那情景像过路的土匪洗劫似的，牲畜们死的死伤的伤，村里到处是血腥味。人们害怕了，白天不敢到山里放羊放牛，晚夕里不敢把牛羊留在圈里。每家每户开始堵上了牛羊圈里有洞的地方，但狼还是想方设法破开牛羊圈把牛羊彻底干净利落地咬死在圈里。灾难向村里涌来了。首先被狼咬死的是乌代姊子家羊圈里的二十多只羊，把乌代姊子家的羊圈给腾空了，再后来就是那几个猎手家的羊圈依次不漏地遭到了狼的袭击，把羊圈也腾空了。晚夕里到了，整个村子里就没有人敢睡觉，人人提防着狼的袭击，幸好还没有袭击人，要是狼出其不意地袭击人，那这个村子遭的罪可就大了。

整个村子充满了血腥与恐怖。

乌代姊子还像以前那样裹着被子围坐在炕上，不停在往身上抓挠，她身上的风气病吃了狼肉也没有见效，风气病反而像是渗入了肉里面，她感到浑身的肉在痒，一直痒到了心尖上。看来狼肉并没起任何作用。

人们开始公然议论狼群为何不去袭击其他村子的羊群，而与他们过不去，与他们为敌呢。经人这么一说，大家才恍然大悟似的知道是怎么一回事了。是乌代婶子的风气病惹的祸，是老炮爸的好心好意引来的难。人们开始把对狼的愤怒转移到了乌代婶子和老炮爸身上了，要不是乌代婶子的风气病和老炮爸逞能去打狼惹狼，狼怎么会寻上门来咬牛咬羊报复呢。有的人这时候就把剩下的牛羊偷偷地往别处转移，转移到其他村子里的亲戚家里。日子不多，这个村子里就再也听不到羊的叫声了。

小羊倌闲了下来，他没有了羊放。

猎手们进渗泉滩围捕了几次狼，但终无所获。每次猎手们进渗泉滩小羊倌的心里就很难受，他既恨那咬羊的狼，又可怜那不咬羊的狼娃子。他的心里很矛盾，那条公狼带领狼群残害咬死了全村那么多的羊，仅仅是为了报复老炮爸杀死了一条狼，一条给乌代婶子治风气病的母狼，它丧心病狂地袭击并咬死了全村那么多的羊。他就想不明白，那次他看了狼娃子后，狼并没有袭击他，不知道羊被咬完了狼再去咬什么呢。然而人们不会想到，羊咬完了，公狼的目标就是人了，那些与它为敌的人。

一天晚夕里，公狼带领狼群袭击了乌代婶子。

第一个发现乌代婶子被狼咬了的人是小羊倌。他没有了羊放，起得早没事干，成了一个大闲人。那天早夕里，小羊倌去乌代婶子家里去看乌代婶子。乌代婶子家的大门敞开着，乌代叔去了田里。他在屋外喊乌代婶子，可喊了半会儿不见乌代婶子答应。他想乌代婶子夜里痒着了打扰了瞌睡，早夕里睡死了。他不想打扰乌代婶子睡觉，就坐在院子里看树上的鸟儿嬉耍，直到日头跌进院子里晒烫了小羊倌的脊背，乌代婶子还没有起来的意思。小羊倌忍不住大喊了几声，乌代婶子还是不答应。小羊倌就奇怪了。乌代婶子以前可不是这个样子，多重的瞌睡只要人一喊她就会醒来。他又等了一会儿，直到日头完全跌进了院子，小羊倌也等得肚子有点饿了，他实在忍不住就趴在乌代婶子家的窗户上喊了起来，可不管他怎么喊乌代婶子就是不醒来。他心里很纳闷，随即探头往屋内看了一眼，见乌代婶子仰面躺在炕上依然沉睡着，没有醒来的意思。脸寡白寡白的，伸出被子搭在炕沿上的一只手也白光光的，没有一丝血色，好像沉睡的不是乌代婶子而是一具抽光了血色的尸体。小羊倌喊了几声仍不见乌代婶子答应，他才果断地进屋去喊。进了屋，屋内的光线很暗，冰凉凉阴生生的。他附在乌代婶子的耳边轻轻地喊了几声，乌代婶子好像装睡似的没有任何响动，他又伸出手摇了摇乌代婶子的头，头像一根横亘在枕头上的僵硬的萝卜。他的手触到了乌代婶子冰凉冰凉的脸。他附在乌代婶子的脸上仔细看了一眼，见乌代婶子的眼仁子翻到了后堂里，已经没有一丝气息了，他的心剧烈地咚咚跳了起来，腿肚子打软着迈不开步子，眼睛一下子就吓麻了。他飞奔出门时重重地撞在了门板上，差点碰断了他的鼻梁骨。他在巷子里大喊大叫："乌代婶子殁了，乌代婶子殁了……"把一村正在吃早饭的人们都惊出了大门，往乌代婶子家里跑。几个胆大的女人进去看了，出来说乌代婶子的喉咙叫啥东西给咬断了，没流多少血。这么一说人们就不约而同地想到了那条报复的公狼。有几位老人进去看了出来说叫狼咬殁咂血了。乌代婶子叫狼咂血了，令全村的人心里都蒙上了一层阴影。乌代婶子这一走，村子里即刻被一种无形的恐怖气氛笼罩了，男男女女、老老少少的人都谈狼色变，狼的魔爪说不定某一时会突然伸到某个人的头上。人们晚夕里睡觉都没有了瞌睡，白天也不敢单人去田里，怕自己或是家人成了狼报复的对象。狼咂血的下一个目标又是谁呢？人们都想这个问题，可又不敢往深里想这个问题，都祈祷着狼的下一个目标不是自己，可那又是谁呢？猎手老炮爸整天握着他那杆老土炮气得咬牙切齿，快把牙气成骨头了。另外的那几个猎手干脆装病不去围捕那几条狼了。他们知道，他们出动一次，更血腥的报复就会不期而至，让人们防不胜防，再这样下去说不定那血腥的场面就会出现在自己家里。老炮爸才不信那个邪，他成了一个孤独的猎手，他发誓要杀绝狼患。

人们没有想到小羊倌会成为狼咂血的又一个目标。人们发现小羊倌的时候，小羊倌已经躺在了河边的马莲丛里，他的脸和已走的乌代婶子一样也是寡白寡白的，手上也白光光的，肤色有点像冬天山野里落下的薄雪。

狼咂血的下一个目标又是谁呢？有些人开始扶老携幼到亲戚家躲避去了，但大多数的人还是离不开这个穷家，亲戚家毕竟不能长久住下去，还得想办法杀光所有的狼，大家的日子才会安定下来。但那些个猎手不干，他们的腿好像被狼吓软了，胆好像也被狼吓破了。于是这个重担无疑就落在了老炮爸的肩上。

5

一场人与狼的大战即将开始。

一个勇敢的猎手与寻仇的狼的较量悄然地展开了。

老炮爸组织年轻人昼夜倒班巡逻保护村里，自己则背上那杆发挥了无数次神威的土炮枪寻查恶狼可能匿身的地方，最后他发现渗泉滩就是恶狼的老巢。这次他央来了周围几个村子里的猎手们帮忙协助围捕渗泉滩的狼。但这几条狼不是一般的狼，它们挖透了人的心思，竟然不与人照面，突然像失踪了似的没有了踪影。村里安静了半个月，猎手们熬不住又都回去了。猎手们一走，狼群又神秘地出现了。这次狼咂血的是一个到河里捞鱼的孩子，这孩子才八岁多。他在家里被大人圈急了心里烦躁，那天中午，他趁大人不在意就溜出大门到河里捉狗鱼去了。家里人发现孩子不在时已到了下午。家里人横竖找不见孩子，到巷子外面的土壕里、村外的树林里找了都没有找见，快要到黄昏时，邻居家的小女孩说晌午时候见他提了一个罐头瓶子出了巷道。家里人这才恍然大悟地向河边跑去……找见孩子的时候，孩子已经僵硬在那儿了，几条捞到的狗鱼在干沙梁子上晒成了鱼干。男孩一死，村里又掀起了轩然大波，更恐怖的影子笼罩着村子，家家户户时刻防守着孩子们不离屋子半步，那阵势如临大敌。下一个目标又是谁呢？灾难好像不该降临到自己头上，人人思谋自己就是那幸免的一家子。

猎手老炮爸出战了。他内心里很愧疚，这次狼祸就是他惹起的，那次要不是他杀死那条母狼，那凶狠的公狼是不会攻击他们村子的。现在他才思谋明白了，那公狼是一条孤独的狼王，要不然它不会发起那么凶狠的报复，更不会有那么大的仇恨。这是狼王对自己失职的发泄。老炮爸这样一想，心里也就有了一丝胆怯。

以前，老炮爸听说过关于狼王报仇的事，那是他的爷爷告诉他的一个故事。说有一年，有几十条狼经过一个村子的土壕梁子，有些不懂事的猎手就组织起来围捕打死了几条断后的狼，当人们扒开一条狼鼓胀的肚子时，里面蹦出了几条红叽叽的狼娃子。扒完了狼皮，人们把死狼埋在了村外的一条土壕里。当晚，几十条狼就围在那土壕边上大声嗥叫，其中有一条狼站在一处崖畔上嗥叫了三声，狼群像是听到了号令似的跃出了土壕，站在土壕边哀叫了一会儿，那只站在崖畔上的狼又长嗥了一声，狼群也就没有了声息。第二天早夕里人们发现那几个猎手连同正在沉睡的家人都遭到了狼群的袭击，全部被咬死在了家中，无一幸免。爷爷对老炮爸说那是一条红脊梁的狼王。后来就有了这么句警示猎手的话，狼王过境——甭惹。现在老炮爸忆起了爷爷说过的话，就再一次证明了那条公狼就是一条狼王。擒贼先擒王，他决意先消灭掉这条狼王。

但是，狼王也在寻找一切机会要呃血咬死老炮爸。

猎手老炮爸和狼王的较量就这样有声无息地展开了。

老炮爸不怕狼王的袭击，更不怕狼王的攻击。他一个单身汉，既无家眷也无牲畜，狼王暗地里没有袭击的目标，只有冲他而来。可狼王是条灵性聪明的狼王，它以前不直接攻击老炮爸也不扰害村里其他人家，现在它只专心对付老炮爸了。老炮爸等了它好几个夜晚，它都没有出现，村子里也为此安静了下来，人们也就开始放松了警惕，只有老炮爸丝毫没有放松警惕。他知道狼王会不期而至的。几日过去了，老炮爸让瞌睡熬倒了，但他不能睡，一旦睡下，狼王的袭击也就开始了。他在艰难地一日一日熬过。有天晚夕里他实在瞌睡得不行，靠在被子上打了个盹，狼王就出现了。狼王先是跃上屋顶长嗥了一声又跳进院子里长嗥了三声便销声匿迹了。老炮爸知道狼王开始探底了。又是连续几夜村子里静得连四面八方吹来的风都停留在了村外，没有一丝声响。老炮爸的眼睛熬夜熬得像灌了血浆。狼王也该出现在他的面前了，它拖累人的同时也在拖累它自己。

那一夜，月光明晃晃的，风也静静的，狼王终于出现了。它轻轻地跃过了老炮爸家低矮的院墙，径直朝老炮爸的窗前跃来……"叭"

的一声枪响，狼王被击倒了。老炮爸骂骂咧咧地准备放第二枪，却见狼王歪歪斜斜地立起身又倒下去，挣弹着又立起身歪歪斜斜地费力跑过去跃过了院墙逃走了。老炮爸愤怒地喊道："贼东西，我看你往哪里跑，看我敲不断你的麻秆腿剥了你的皮，你跑。"老炮爸连大门都没来得及开就翻过墙追上去了。狼王始终与老炮爸保持着一定的距离，跑不远也跑不快。

老炮爸追狼王的心劲越来越强，他心里只有一个目的，要么他放倒狼王，要么狼王放倒他。同时他也看到了狼王不与他拼个鱼死网破是不会罢休的，不是你死就是我活，反正不能让狼王再活下去，万一狼王活下去那将会是一场更大的灾难，将会贻害无穷，还不知道对村子里又会带来怎样的灾难呢，不敢想象。老炮爸脑际里闪过这样一个念头后，他的心里就产生了一种莫名的凄凉和悲哀。

狼王始终与他保持着一箭之地，跑得不快也不慢，在朦胧的月色里像一条飘浮在地上的骇人的幽灵。老炮爸追着撵着心里暗骂着："你狗日的往哪里跑，我就不信你能跑到天边边上去。"老炮爸不看脚下的路周围的山，只盯着前面逃遁的狼王。

天快亮时，他追着狼王到了一片空地上，在他的潜意识里他知道自己穿过了一片毛梢林子，蹚过了一条不大的河。在那片空地上狼王像发疯似的来回跑了几圈后就不见了踪影。老炮爸仔细地看着周围朦胧的山场和模糊的土包矮树时，才恍然大悟似的长吁了一声，原来狼王把他引到了他原先杀死那条母狼的那片空地上。他跟着狼王到了渗泉滩。傍亮的渗泉滩还定哑无声的，只有他自己粗重的呼吸声在耳畔回荡。一丝恐惧袭上了他的心头。狼王要置他于死地，为它的子民报仇。

一场猎手与狼王的决斗就要在瞬间突发了。

老炮爸眼观四周耳听八方，他知道自己稍有疏忽或懈怠，就会命丧狼王之口，成为狼王的羔羊。

他想起了那条被他猎杀的母狼，它眼里的那种绝望的神色和流露出的一种无可奈何的求生欲望，让他有点忘不了。

天大亮了，沉寂了一晚夕的渗泉滩活泛了起来，他终于听到了狼王凄悲的长嗥。狼王在呼唤它的同类还是临战的练胆，不得而知，老炮爸觉得狼王的攻击就要开始了。他将装好铅弹的土炮端在手里，巡视四周。可时间在一分一秒地推移，就是不见狼王的进攻，狼王再不进攻，他的神经可就要崩溃了。现在他和狼王硬碰硬的较量变成了心理上的较量。狼王的神经肯定也是高度紧张的，只要它有一丝疏忽晃闪在老炮爸的土炮面前，就会使它命丧黄泉。老炮爸和匿身某处的狼王都在等待对方的出现，心理的崩溃。狼王终于等不及了，它焦躁地在渗泉滩的草丛里长嗥不息，奔跑不已。老炮爸辨了很长时间也辨不清狼王在啥地方嗥叫，他孤零零地站在那片空地上，满耳都是狼王的嗥叫。狼王的嗥叫越来越凶猛。老炮爸从来没有听到过如此凶猛的狼嗥，他的心脏随着那一声声辨不清方向的嗥叫加快了跳动。老炮爸的眼前出现了无数只狼，龇牙咧嘴扑向他的狼，他大吼了一声，眼前的幻觉不见了，狼王的嗥叫也停止了，大地即刻沉浸在了一片寂静之中。但就是这寂静正在酝酿一场更大的动静。

老炮爸的身心开始乏困起来。他再也忍耐不住这扰人的死寂，又大吼了一声。这声大吼竟惊飞了不远处几只匿藏的野鸭，他定睛看了一眼扑棱棱起飞去的野鸭，心里就有了放一枪的念头。瞬间他的心里打了冷战，他感到狼王的攻击开始了，狼王抓住了他思想上的分神和犹豫，迅疾地从草丛里跃起出其不意地像一只从地缝里冒出的幽灵扑向了老炮爸。放枪已来不及了，老炮爸就地一滚从绑腿上抽出了短刀。狼王一个恶狼捕兔把老炮爸仰面压在了身下，老炮爸伸出左手挡住了狼王伸向他脖子的血盆大口。他感到他的胳膊冰生生的，他右手的短刀刺空了，他一转手就重重地砸在了狼王的一条前腿上，狼王的一条前腿断了。狼王甩头一挣撕去了老炮爸左胳膊上的一块肉。生与死的较量和搏斗就这样在人与狼之间展开了。狼王不等老炮爸再伸手刺过来，又咬住了老炮爸血淋淋的左胳膊。老炮爸已顾不上自己的左胳膊了，他只有一个念头，就是要把刀子扎进狼王的喉咙里，不然他就没有任何得手的机会了。狼王的后腿蹬了过来，老炮爸握刀的右手一阵钻心的疼，狼王的爪子扯断了老炮爸右手上的一根大筋。老炮爸挥刀再次刺向了狼王的喉咙，狼王一扭头，他又刺空了，刀子扎进了狼王的肚子，老炮爸握住刀把子不松手，狼王咬住他的左胳膊不松口。老炮爸和狼王在那片空地上滚打着扭在了一起。老炮爸腾不出手来。狼王腾出一条前腿重重地往老炮爸的脸上横扫了过来。老炮爸即刻感到他的胸前火辣辣地烧了起来，呼吸也困难了起来。老炮爸和狼王扭在一起僵持着。他的右手整个伸进了狼王的肚子里，左胳膊在狼王的嘴里挣不脱。

日头像一个顽皮的孩子露出白生生的牙齿笑得很欢。老炮爸的意识逐渐模糊起来，他似乎听到了几声小狼的嗥叫，是那么悲哀和凄凉。

老炮爸和狼王就那样僵持着……

一个猎手和狼王的新的故事开始在村子里传播着。

草枯了。

羊肥了。

夜深人静时，五条野狼徘徊在村子外面的崖畔上嗥叫，叫得悲痛欲绝。

说不定什么时候，一场猎手和狼的较量又将在此地血腥凄惨地展开。

（原载《飞天》2006 年 4 期）

节　日

　　早夕里，苏苏吃完早饭嘴一抹，一阵小跑屁股一扭就溜出了大门，也不知到哪儿疯玩去了，反正一个上午没有见到苏苏的踪影。

　　说实在的，苏苏是个乖娃娃，他什么都好但有一点就是贪玩。玩的时候家里就是天塌下来他也不当一回事，反正就是饿了渴了也不当回事，玩的时候饭不吃水不喝，回家的时候总是一副饿急的样子，让人既气大又心疼。男孩子就是淘气贪玩，这是孩子们的天性，可他总比别的孩子淘气一些。孩子一淘气，当娘老子的就不会省心。苏苏一出门，娘老子总放不下心来，怕他在外面闯下什么麻烦或是祸事来。其实有时候，苏苏还真给家里闯一些不大不小的麻烦和祸事来，让庄里人追着撵上门来，嚷着骂着让苏苏娘老子的脸臊得没地方放。他出去不是惹了这家的姑娘就是骂了那家的孩子，或者就是用弹弓打了这家的玻璃用石头砸了那家的牲口。

　　有时候他出去也是安分守己的，但总是要把自己耍得人模鬼样的才回来。今天他回来时已经到晌午时分了，他是耍着饿急了才回家的，要是不饿急的话，苏苏才不会回家呢。苏苏进门时急急待待的，额头上、鬓角里都渗着汗珠子，满脸土尘尘的，像是一只刚出窝的小毛狗，懵懵懂懂地让人看着既可爱又淘气的样子，气也就消了。

　　在院子里晒衣物的圆圆见了苏苏就大声地喊着说，娘，你家苏苏把自己连土拌了，把自己耍成了土老鼠。又歪嘴瞪着苏苏说，看娘不剥你一层皮，抽你几根贼筋，你把衣裳天天往土里面拌，娘也洗不过来，今儿个你身上的那根筋痒了，非得要娘抽你一顿不可。

苏苏白了一眼圆圆，甩了一下头，狠狠地瞪了一眼圆圆。就你的嘴长嘴多，像多嘴多舌的野麻雀，就知道叽叽喳喳，再叽叽喳喳的我一弹弓打烂你的臭嘴呢。你又不是没耍过，也不是没有挨过娘的竹板子，你是好了伤疤忘了疼，甭幸灾乐祸的，当姐姐的也不知道疼肠当弟弟的，就知道在娘跟前谏舌，也不怕把自己的舌根子嚼烂。说着又白了一眼圆圆，拍了拍身上的尘土，径直到灶房里取馍馍去了。

灶房里有一股油香的味道，淡淡地香香地飘荡在灶房的各个旮旯里，也飘荡在院子里，吸引着娃娃们肚子里的馋虫。苏苏推门进去后，迎门闻到了扑鼻的油香味，口水就浸浸地渗着，就再也忍不住肚子的叽咕和心上的饥渴，向案板上的油炸馍馍伸出手去，可手刚摸到油香，苏苏的心里就咚地敲了一下。

同时，在门外监守的圆圆像是着了疯似的大喊着向灶房里扑了进来，凶狠狠的，完全没有了平时当姐姐的那种文静和厚道，显然这是娘有意交代过的，案板上的油馍馍暂时是不能动也不能吃的。它还有它的用场。

苏苏听圆圆这么一喊也就下意识地缩回了伸出去的手，他不情愿地看着案板上油光闪亮的馍馍一动不动地放在那里，既不能动也不能吃，口水就一股一股地往下咽。

娘从厢房里听到了圆圆的话，放下手里的针线活，黑了脸往灶房里走来，不看圆圆也不看苏苏，走到门口就那么随意地看了一眼，也不作声，转身进了厢房，砰的一声关上了门。

娘这一走，苏苏就从门框上探出头对圆圆挤眉弄眼地做着鬼脸说，干当，干当，给谏舌嘴彩了个猫洗脸，没理识，看你再谏舌。婆婆家去了甭谏舌，谏舌就有你吃不完的好果子呢，谏舌谏得狠了你婆婆剜你的眼睛，男人割你的嘴，娃娃打你的腿呢。叫你多嘴叫你谏舌，看把你不剁成肉丸子吃了，从小不学好，嘴尖舌多的。苏苏俨然用一副大人的口气教训着姐姐圆圆。

圆圆听苏苏这么没大没小地教训着自己，心里就来了气，转身气哼哼地甩了甩手里的衣裳，掉着泪说，娘，你看你家苏苏，骂人欺辱人呢。

娘这时候再也沉不住气了，要是再沉默下去，两个小东西的战争就又该开始了。她随即推开厢房窗子对苏苏说，甭淘气了，甭惹你姐姐生气，吃了你的馍馍耍去，跑到屋里尽惹事，别人还封着斋呢，一刻也不叫人消停，稍微安静会儿，让人有个歇缓。

苏苏听着舌头一伸，勾头不说一句话进了上房门吃他的馍馍去了，再也不和圆圆招仗了。苏苏吃饱喝足又一阵小跑出门耍去了。

苏苏这一走，就把圆圆给晾在了一边。圆圆想着自己的事，就后悔自己嘴多，惹下了苏苏。看来苏苏又要和自己好多天不说话了。

圆圆想着就没有了主意，一时不知该如何是好。

村街上孩子们都陆陆续续地从家里吃饱喝足出来了，又去玩一个还没有玩完的游戏。

孩子们聚集在一起，诉说着各自的情况，彼此说着一些明日里的事情。苏苏听着别的孩子说着开斋节的事，心里就忧忧的。孩子们攒聚在一起玩的同时互相诉说着家里给自己买了什么什么穿的东西，还买了什么什么吃的东西，让孩子们彼此羡慕得不行，心馋得不行，潺潺地流着口水，在各自的心里比较着东西的好坏，把玩的心劲早抛到九霄云外了。

苏苏不知道父亲给他买了东西没有，心里有点伤感，也有点悲戚戚的。在他的记忆里，父母亲好像特别地疼爱姐姐圆圆，而没有把他当回事，也没有把他好好看看地疼爱上那么一场。这时候的苏苏好像突然一下子就长大了似的，会思谋问题了。听着别的孩子说着自己的父母如何地疼爱自己，关心自己，他的心里就隐隐地生出了一股气，气大圆圆怎么就那么受娘的宠爱呢。父亲也好像对圆圆很疼爱，对自己一点也不疼爱，待理不理的，好像压根就没有他这个儿子似的。苏苏就想他还不如生在别人家里。生在谁家好呢，他闭上眼思谋了一圈，也没有想出个好的主意。他想生在尔沙家好是好，可尔沙的奶奶是个碎嘴，会天天喊着叫你骂你，让你给她捶背、端水，这活苏苏可不愿干。他给尔沙奶奶捶了几次背，就再也不愿到尔沙家里去了。给老人捶背那难受得很，捶重了不行，她会骂你，说你下手太重，专拣人的便宜，治人的背锅；捶轻了也不行，她又会瞪你，说你敷衍了事，从小不学好，偷奸摸滑。生在曼苏家，可曼苏家的娘大声喊嗓地，让你一刻也不会消停，骂得你在家里站不住脚。就在他想的时候，曼苏娘就连骂带喊地朝曼苏走来了，曼苏一看娘来了，就一骨碌爬起来飞也似的跑了，跑得比兔子还快，这一跑把苏苏给惹笑了。他一笑就忘了该生在谁家的问题。

傍晚，太阳下山了，暗影像一张大网扑盖了整个村子。

村子上空缭绕着的炊烟告诉孩子们吃晚饭的时候到了。孩子们陆陆续续都被自己的娘老子叫回了家，门外空旷的大场子上只剩下苏苏一个人默默地坐着。

山里的庄稼已经拉到了场上，堆成了高高尖尖的麦垛和草垛。田野里空荡荡的。大片大片的土地裸露着，庄稼的干茬子黄叽叽地贴在地皮上。山野里、塄坎上的青草经历了几场早来的秋霜，变得蔫蔫黄黄萧萧杀杀的，完全没有了平常素日葳蕤和花枝招展的风采。

太阳是那样的昏黄，好像衰老的老牛慢腾腾地挪着沉重的脚步，一步一步地迈向西方。白杨树的叶子没有了平素日的那种水灵和秀气，黄沙沙地像串在一起的牛耳朵，耷拉着摇摇欲坠的让人生出几分怜悯来。吃饱喝足的几只鸽子恹恹地停在院墙上昏昏欲睡。看着眼前的这一切，苏苏的心里就臃肿起来了，脑子也大了起来，他不知该想些什么干些什么。起身拍了拍身上的尘土，屁股一扭悻然回家了。

苏苏回到家里，慢腾腾地朝厢房里走去，此时的他真想美美地睡上一觉。苏苏有了瞌睡，这就让人觉得苏苏乖顺了许多。圆圆把头伸出窗口，看了一眼苏苏说，不要屁脸的又回来了，你要你的去。吃的吃了喝的喝了，谁又没有叫你，你回来做啥呢？你再到土里面耍上一会儿，你就耍饱了，又回来做啥呢？圆圆自言自语地说着，拿眼斜瞟了一下娘。娘正在专心致志地做着针线，没有看耍完回家的苏苏也没有听圆圆的话，圆圆就觉得没趣，收了头，专心做她手中的活路。

苏苏回到厢房里没有注意柜子上放着的一个绿包，他要是注意到了那个绿包，也许就不会一声不吭地倒头睡觉了。苏苏这一睡，就睡到了吃夜饭的时分，在斋月里吃夜饭往往要等到太阳落山红霞变白的时候，这时候也是开始礼昏礼的时候。

吃夜饭时，是娘把他从被窝里扯醒的。看着他迷迷糊糊的样子，圆圆就又谏上舌了。说一天就知道耍，七八岁的人了，别人家的娃娃早上学了，苏苏还整天像一只疯狗就知道贴墙根钻林子，除了耍别的啥也没有务操。圆圆说的时候，娘开心地笑着说，我们的圆圆会操心了，而父亲却没有笑也没有说话，也许圆圆的一句话倒提醒了他，苏苏该上学读书了。圆圆这一说，就又惹苏苏生气了，他啪的一声放下筷子，噘着嘴思考如何回敬圆圆一顿。看到两个人又要斗嘴，父亲就笑呵呵地对圆圆挤了挤眼睛说，苏苏不要你耍啊？你当姐姐的耍成呢吗？赶紧吃饭，吃了饭我要给你们两个人看几样东西，到时候看把你们不美死才怪呢。娘就抿嘴笑着看了一眼父亲说，美死了我再生养两个乖一点儿的儿子丫头，叫把你气死。又笑着对苏苏说，快吃饭，吃了饭看你父亲给你们买的啥好东西。苏苏和圆圆同时抬头看了一眼柜子上的绿包，就再也挪不开眼睛了。苏苏吃着饭偷偷地笑了。苏苏这一笑，一家人也就愉快地笑了。笑声轻轻地飘出屋子，在院子里荡漾着，惹得院子里啄食的几只鸡抬头望着窗口不知所措地转来转去，好像那笑声跟它们有关。

父亲没有急着打开绿包，而是先去礼了昏礼。礼毕，才慢腾腾地从柜子上拿下那个放着的绿包，看着圆圆和苏苏一点一点地拉开了包上的拉链。父亲拉拉链的时候，圆圆和苏苏的眼睛像是捞酸菜似的，目光跟着拉链从包上滑过。包打开了，里面是花花绿绿的一包衣裳和鞋袜。看到这些，两个人的眼睛里就有了亮亮的光芒、惊奇喜悦的神色和笑意。圆圆和苏苏的手急不可耐地伸向包里取属于各自的东西，被父亲一把挡了回去，笑着对两人说，不要急，今晚上就看看，明早开斋节的唤礼念了再穿，不然今晚上你们一穿，在炕上压皱了，明早就不展括了。听父亲这么一说，圆圆和苏苏就悻悻地缩回了手，目光淡淡地望了一眼娘，娘就笑呵呵地说，明早展展括括地穿出去有多好看，今晚上就美美地睡上一觉，甭想新衣裳的事。可不叫想偏想，圆圆和苏苏的脑子里一直是那花花绿绿的东西在作怪，搅得瞌睡都没有。直到熄了灯，两个人还是睡不着觉。父亲早早地到上房里睡觉去了。

娘在灶房里叮叮咚咚地操弄着明早的吃食。在静寂的夜晚，锅碗瓢盆那叮叮咚咚的碰撞声就像欢快的音乐敲击着两个人的耳朵。听着那动听喜人的音乐，苏苏就想起了尔沙和曼苏下午向他夸过的新衣裳。就悄悄地对圆圆说，你说尔沙和曼苏买的新衣裳有没有比我俩的好？圆圆睁着大眼睛沉思了一会儿说，肯定是我俩的好。苏苏说为啥？圆圆又沉思了一会儿说，他们家里不心疼他们，我们家里心疼我们，所以家里人买的新衣裳就没有我俩的好。苏苏想了半天说，我家里把我不心疼。圆圆说，我把你心疼。苏苏斜了一眼说，心疼？还肺疼呢，你一天把我谏了几次舌，就知道给娘谏舌，一点也不心疼我。圆圆听苏苏这么一说，就伸手摸了摸苏苏的脸说，我心疼你了。苏苏说这还差不多。以后你再谏舌我就不跟你好，也不跟你耍，把你急死呢。说着就舒心地笑了。圆圆笑了笑又伸手摸了一把苏苏的脸，用一副大人的口气说，镰刀不磨是钝呢，娃娃不骂是害呢。苏苏轻轻地捣了一拳圆圆，笑着说，姐姐，那是娘说过的话，你说娘的话，不害羞。我给娘说呢。苏苏说着果真就大声喊了起来。娘！姐姐说你的话呢。娘从灶房里听到了苏苏的喊声，就搓着手轻轻地过来推开厢房门，掀开被子轻轻地扇了扇苏苏的屁股，又看了看圆圆，笑着说，两个毛娃子还不快睡觉，明早要起早呢。明早圆圆帮我做点家务，苏苏跟你父亲去寺里，然后去给爷爷和奶奶上个坟，做个祈祷。两个人叽叽咕咕的，睡不着了分开睡，苏苏到上房里跟你父亲睡去。听娘这样一说，两个人就没有了声音，闭着眼假睡，可是一闭上眼，眼前就又出现了那花花绿绿的东西。娘从柜子里翻腾着找了一个什么东西出了厢房门又到灶房里去了。娘刚一走，苏苏就咯咯地笑着从被子里探出了头，圆圆也大睁着一双明亮的眼睛看着苏苏笑了，说娘走了。苏苏说我知道。苏苏老成地思谋着，半天才说，姐姐，明早我俩穿的新衣裳别人有吗？圆圆抬头望了一会儿屋顶说，肯定没有。苏苏又思谋了半天说，姐姐，你说我俩的新衣裳好不好？圆圆说，就像曼苏家电视里的人儿穿的衣裳，肯定好。苏苏听姐姐说跟电视里的一样，就顺手把脱下来的旧衣裳拿过来仔细地瞧了瞧，其实他的旧衣裳已经被他穿得看不出颜色了。别的孩子也一样，爬坡上树地整天疯玩，泥里来雨里去，每天不把自己耍成个泥人是不回家的。在农村里家家的孩子都这样，谁家的孩子也没有干干净净地穿过几天新衣裳，就是一样细捋人家的孩子衣裳换洗得勤，邋遢人家的孩子衣裳时常脏兮兮的不换洗，从孩子们的身上就能看出这家女人的勤快和懒惰来。圆圆和苏苏的衣裳虽然穿得旧了点，但娘还是换洗得勤，要不然早就穿成垢痂板板了。然而苏苏的衣裳你就是一天换洗三次也会脏的。有时候娘就叫苏苏的衣裳头疼，早上展展括括穿出去，中午回来时已经不成样子了，不是泥就是水的，反正不给你干干净净地穿出去，干干净净地穿回来。为了这娘也把苏苏打骂了无数次，后来娘也就泥里水里的不管了，反正甭穿成垢痂板板叫人笑话就成了。苏苏看着自己的旧衣裳说，姐姐，新衣裳比这件衣裳好看。圆圆就笑了，蠢货，笨死了，新衣裳当然比旧衣裳好看。明天早上你穿上新衣裳就不会走路了。苏苏刮着自己的脸羞了一下圆圆说，我儿子娃娃不像你丫头娃娃，穿上新衣裳就不会走路了。你去年穿上新衣裳差点把头碰破也差点碰傻。圆圆就羞涩地挠了挠头说，那不是没看见柱子吗？我思谋着啥忘了柱子。苏苏就嘿地笑出了声，说你叫新衣裳想憨了头，看花了眼吧？圆圆就起身生气地捶了苏苏几拳。苏苏就生气地不给圆圆说话了，继续想去年圆圆穿上新衣裳让檐柱碰破了头的事。

窗外暗暗昏昏的，灯光轻轻地流泻在院子里，夜风轻柔地摇晃着孤寂的杏树，轻抚着杏树的叶子，杏叶沙沙地响着，像是在诉说着一个遥远的故事。星辰忽闪忽闪地眨着眼睛，像睡不着觉的孩子似的，等待着一个好日子的开始。雨露凉凉地洒着，润泽了温热的大地。偶尔野地里传来一两声睡不着觉的鸟儿或是野物的叫声，在静寂的夜空里显得空灵灵的，叫人有点怪怪的想法。这样一来，圆圆和苏苏就更睡不着觉了。

夜已经很深了，圆圆和苏苏还在大睁着眼睛，各自思谋着心里的那点事。深夜里连那狗叫都绝迹了，鸡鸣更是谈不上，夜静如止水。圆圆和苏苏彼此听着对方的喘息声，觉得有点怪。娘还在灶房里叮叮咚咚地忙碌着，她在准备着明早的各样吃食。天一亮，那些穿着崭新衣裳鞋帽的小辈孩子们从坟上一回来，就会逐门祝安问候。到时你得一样一样端上去，你要是端不上，人们就会瞧不起这家的男人，认为这家男人没有当好这个家，不得济，不吃劲，没有把人活在人头里。要是这样的话，那就会伤了男人的脸面，倒了自家的门面，你这个女人也就当得太没有女人味了，给人们留下以后笑话的话柄。

灶房里那叮叮咚咚的响声像悦耳的乐器刺破寂静的夜空，穿过院落渗入到苏苏和圆圆的耳朵里，让他俩既兴奋又激动，这样的时候还真不多，这样的夜晚也还是不多。苏苏和圆圆就努力回忆去年的开斋节。

去年的开斋节想起来模模糊糊的，也记不起有什么值得记忆的地方。他俩只记得是晚上没有把圈门拴好，一圈的羊半晚上给跑了出去，天麻乎子亮的时候，父亲起来做晨礼，却发现大门开着，羊啥时候跑得一只都不剩。父亲就大声喊嗓地吼了几嗓子，把一家大小从睡梦里惊醒了过来。那声音像炸雷似的，把娘吓得心脏像擂鼓似的敲了半天，随后就跟上父亲出门找羊去了。天亮了，村街上响起了跑步声，清真寺里的唤礼声激昂地在村子上空飘荡着，让人既兴奋又愉悦。村子上空荡漾着一股股扑鼻的油香味，让人垂涎欲滴。苏苏和圆圆趴在被窝里等待着父亲和母亲，侧耳谛听村街上羊蹄跑过的声响和人们追赶羊群的咚咚声。两个人爬起来到村街上看了会儿，也没有看到父亲和母亲的影子。村子上空缭绕着一股股清淡的柴火烟，而只有他们家屋子的上空飘荡着寡淡的雾气，让人觉得冷冷清清的没有一点生气。太阳照进了屋子，羊还没有找回来，苏苏就哭了。上坟回来的人们逐家祝安问好时，他们家冰锅冷灶的，才知道他们家的羊跑了，曼苏就把苏苏和圆圆领到了他们家。

苏苏想着去年的事突然问圆圆，羊不会跑吧？圆圆就怔怔地看了一眼苏苏说，闭上你的臭嘴，不想好的尽想些没出息的事。今晚夕羊要是再跑了我就说是你放的。你下去到羊圈里瞧瞧，看羊有啦？苏苏说，我害怕呢。圆圆撇了撇嘴说，胆小鬼，还儿子娃娃呢，今晚夕羊要是跑了，明早又过不成开斋节。苏苏一听心里就害怕了，忙爬起来蹑手蹑脚地下了地摸到圈门上听羊的喘息声。他听了会儿，听到羊们粗粗地喘着气，羊圈门的门缝里有一股扑鼻的羊臊味透出来激得苏苏打了个喷嚏，苏苏知道羊都还在睡着觉，心里就喜喜的。苏苏轻手轻脚地跑回屋里对圆圆说，羊在呢。圆圆就笑嘻嘻地说，我哄你呢，傍晚是娘圈的羊，娘还给羊圈门加了锁呢，羊能跑哪儿去呢？你个笨蛋。苏苏就又生气地捶了圆圆几拳，圆圆就不和苏苏说话了。灶房里停止了响动，那明晃晃亮着的电灯啥时候也熄灭了，娘做完该做的一切后已经入睡了。苏苏和圆圆也该入睡了。圆圆的眼皮开始沉重起来了，头一歪就沉沉地进入了梦乡。苏苏喊了几声姐姐，圆圆没有吭声；又喊了几声圆圆，圆圆还是没有吭声，没有一丝儿回声。圆圆的瞌睡重，一旦闭上眼睛进入梦乡她就睡死了，睡不够是醒不来的。看着圆圆就那么容易地来了瞌睡进入了梦乡，苏苏也就闭上眼睡觉。眯了会儿苏苏很快来了瞌睡，头一歪便沉沉地睡去了。

苏苏做了一个梦，梦见他和姐姐圆圆穿着新炫的衣裳和曼苏他们一道坐在清真寺礼拜殿的台阶上。有人给他们散了许多好吃的东西，那些东西捧在手里，眼看着馋馋的，香香的，看着看着口水就流了下来。这时有人在苏苏头上摸了一把，凉凉的，苏苏就从睡梦里醒来了，翻起身看手里的东西，手里却空空的。娘摸着他的头神情怪怪看着他睡眼蒙眬的眼睛笑着说，梦睡里都笑着，是不是做好梦了？苏苏说，我梦见有人给我和姐姐散好东西了。娘就哧哧地笑着说，今早上你们从坟上回来阿訇念过"苏勒"后，就给你们吃好东西。快起来穿新衣裳，洗了去寺里。苏苏和圆圆一骨碌从被窝里爬了起来。娘从柜子上拿过那个绿包放到炕上取出他俩的鞋袜衣帽。苏苏和圆圆兴奋地看着新衣裳，一件一件小心翼翼地穿起来。穿好后下了炕，娘就高兴地夸着说，我的两个娃娃太心疼太好看太麻利了。两个人互相看着掩藏不住内心的那种喜悦，有点羞涩地望着娘的眼睛，咯咯地笑着，瞧着，转着，此时的他俩，眼中的一切都是那么的新炫和富有朝气，屋子里立刻充溢着一种节日的祥和气氛。

河对岸的宣礼塔上宣礼员正在念唤礼词。村子像吹醒的鸟儿的眼睛，灵灵动动、活活泛泛的，是那么地富有活气。两个人洗了脸，一前一后像两只欢快的小羊羔蹦蹦跳跳地出了大门，咚咚地跑着走了。

整个村子洋溢着一种节日的喜庆。苏苏和圆圆沉浸在节日祥和欢快的气氛里，用孩童的目光、心灵和思维阅读着感受着想象着节日。

　　节日是孩子们的节日，节日是给孩子们过的。

（原载《朔方》2015 年 9 期）

有花儿的日子

女人天生就是柔水做成的，酷爱流泪。

她也不例外，知道她的人都说她的脸时常阴雨连绵，好像谁掰破了她家的馍馍似的。也有人说她是用泪水拴住男人花心的。其实，她的心里酸苦啊。她的心里头本来就很湿润，再加上人们对她无故的说辞，她能不流泪吗？只有流泪是她发泄情感的唯一的方式，她心里的酸苦能有谁知道呢？心里的酸苦不能说给公公婆婆，也不能说给小姑。

她房间的灯又亮了一夜，她的眼圈子黑了一圈，又是一个难眠之夜。她刚娶过来那阵子还白白胖胖的，嫩面得很。可就这么几个月，短短的几个月，她就像换了个人样，变得黑黑瘦瘦的。婆婆常担心地问她是不是病了，她却使劲地摇头。问得狠了，她便不由自主地流下一长串泪水。婆婆便知道她的病在心里头，有了心病，病根在那贼杀的儿子身上。儿子出去跟人跑车有好几个月了，不回家也不捎个信什么的，媳妇能不哭能不瘦吗？更何况是刚结婚四天就走了丈夫的新媳妇呢。

老两口猜不透儿子葫芦里卖的什么药，但有一点是肯定的，两人感情上一定有了裂痕，这点谁也没有往明里说。

日子就这样不温不火地推着过。

媳妇流泪的次数越多，婆婆的心里就簇得越紧，晚上也不敢让媳妇单独一人睡觉了，让小姑花花过去陪着睡，以防有什么不测。花花上小学三年级，功课不太紧，正好做做作业，陪陪嫂子说说话儿。可嫂子除了坐着流泪就是不肯跟花花说说话儿，不说就不说，反正不撵花花走就成了。

这样花花就住进了嫂子的房间，成了嫂子的监护。花花很懂事，知道父母的良苦用心，嫂子晚上起夜她也都跟着去。有了她，嫂子房间的灯再也不用整夜亮了。她做完作业后嫂子准时关灯。花花的监护起了作用，老两口的脸上总算露出了一丝喜悦的笑容。

晚上虽然睡得安稳了，但她的心里头依然酸苦得很，好像唯有哭才是她消解酸苦的良药。她的脸上还是不见放晴的日子。

晚春正是羊儿上膘的时候，老人们在这一时间里差不多都成了羊倌，弹挣着起个大早赶羊上山，让羊儿吃上带露水的草花儿。她家的羊也是一大群，她是从来不注意自家的羊群的，但她却得提防着家里那只馋羊。人常说走在羊头里的是馋羊，走在羊后头的是弱羊。她细看了几次，自家的那只馋羊就走在羊群的前头，它的眼里不是满山遍野的草花，而是刚出土的麦苗或是谁家的菜园。

她刚过门不久的一天傍晚，她公公在院子里铡青草喂羊，她在灶房里擀面。擀好面后她到院子里柴垛上去抱一抱柴的工夫，馋羊就乘机钻进灶房吃掉了半划子擀好的面，害得她又羞又恼。那次，她抡起擀面杖狠狠地敲打馋羊的嘴，打得馋羊满院子乱转时她才肯罢休。前段时候，公公赶羊上山，馋羊又乘人不备溜出羊群钻进了别人家的麦田里糟蹋了别人家一大块麦苗，公公老嘴失脸地招了人家一顿狠骂。她对公公说宰了那只馋羊算了，可公公说那只馋羊胎气好，一年一茬羔，把稳得很，是个生钱的口袋，万万宰不得。公公舍不得宰那只馋羊，得罪人挨骂的事也就开了个头。公公年龄大了，腿脚不灵便，眼睛也不济事，放羊时已跟不上羊群了。

放羊成了公公每日的工作。天刚麻浮子亮，他起来喝上几杯茶吃上几口馍馍就赶羊上山了。

那天他照例起了个大早。等他洗完脸坐在炕沿上喊花花时，却没有人答应他。他感到有点奇怪，在往常这个时候，媳妇早把热茶端上来送到他手上了。

他的心里突地一惊，急忙下炕到灶房里去看，可灶房里冰锅冷灶的，没有烟火也没有人影。

他喊了几声花花，花花才从睡梦中惊醒过来。上学还早呢，她嘟囔着说。你嫂子呢？花花一脸的迷惘，她也不知道嫂子究竟是去了哪儿。大门敞开着，他到大门外看了看，也不见她的影子。怪了，怪事情，这媳妇早早地上哪儿去了呢，先赶羊上山吧。老婆子我上山放羊去了，他朝屋里头吼了一声，径直走向羊圈。当打开圈门时确实令他吃惊不小，羊圈里不见一只羊的影儿，空空的，他感到天快要塌了。

老婆子，你下来看，羊不见了，媳妇也不见了。他坐在台阶上大喊起老婆子来。

老伴抖抖索索地披上衣服来到了羊圈跟前，一时也说不出个所以然来。

我知道，是媳妇赶走的。这几天了，我赶羊回来时她总是痴呆呆地看着羊，叫你瞌睡睡轻点，你偏不听我的话。他开始怪罪老伴睡得太死。

你也不是没有死吗，为啥也睡过了头。

我睡过了头？我一天赶羊上山心不乏人还乏呢。说话这会儿说不定媳妇已赶着羊去了娘家呢。那你还不赶快去追。

要追你去追，你说得也太差劲了，这世上哪有公公追儿媳妇的，你也就不怕别人用唾沫淹死我。

算了，我想媳妇也不是那种人。你到炕上栽着去，我出去问问别人。老伴一闪身出了大门，把他一人晾在了院子里。

老伴在大街上转了一圈也没有问出个头头道道来，更不用说媳妇的去向了。

她的心里也开始焦躁不安起来。媳妇着意要走那谁也拦不住，话说白了，也没有理由拦她，但她不该赶着羊去，那可是这个家里的半个家当啊。她从心底里还是不相信媳妇会那样干，但羊确确实实是被她赶走的。对媳妇她从来没有埋怨过，就是埋怨也找不出任何理由，人家从过门到现在已足足等了快半年了，性子烈一点的媳妇早跑了，还蹲在你这个没有男人的家里等啥呢。不怨，不怨她，可她也不该把羊都赶走啊，应该剩几只留个种。唉，做女人的谁没有个难处呢。她们两个人还不是打打闹闹地过了一辈子，也就这么过来了。她也不是走了几回吗，却没有走成，原因是她的心尖上牵挂着她那不争气的儿子啊。现在倒好，儿子钻进车门里半年多不回家，让媳妇等得耐心都没有了。今天不知为什么，她看着老东西心里就来了那么一股子火气，有抬手扇他一个嘴巴子的念头。

中午花花放学回来，见娘坐在院子门洞里的台阶上哭，也就跟着哭了起来。在这个家里，除了娘就是嫂子与她最亲了。嫂子常常关心她的学习，关心她的成绩，虽然她大字不识一个，但她每天还是要看一遍花花新做的作业，看她挣得钩多还是叉多。嫂子还说了，要给花花买双新球鞋呢。可花花知道嫂子没有钱，但她也知道嫂子能办到，因为嫂子从来没有给她说过假话。现在嫂子走了，她晚上又得一个人睡觉了，也没有人查看她的作业了。想着这些，花花一个下午蔫蔫得高兴不起来。

花花下午放学没有直接回家，而是去了村口，她要在羊收圈的时候等待嫂子回来。进出村口的人都问她逗她，她都不予理睬。

太阳跌进了山那边火焰般燃烧的云层里，黄昏来临了。家家户户壮硕的羊群在她面前簇拥着直奔家中。而她家的羊群呢，却不见踪影，她的心里很烦躁。

花花——吃饭了。她听着娘站在房顶上喊她吃饭的长调，没有理睬。对吃晚饭她没有一点胃口。

她背着书包带着几分失望悻悻地回了家。

天色开始暗了下来。

馋羊咚的一声撞开了大门。羊回来了。花花在院子里大喊起来。羊一只跟一只挤进了大门，嫂子跟在羊后面进了大门，红扑扑的脸上洋溢着甜甜的笑容。她左手握着镢头，右手提着一只装粮食的塑料袋，塑料袋鼓胀胀的。花花惊奇地看着嫂子，馋羊径直跑进了灶房。花花，快去赶羊。嫂子使唤花花。经嫂子这一喊，花花才知道自己该做些什么了，跑进灶房去赶羊了。两位老人帮助嫂子把羊收进圈里，眼泪就扑簌扑簌地掉了下来。嫂子没有说什么，而是静静地将袋子里装的东西全部倒出来晾在了院子里的空地上。她说两位老人老了，今后就不要放羊了，由她来放，她还说她今天在放羊时抽空挖了些柴胡、秦艽，照她今天的挖法，一天还是能挖几块钱的，卖了钱可补贴一些家务的。

她吃了晚饭，就早早地去睡了。睡前她对花花说挖上几天药就可以给花花买双新球鞋了。

院子里晒的柴胡、秦艽越来越多。经太阳一晒，一丝淡淡的药味就充斥着院子里的旮旮旯旯。嫂子背回来的柴胡、秦艽一天比一天多。

那天，天热得像火烤似的，羊也扎棚了，她坐在一段山坡上放开嗓子轻轻地哼起了洮州花儿：

> 黑莺窝里黄莺坐，
> 我想阿哥实难过！
> 眼泪打转双轮磨！
>
> 线杆捻麻线着呢，
> 想你么心里啪啦啦儿地颤着呢，
> 出来进去转着呢！

他出去跟人跑车整整七个月了，有两次险些送了命。外面的世界虽然花哨精彩，但不及家里的热炕暖和。还是回家好。他辞了雇主回家，一路上他坐在车里想家里的事情。他出门的时候，父母的脸凉得像铁，新媳妇坐在炕沿上流着泪。他就那么一狠心屁股一拍走了。这七个月的时间，钱是没挣上几个，但心总算是有了一些收敛。跑车在外，有时住宾馆大吃大喝，有时风餐露宿，真是金窝银窝不如家里的土窝。做活累了，躺在炕上的那个惬意那个舒畅，可出了门身心乏困地躺在宾馆的床上那真不是个滋味。说真的，在出门的这些日子里他还真想他的新媳妇。有时候，他思谋她的模样，可就是思谋不清晰，新媳妇在他的脑海里只是一个模糊的轮廓，不苟言笑。他下了决心，这次回去后再培养培养自己对媳妇的感情，说不定会爱上她的，也说不定会爱得一塌糊涂。他这样的想法却把自己给思谋笑了。人怎么是这么个东西呢？他连自己一时也说不清楚了。

三十里山路弯弯曲曲。他眺望着坐落在山沟里的那些低矮的村庄时，心中洋溢着无以言传的亲昵，他的家不远了。他敞开心扉让山风吹拂他疲惫的身心。困了，累了。他坐在一丛蓝旺旺盛开的马莲花上环顾四野。突然他听到了久违的洮州花儿：

　　　　三张镰刀七斤铁，
　　　　没见你有七个月，
　　　　想你口里吐心血！

　　花儿唱得多凄凉啊，这是一个女人唱给出门在外的男人的思念。这多么像唱给他听的啊，他的心河被搅动起来了，媳妇模糊的轮廓开始变得清晰起来，他的胸膛沸腾着。他在心里想好了对唱的洮州花儿：

　　　　三张镰刀七斤铁，
　　　　没见你有七个月，
　　　　想你心来口里跌！

　　编花儿难不倒他，他从小就是听着唱着花儿长大的，可他却唱不出口，一丝疼痛袭上了他的心头。今天唱花儿的要是他媳妇该有多好。可他知道，他媳妇是不会唱花儿的。

　　回家吧，他抬头看了一眼西斜的太阳，太阳像只烧红的火球在栖凤山顶下跌，把一抹厚重的云彩映得通红通红的，时日已不早了。他感到饥肠辘辘，他思谋起了村里那条溪水的清冽。回吧，回去吃一顿娘擀的烩上一勺三伏天从山里摘的石蒜花疙瘩子饭。出去了七个多月，他唯一想吃的就是娘擀的疙瘩子饭。想着家里也就想到了媳妇，现在也不知她还在不在。

　　她的心被一下子激活了，但也泛起了无尽的心事，眼看着庄稼都快要抽穗吐蕊了，可她出门在外的男人却听不上个音讯。这几天她放着羊，轻轻地哼着花儿，排解着心中的烦恼和抑郁。好在晚上有花花给她做伴，要不然那多少个难眠之夜她将怎样过来呢。好了，不想他了，回家吧，天气不早了，羊群已悄然回头，慢慢地向家中移动。

他赶到家里时，花花正在门口张望。

看到了花花，他的喉咙里噎巴巴的，家里人没有忘记他。花花看到了他，并没有感到惊奇，而是平淡地问，哥！你回来了。他兴奋地说，花花你在等我。不！我等嫂子呢，花花仍然平静地说。他的心里哗地凉了半截。娘正在擀面，父亲坐在炕上喝茶，对他的到来没有表示出太大的惊喜，也没有表示出几分关心，好像他没有回来过一样。他确实饿了，但娘却迟迟不肯端上饭来。他喊了一声娘，娘说等一等，等你媳妇回来一起吃，她放了一天的羊，也饿着呢。

夜幕像一张大网罩住了大地，一家人就那样坐着等着。大门外咚咚地响起了羊群奔跑的声音。嫂子回来了，花花跑着迎了出去。

她见到了离家七个月的男人，仍是原来的样子，没瘦也没有胖。他好像要说什么，她故意避开了他的目光。她在避开他目光的瞬间突然产生了那么一个想法，她刚过门四天，他就撒下她走了，而且一走就是七个多月，现在她要冷落他几天，作为对他离家不打一声招呼的惩罚。对了，就这样，她暗暗地下了决心。这样一决定，她的脸就拉下来了。

一晃几天过去了，她照样放她的羊，也照样挖回一袋袋的柴胡、秦艽，只是不和他说一句话。

这天午后，邻居兰兰娘笑嘻嘻地过来拉住花花娘的袖口笑着说，老嫂子，你还愁你那儿子媳妇呢，人家两口子对上了。花花娘惊得合不上嘴，啥？啥对上了？

兰兰娘笑得前俯后仰，小两口对上花儿了。

兰兰娘说，她家老头子在山梁上放着羊，听到有个女的唱花儿，唱了一会儿就和一个男的对上了，对得蛮有劲的。我家老头子是花儿迷，听到花儿嗓子就发痒，赶着羊过去瞅了瞅，原来是你家的儿子和媳妇在对花儿。你还为你家的儿子和媳妇愁肠呢。嘿嘿，老嫂子，你还不知道呢，人家两口子花儿对罢还对上了嘴呢，你等着抱孙子吧。兰兰娘嘿嘿地笑着，扭着腰腿脚麻利地走了。

花花娘的心里甭说有多高兴了，她多么想立刻就在儿子和媳妇的脸上看出他们和好的迹象来。可等着他们，天就显得很漫长，太阳好像被一条线拴在了天上，移动得很慢。

太阳终于沉了下去，黄昏也就来临了。

羊群咚咚地跑着撞开了大门。花花娘站在院子里看着扛着镢头背着塑料袋的媳妇快步进了院子，拿眼斜视了她一眼，脸刷地红了。她低头喊了声娘，便快步进了灶房。儿子是吹着口哨回来的，一脸的喜悦。

花花娘终于明白了，人与人的心灵原来是可以沟通的，只是时间未到，牵连的那点纤丝未抽出来而已。她不知道媳妇还流不流泪，这是她马上想知道的事。

（原载《陇南文学》2014 年 8 期）

花花的阳光

　　六月伏里，天气热得像天空里着了火，又像头上顶着一盆炭火。屋里屋外充溢着扑腾腾的热浪，让人难受也让人无处躲避。这样的时候，尔沙媳妇花花就会拖着两岁的穆沙走到大门外的白杨树下，乘着凉，纳着鞋底，偶尔抬首遥望着火的天空。满地上也像着了火一样，烤烘烘的，墙角里的草垂头勾首的，白杨的叶子也耷拉着，显出了几分饥渴。有一丝丝微风拂过，白杨树就喜欢得抖动起来。人们都躺在屋子或是阴凉里走不出来。山上的羊发了疯地找寻岩畔或是往一起扎圈，嘴里吸着粗气，肚子不停地扇着。而尔沙媳妇花花领着儿子穆沙坐在大门前的白杨树底下，好像觉不出有多热，不紧不慢地做着手里的针线活，眼望着门前东西走向的公路像是思谋着天大的事，没有丝毫笑意。只有儿子穆沙调皮了的时候她才哄着说上几句话，偶尔轻轻地笑上那么一两声。手里不做针线活的时候她就像一个泥墩，没有任何动静，真像一个傻子似的。不过，她不像别人那样，穿戴上是很齐整的。你看，她头上戴着的那顶轻逸的绿盖头，衬托着她白白净净的圆盘子脸庞，是那么的光鲜和嫩面。只是一双水灵灵的大眼睛显得有点呆孤孤的，没有年轻人那种顾盼自如的精神气。脚上穿着自己做的毛布底布鞋，也是干干净净的，没有一点污迹和尘埃。虽然还拉扯着一个两岁多的孩子，但身上干干净净地不见一丝水点。初一看就知道她是一个打扮朴素的女人，也是一个勤谨能干的女人，更是一个会拉扯孩子的女人。

花花坐到大门外的白杨树下时，公公尤卜就不去大门外，其实就是想去也去不成，谁见过公公和儿媳妇平起平坐着的呢。要是真那样坐在了门前的白杨树下那成何体统呢，还不叫人把他的后背指破或是用唾沫把他淹死呢。自从花花在那里坐了以后，他就再也没有去坐过。老伴有时候还去那里陪着花花坐一会儿，陪着花花说说话儿，宽慰着花花，打发着花花的寂寞。他想坐的时候就由老伴陪着到后院里那棵高高大大的杏树下坐一会儿，凉一会儿阴凉。

　　到了末伏天的时候，杏果就成熟了，黄澄澄地垂在枝叶中间吸引着那些顽皮的孩子们。有时会有几个孩子偷偷地溜到树下，尤卜装着没有看见，由着孩子们上树去摘。尤卜是读过几年书的，闲着无聊或是心急的时候，就会随便拿上一本书津津有味地读上半天，就是一本学生的课本他也要逐字逐句地读上半天，迷着日子。其实这两年多他读书是在消磨着心头上那难熬的时光。老伴有针线活了拿上个针线，没针线活了拔一拔扯一扯地上的草，拣一拣地上的碎石头，同样也是在消磨时光。有时候还和他扯上一半句闲话笑一笑，日子也就过得快一点。

　　这时候，往往是天气最热的时候。大门外公路上沥青都晒化了，显出了它的本色，黑乎乎软润润的像大姑娘挑着满水桶漾溢着似的。汽车走过去时轮胎上就沾着滋滋沥沥地响起来，这时候穆沙就高兴地挥舞着小手咯咯地笑起来，有时候也会走出阴凉用他的小脚去踩一踩路上的沥青，听着沥青的滋沥声再快活地笑上几声。他这样做是很危险的。门前的这条公路是省道，来来往往的车跑得多，因为路直，车也就跑得快。车来的时候，你的双脚沾在沥青上跑不动，要不是路直视线好，说不定啥时候危险就来临了。尤卜和老伴给花花叮嘱了好几次，让她把穆沙看好，不要到路上去玩。花花答应着心里却想着别的事，没有把公公婆婆的话记在心尖上听在耳朵里。公公婆婆也不再多说，婆婆的嘴碎儿媳的耳背，你说多了儿媳妇就听不进去了。而花花是非常孝顺公公婆婆的，也听公公婆婆的话。但有时候就是不知她在想啥，却意外地听不进去。中午车多的时候，公公婆婆想方设法地找寻点好吃的东西引上穆沙到后院里去，引上穆沙耍的时候是他们最宽心最舒心的时候，也是最得意的时候。和孙子逗着玩着日子也就过得快，过得还算有点意思。人老了就成了老顽童，往往和孙子们能说到一起玩到一起去。就是孙子们骑在头上拉屎拉尿都是愿意的，高兴了的时候还叫多拉多尿呢。

穆沙和爷爷奶奶玩耍的时候，花花照样会坐在大门外白杨树下热烘烘的石面上，像坐在烧热的土炕上，不紧不慢地给尔沙纳着鞋底，做着毛布底布鞋。这样的鞋子在花花的大红箱子里放着好几双，整整齐齐地摆放着，像商店柜台里的样品鞋，没有人问津，没有人穿去。其实花花用不着做什么毛布底布鞋，就是做了尔沙也不会穿，也穿不上，现在的年轻人还有谁再穿那土里土气的手工做成的毛布底布鞋呢，商店里卖的皮鞋既耐实又好看，穿在脚上既柔软又稳当。不像毛布底布鞋穿在脚上像孩子们吃的"大脚板"雪糕，平塌塌的，难看死了。再说就是穿尔沙也不在。但花花不做鞋又做什么呢，她做着活的时候心里就没有了怨气，没有了思谋，没有了那怪怪的念头和想法。手里不做活的时候，她的脑子里尽是些乱乱的怪怪的念头和想法，让她思谋着脑子疼。手里做着活儿的时候，偶尔眼望着东面远处飞驰而来的汽车，她的心里始终是有一种默默的期待和心跳。但那汽车到了大门前还没有要停的时候，她的心里就会涌上一丝淡淡的愁肠和难过。

两年多了，尔沙出门打工去了之后就再也没有回来过，不要说不回来，就是连针尖尖大的一点音讯也没有。你不回来了也好说，你要是殁了也好说，人就没有那个望想和期待了。儿子穆沙长到两岁多了还没有见过他的面，到这么大了还连个爸爸也不会喊，真是让人痛心和心疼。你不回来总得来个信捎个话啥的说一下，你就是不管这里苦苦等待的老婆和儿子，但这里还有你的一双娘老子，你总得想着点吧，你总得管一管吧，谁没有娘老子？谁不老呢？娘老子把你屎一把尿一把地拉扯大容易吗？当然不容易，你看我拉扯着穆沙就不容易。当然你还不知道你已经有了儿子，一个活蹦乱跳的尕儿子。你要是殁了不在了家里人也总会有个睡梦啥的。可你这么一去不回来，让家里人难肠地等待了两年多，等得都有了一肚子怨气和愤怒。

花花这样坐在大门外的白杨树下，坐成了一道风景，但也坐出了一些闲言碎语。她刚开始坐着的时候，就有人说她是新媳妇耐不住寂寞，在散心呢。而坐的时日一长，就渐渐地有了一些闲话，说她是寡妇婆娘守大门，有走心没守心，迟早会在尤卜家门上出问题惹笑话呢。有的话她也点点滴滴地听到了一半句。听到这些羞辱人的话时，她心里既气愤又难过，气愤的是人们怎么就这么不理解一个女人的心呢，不理解一个女人的难肠呢；难过的是作为一个女人活人太难了，做人也太难了。到了晚夕里，熄了灯，她就捂在被子底下美美地哭上一场，把自己哭成了泪人儿，自言自语诉说着苦命。第二天早夕里她擦干眼泪，把一切难肠都埋在心底里不向公公和婆婆表露半分，都是她一个承担了。她还是和往常一样早早地起来，给公公婆婆烧好灌满洗小净的热水，然后再把公公婆婆轻轻地叫起来。自己则去灶房里烧火做早饭。有时候公公婆婆看着她消瘦的脸让她也把礼拜做起来，说敬拜真主对自己来说是一种解脱，也是一种精神寄托。但她一站到拜毡上礼拜的时候，脑子里就会思谋起许许多多隔年的老事，就连多年前的一件小事也毫不落下地思谋着放在脑子里。有人说他礼拜的时候就记起过三十年前丢过的一条皮绳，你说人专心做一件事是多么的不容易和艰难。她专心礼拜的时候就是静不下心，往往念着念着就不知自己念到哪儿了，也不知自己礼了几拜，把礼拜做得马马虎虎。她想这样稀里糊涂地做着礼拜还不是自己哄自己，自己哄自己是不会起到在心灵上和真主交流的目的。她只有做活累着的时候才会暂时忘却过去，忘却她一幕幕思谋起的事情。可闲着的时候她就一寸一拃地把从记事起所有有记忆的事都思谋上一遍，思谋得头疼脑胀。

有几天时间，花花在那里坐着就觉得眼前怪怪的，心里也怪怪的，说不上是一种怎样的感觉，但就是说不明白，也想不清头。到了晚上的时候，她就梦睡梦，一连几天都做着一个同样的梦，不是太清晰也不是太模糊。但有一样是清清楚楚的，丈夫尔沙会时常出现在梦中，沉着脸离得远远地不和她说一句话，有时候她追着去拉他，却也追不上拉不住，这时候她就哭着喊着尔沙的名字，但他就是无动于衷，远远地站着看着她没有任何表情。后来在梦中她追得急拉得紧了，尔沙就说要她拉扯好孩子，孝顺好父母，不要等他了，把她重重地推了一把，她就跌倒在了地上，狠劲地哭了。她哭得号号呔呔的，从梦中把自己惊醒了。醒来后她又把自己捂在被子底下思谋着梦境再狠狠地哭了一场。早夕里她还是早早地起来和往常一样给公公和婆婆灌了热水，喊醒了公公婆婆，又去烧水做早饭了。吃早饭的时候，公公和婆婆发现她的脸色寡白寡白的，就问她是不是病了。她就给公公婆婆说了连着几天做的梦，就说尔沙恐怕是不要她了。公公婆婆听了她说的梦，脸上就布满了忧虑和愁肠，自言自语地说这可不是一个好梦啊。端在炕桌上的饭谁也没有动一筷子，就那样放着，婆婆背着她和公公抹了几把眼泪，下炕把饭碗端了下去。公公哽咽着对老伴和花花说，尔沙怕是回不来了。婆婆说这几天我的睡梦乱得很也不好，尽梦见家里的亡人们。在睡梦里尔沙钻在亡人们中间来来去去地好像不是太喜悦。公公说你就不要加在这里添乱了，人心上像乱麻缠了个死疙瘩，乱糟糟的，心上也不安稳。再过两天就是主麻日，到那天请个阿訇待个客念个"苏勒"吧。花花含着泪点头答应着去做大后天念"苏勒"的准备。

　　给公公婆婆说了睡梦的事，花花这两天睡梦却也出奇地好，不是绿山蓝水就是红花绿草，再也没有出现前几日梦里的那种可怕情形，她就觉得奇怪。念"苏勒"的头天下午，公公在院子里宰一只鸡，婆婆忙着打下手，花花就忍不住对公公婆婆说，这两日我的睡梦好得很，不是绿山蓝水就是红花绿草。婆婆就朝花花摇了摇手，意思是她再不要说关于睡梦的事了，前几日睡梦的事还放在公公和她的心上，一直不踏实。公公拔着鸡毛头也不抬地对花花说，阿訇不是说了吗，清廉忠顺真主的穆民的梦是真实可信而不会有假的，它是四十六分之圣品之一，往往会预示不为人知的一种迹象。做了梦的时候还要看是好梦还是噩梦，要是做了噩梦的时候那一定是恶魔在作怪，醒来后要向左边唾三口：要是做了好梦的时候就要虔诚地向真主祈祷，赞美真主的启示和大能。花花听公公这样一说，她心里就向真主默默地祈祷能给尔沙一个平安，襄助促使他能够平安地回来。公公在院子里把鸡拾掇得很细心，像是在精心拾掇他心爱的一件宝贝似的，有着足够的耐心。在平常他可没有这么大的耐心，他从来就不是一个有耐心的人。但今天却与往常不一样，他拾掇的是念"苏勒"的鸡，而不是自己随便吃的一只鸡，所以就与往常拾掇鸡的心境不一样，想法不一样，举意也不一样。这里面带着他们全家的举意、希望和成功在里面，他不得不细心。本来这些活以前他是不去做的，儿子尔沙在的时候，只要念"苏勒"，他把念"苏勒"的事给家里一安顿，尔沙就抓上一两只鸡让他宰了，然后像他那样细心地去拾掇。他只有一个轻松的任务，就是去清真寺礼拜的时候把阿訇和一些老者留一下说一声，把念"苏勒"的日子定下来，再到时候把阿訇和那些老者领到先人的坟上去念个"苏勒"，然后再把他们领到家里来，他的任务就算完成了。但现在尔沙不在，让老婆和花花拾掇鸡他有点不放心，但他不能说到明处，只有自己动手。有时候女人们说是比男人们细心，但在有些活上却没有男人们细心，男人们是粗中有细，女人是细中有粗。花花和婆婆就在灶房里虔诚地举意着按来人的多少忙着炸些油香，蒸两锅白白颤颤的花卷，把灶房的事准备得宽宽绰绰，免得人来多了挖眼抠指头。

主麻日到了，花花照样起了个大早，从鸡叫唤就起来了。生火热水。因为主麻日这天的清早夕里，公公婆婆都要新新煊煊地洗个大净，这是他俩多年来养成的雷打不动的习惯。刚开始的时候花花还有点不好意思，洗大净谁叫人知道呢，谁还不是在半晚夕鸡没叫的时候就洗过了呢。但后来她就想公公和婆婆是上了年纪的老人了，早就没有洗大净的那种兴趣和劲头了，只是在每个主麻日洗个大净，一来是净身净心，二来是叫小辈子瞧个榜样，穆民是要时时刻刻带身水的，不能没有大净不带水在大地上行走，要是那样的话大地会担待不起负罪的人的身体和灵魂的。后来花花也就在主麻日的早夕里自自然然地洗个净身净心的大净，然后礼了晨礼念上一会儿《古兰经》，这样的时候她就觉得自己的心里很轻松，心情也清爽。两位老人洗了大净，公公去了寺里，婆婆就去礼晨礼。花花有一段时候没有礼拜了，因为念"苏勒"，她也就洗了大净之后去礼晨礼。她知道，灶房的事也不用太忙，寺里晨礼做完后还要学习一会儿，然后才去坟上念"苏勒"，先人的坟离村子也有一段路。因此她做晨礼就用不着太忙太急，太忙太急了就容易出错，更何况她时常静不下心来，静不下心出的错就更多。但今早她的心里像静静地放着一碗平展展的水出奇地静，静得连她自己都有点奇怪。做完晨礼她还念了几段短"苏勒"，让自己的心灵得到了一次彻底的净化，突然觉得自己有了心灵的寄托了。

在灶房里做着吃食的时候，花花就给婆婆说她今早身心清爽得很。婆婆就说，不管做任何事情，首先是举意要心诚，做事要心实，思想上要没有一丝杂念，只有这样，真主才会承领和应答你的祈祷。不过，媳妇啊，不管我的睡梦还是意识，我都觉得尔沙是孝顺不上我和你公公两个连狼都不拖的干骨头了。我给你说一个我很早以前的睡梦，你就知道睡梦的真实和心理上有个准备了。那个时候，你还没有过门没有成为尔沙的媳妇。有一年，我一直梦见尔沙的哥哥拖着他妹子走了，走到了一个没有人烟的地方，那个地方我既不认识也没有见过。梦的次数多了，我就去问了当时的开学阿訇，开学阿訇没有给我说梦的事，而是让我不要到处去乱说我的梦境。当时他只说要我多记念真主，按时礼拜，多祈祷，在好事上多舍散些财帛。我回家以后也就下了决心，按阿訇说的做了。但心里总是觉得要发生些事情呢。于是在那年梦睡梦不到两个月的时间里，尔沙的哥哥和他妹子都相继过世走了。尔沙的哥哥是跟着庄子里人去拾烧柴过河打排子的时候掉在河里淹殁的，而他妹子是一个月之后在一场重感冒中没明没白地殁了。尔沙的哥哥殁时才虚岁十四岁，他妹子七岁多。尔沙才十一岁，憨憨愣愣的，不知道失去亲人的痛苦难心。那二年我就把眼泪像油房里的清油一样淌干了，哭也哭得没声音了。后来尔沙长大了，我才没有了眼泪。说实话，那个时候我抗违过真主，埋怨过真主。但后来我想通了，人的生生死死不是由人说了算的，也不是由人的意愿能决定的。而且人的寿数也是真主早有前定的，一切事情都是在真主的掌管之中。可是现在尔沙却不见了，没有了任何音讯。主麻日念个"苏勒"，祈祷真主能给尔沙一个平安。老人说着泪水像房檐上的水泼了下来，再也控制不了自己的感情，哽咽着说不出一句话来。她的难心是捂在心里的，这么多年了，她没有给谁说，也不想说。再说说给别人只能换来几句安慰或是同情，自己心里的那种痛苦还是无法解除。她今天说给花花听，意思是要花花自己坚强些，在灾难面前要尽量忍耐，不要让自己输给别人，输给命运。

花花听着婆婆说她无常的儿子和丫头，说她的难肠，说她受过的挫折，说自己的忍耐。自己听着则不由自主地思谋起了尔沙，眼泪也像急雨般地抖落了下来，跟着婆婆哭了起来。她怎么就不想尔沙呢，大前年和尔沙结婚才四个月，尔沙就出门打工去了。刚结婚谁不恋着家呢，但尔沙就不行，家里为给他娶媳妇借了别人一些钱，这笔钱就得由他来还。娘老子已经没有挣钱的那个能力了。尔沙没有结婚的时候，父亲是这个家里的主心骨，但尔沙一结婚，就自然而然地替代了父亲成了这个家里的主心骨，而且家里也多了一张吃饭的嘴，虽然现在多一张少一张吃饭的嘴都不是个问题，但手里没钱不成。刚结婚这阵子，亲戚来往走动就比较勤，连平素不走动的生亲戚都要来道个喜送个人情什么的。这亲戚来往走动就得有开支，就得花费一些钱财。所以尔沙就自己把自己逼出去了。尔沙这一去就是两年多，起初的时候，还给家里不时地写个信问长问短的，也多多少少地寄些钱来。但几个月之后就彻底没有了音讯，再也没有他的下落了。后来庄子上的年轻人去打工，公公婆婆就一个个地叮嘱着到打工的地方找访一下尔沙，可出去打工的年轻人回来了一茬又一茬，都说没打听到尔沙的影踪。结婚那几个月，尔沙和花花也过得亲密和睦，互疼互爱，相互知冷知热的叫人羡慕着呢。花花从坐上娶亲汽车的那会儿就想好好幸福地过她的好日子。那天她看到她的父亲母亲还有亲戚们都是那么地高兴，那么地喜悦，都在心里祈祷花花能平平安安地过上一个好日子，也都为花花今后的幸福生活而开心地笑着，真心地祝安。亲人们那样开心喜悦地笑着，她在心里还悄悄地笑他们可笑呢。她想是自己结婚又不是亲戚们结婚，他们那样高兴是为啥呢，应该是她自己高兴着才对。然而自己却高兴喜悦了不到半年时间，就再没有了那种兴致和心劲。到现在她还泪水倾泻如注呢。人生难料也无常，她还不知道自己今后的命运会是怎样一种结局呢。

　　阿訇们走了。花花彻底地累了，是身心累了，思想也累了，累得她想把自己的心抠出来或是想闭上眼睛美美地哭上一场。婆婆说花花你累着了，去睡上一觉吧？她摇了摇头，大天白日地她睡不着，在瞌睡方面她是穷命，只要窗口有一点亮缝她就睡不着觉，在冬天早上下雪的时候，人人都偷懒睡会儿懒觉的时候，她就睡不着，头也挨不到枕头上，她就这么个臭毛病。

婆婆说那你领着穆沙到门外转会儿去。婆婆知道花花的心里头苦着呢，心头上有想法呢，让她浪着闲转会儿心境也许会好些。再说人家自从男人出门以后连娘家都没有好好转去过，人家也是有娘老子的人。比起人心一样都是肉长的，再拿庄子里的那些年轻媳妇相比较，花花比自己养的丫头还惯还乖还听话。其实这两年来她是把花花当自己的亲生丫头待承着，有啥话也对花花说，花花有啥话也只对婆婆说。两人彼此上不像婆婆和媳妇的关系，而是像一对老姐妹或是像母女一样亲热疼爱着。

婆婆乏了累了，爬到炕上歇去了，只一会儿她就起了鼾声，婆婆睡着了。公公也去了寺里。

花花一个人抱着穆沙坐在后院里的杏树下，心里急躁着坐不稳。她就抱着穆沙拿上那双还没有纳完的鞋底，到大门外的白杨树底下去坐了。

白杨树底下有一块平平展展的大石头，早些年天气热了的时候，庄子里的老人们吃过早饭之后就陆续地来到白杨树底下，围坐在大石上热热闹闹地谝些闲传，说些笑话，互相耍些便宜。有时候也会有一些小孩子们坐在上面耍扑克，玩游戏，打打闹闹地好不快乐。自从尔沙的哥哥和妹子殁了之后，老人就不去那个地方了，有些大人也阻止孩子们不到那个地方去玩。老人孩子们不是去那个地方有什么不对，而是因尔沙家连着发生了那么大的事，再在人家门前大声喊嗓地谝闲传说笑话吵闹有些为难，也让人觉得是幸灾乐祸。久而久之人们也就不去那里了。自从尔沙走了之后，这里就成了花花和穆沙常坐的地方，没有人打扰，也没有人过问。门前是路，路的对面是河，河对面是庄稼地。河里水哗哗地流着，对面的麦子垂着沉沉的穗子在微风里翻着麦浪，有鸟儿不时在河边喝着水洗着澡。花花眼望着这些心里就有些激动，心境也有些展阔。花花眼望着河水或是麦田安静地坐着，或是惹着穆沙笑一笑，或是在平展展的公路上拉着穆沙跑上几步，或是看着东西两面来来往往的汽车算着数儿，期待着假设着尔沙的突然到来。

人的身心累着的时候，就没有了动力，没有了奢望，没有了心劲，没有了想法。花花在石面上坐着忽然就觉得身心沉沉地，整个人没有了思考和说话的精力。她是彻底地累着了。她躺在树身上竟然像一个割倒的麦捆沉沉地进入了梦乡。穆沙在身边玩着她的针线，扯得乱乱乎乎的。鞋垫上绣着的两只蝴蝶鲜活活地像要飞走似的被穆沙握在了手里，不时地用小嘴吻着咯咯地笑着。

从路边的野花丛中飞来了几只蝴蝶，招呼着穆沙手里的"蝴蝶"，盘旋在穆沙的头顶不肯离去。穆沙看着飞来飞去的蝴蝶比他手里的蝴蝶好看，就握着手里的"蝴蝶"从石面上爬下来蹒跚着追上去，追着蝴蝶咯咯地笑着，稚嫩的笑声像温暖的阳光洒了一地，笑化了路上的沥青；也笑停了树上欲飞的鸟儿和飞虫；更是笑散了头顶上飘逸的云彩；就是没有笑醒靠在树身上沉睡的花花。

一声尖锐细长的刹车声，一声沉闷悠远的撞击声，让含笑的阳光顿然失色。鸟儿飞走了，飞虫隐遁了影踪，云彩失去了色彩。花花从昏昏沉沉的睡梦中被猛然惊醒。她身边没有了穆沙的影子，没有了那只还没绣好的鞋垫。在公路的远远处她看到了穆沙的鞋，红红艳艳的，像两只摔破的西红柿，贴在公路的沥青路面上，也像两颗还在跳动的心。她的孩子不见了。她失声地大喊了起来："我的娃娃……我的娃娃！"她的眼睛一瞬间就看不到任何东西了。她声嘶力竭地大喊着，亡命般地乱转着。她看到了，看到了她的儿子穆沙像只撑开翅膀的鸟儿，直挺挺地躺在路中间，像刚才的她一样沉沉地睡着了。花花在路中间抱起穆沙疯了般地哭着跳着喊着叫着……主麻散了，老尤卜像一只护着小鸡要拼命的老母鸡一口气跑到公路上看了穆沙一眼，刚说了一句我心上的肉哟，就顺着话音一口气没接上来倒了下去，永远地爬不起来了。

尔沙走了，走得没有了音讯；穆沙走了，像一只飞翔的鸽子；公公尤卜走了，走得这样匆忙。

婆婆睡倒了。

花花的心碎了。

花花的梦破灭了。

花花再也不做针线活了，目光痴呆呆地坐在白杨树底下的石面上，整日抱着穆沙的衣服和那双绣着蝴蝶的鞋垫，嘴里喃喃地说着别人听不懂的话语。

天热的时候，花花从箱子里抱着那些给尔沙做的那几双鞋还有穆沙的那双鞋底沾了沥青的红皮鞋齐齐整整地摆放在石面上翻来覆去地看，人们数了数，发现她给尔沙整整做了六双鞋，加上穆沙的一双一共是七双鞋。

再后来给尔沙做的那几双鞋都不见了，摆在那儿的只有穆沙的那双红皮鞋了，一直被花花擦得清清亮亮的没有一丝灰尘。

再后来，人们见到花花拖着婆婆，或是由婆婆扶着花花坐在了大门前的白杨树下的石面上，把空荡荡的家撇在了身后，目光痴呆呆地东望着尔沙的去路和西望着穆沙的墓畔，整日像泥墩似的坐成了一道永不变色的风景。

（原载《椰城》2014 年 4 期）

燃烧与救赎

1

女人的出现正不是时候，要是早一天也好说，迟一天也好办。但女人恰好是在她不该出现的时候出现的。

女人已经有半年没有见到丈夫尔利的影子了，现在快要见到了，她不由得脸上一阵热乎，心里像揣了一只兔子似的狂跳不已。她的心不能不跳动，常言说小别胜似新婚，更何况她有半年没有见到丈夫了，那种相见时的亲热可想而知。她为这次相见准备了好多天。

在动身探望丈夫的头天她就给儿子曼苏女儿海车和公爹洗涤了要换的衣裳，贴了两大锅饼子，安排好了儿子女儿和公爹的生活。她想这次去看丈夫，她是要多住几日的。尔利手懒，对自己的衣裳被褥脏了也不知换洗，在家里的时候，衣裳穿不成油褡裤他是不会脱下来换洗的。这半年多了，尔利只带了几件衣裳，也不知他再添了衣裳没有。在家里他是衣来伸手饭来张口，从不关心自己的穿着。在家里粗心惯了，出门没有人照顾着，他是可要受罪的。

一路上，女人坐在车里想的净是丈夫出门在外的难肠和无助，就有了一丝心疼。要不是这个家，为了老父亲和妻子儿女，丈夫是不会跑到那程路上去的。车外的白云、青山、条田和树林迅疾地跑向车后，她和丈夫的距离也在迅疾地拉近。丈夫出门一晃就半年时间。这半年时间，在她看来说长也短说短也长。她务忙着家里的活计，关照着公爹和儿女的生活，白天的日子也就过得飞快。但一想到丈夫，想到丈夫的饮食起居，日子也就过得非常慢，甚至慢得有点心焦。但她尽量克制着自己，心如止水地忙碌着打发一家人的日子和生活。可时日久了，她的心里就隐隐地显得有些空虚。她内心的空虚还是让公爹觉察到了。他老人家那深邃的目光看着她时会偷偷地叹息上那么几声。他是知道儿媳内心的痛苦的，现在信息发达了，联络也便捷了，可尔利却从来就不往家里打个电话问问家里人的死活，更不往家里捎个信什么的安慰几个牵挂的心。他最怕的不是尔利不回家，而是怕那个不吃劲的东西出门后会染上社会上那些乱七八糟的事，败坏他一世的好名声和务操了好几辈子的家风。尔利的秉性他是知道的，知子莫如其父，尔利从生下来就是斜骨头不上正路的东西。这是他最愁肠的事。这次儿媳要出远门去看尔利，他的心里就有了一丝不安和担心，这种不安和担心到底有多大，他自己也说不清。他感到尔利要多多少少地出些事了，该是出事的时候了，从儿媳出门蹚车而去的那一刻，他就有了这种感觉。

2

　　女人赶到那个小旅馆的时候已近傍晚时分了，她是费了好大的劲才找到那里的。她进门的时候，登记台上的女服务员懒洋洋地瞅了她一眼有气无力地问女人，需要住店吗？预订了吗？现在没有房间了。女人看了一眼这装饰得有点耀眼的小店，心想就这么个小店还要预订，这里的服务态度也不是太好，更没有啥与众不同的地方。她心里就有了些许不快，说我不是来住店的，我找你们这儿的尔利。听说要找尔利，那个懒洋洋的服务员就一眼贼坏地看着她笑了，笑得有点不怀好意。女人就想这城里人看人看得准，她刚一说找尔利，那服务员的眉眼就变了，变得笑容可掬了。服务员引着女人给她指了尔利的房间，让她自己去敲门。女人心怀着羞涩和激动一步步走向尔利的房门。女人想，她就这么无声息地来了，对尔利来说肯定是吃惊不小。她要的就是给尔利一个小小的惊喜。离尔利的房间越近，她的心就跳动得越快。近了，近了，到了，到了，已到尔利的房门口了，她刚要推门进去，却下意识地收住了脚，停止了她要做的动作，木愣愣地立在了门外。她听到了里面一个女人放荡的笑声和丈夫狂喜的浪笑。她不知道里面究竟在发生着什么事，更不知道里面究竟是怎样的情景。她的脑子嗡的一下像蜜蜂蜇了似的变大了，眼前一阵漆黑，她感到了山雨欲来。她便克制不住自己猛地推开了房门。里面正在发生着一场不堪入目的事情，让女人感到了羞耻、恶心和肮脏。她双脚像灌了铅似的站在那里一步也挪不动，她不知道是进还是退，立在那里任凭时间一秒一秒地跳过。她看到那慌乱的身影在房间里晃来晃去。她的眼前像雾罩了似的模糊成了一片。突然她被一个晃动的身影撞了一下就失去了知觉。当她醒来的时候，胸中有点气闷，已记不清发生了什么事，只感到房间的灯光白得耀眼。女人看清了房间里的东西，还看清了一张因惊吓而变得扭曲的面孔。那是一张曾经含笑和温情的面孔，可现在却变得有点陌生和扭曲。看到那张脸，她就记起了所发生的一切，她扭头不再看那张扭曲的面孔，那面孔让她觉得恶心和肮脏。灵魂，灵魂，那是颗肮脏的灵魂。她完全清醒了过来。真主啊，这是怎么了。半年前，跑车的尕顿让尔利到这儿来的时候，曾信誓旦旦地向他们一家人打过保证，出门后一定干干净净地做人，干干净净地挣钱。但现在的尔利不但没有干干净净地做人也没有干干净净地挣钱。她觉得自己的周围被肮脏包围着。怪不得她刚进门那服务员就问她预订了房间没有，原来这个小店竟然是这么个藏污纳垢之地。以前她曾听别人说现在的旅馆都干那不干不净的事。她就从来不信这人世间竟然有那种在光天化日之下不顾羞耻不顾脸面而干畜生做的那种事。现在，有人在她面前如此真切地演示了一番。主啊，真主，这究竟是怎么一回事，难道丈夫尔利他不知道真主惩罚的法度吗？难道他忘记了父亲对他几十年的教诲吗？她想着决定不再去想那一切，她知道想也是白想，想也无济于事了，她的心已经碎了。这就是她用爱和生命维系了十几年夫妻关系的尔利吗？她哭了，那一夜她坐在尔利的房子里哭得天昏地暗，她流尽了她所有的眼泪。她恨，她恨啊，她恨尕顿更恨尔利。当初出门的时候，尔利是向老父亲发了毒誓的，可现在呢，他变成了这样一个人，发毒誓有什么用呢。发誓只不过是一种自我控制形式而已，尔利也不是因发誓而没有犯咒誓吗。

窗棂上有了一线白意，天快亮了。

尔利坐在床边抽了一夜的烟。尔利抽烟的事她是知道的，只不过父亲不知道罢了。女人曾劝过尔利戒烟，但尔利把她的话当成了耳旁风。好在当时尔利也不常抽，她也就没有过多地责怪过他。可今天他把抽烟当成了喝凉水，是那么地随便。整整一夜，尔利没有说一句话，他就这么个尿样，当事情落到头上的时候，他就尿包下软蛋了。你就是打他骂他，他也不会吭声。但现在她不想打他也不想骂他，更不会和他说一句话。这样，他只有坐在床边抽猛烟。骂也好说打也好受，可这不吭一声地掉着泪水坐着不说一句话，真让尔利不知所措。要是孕顿在也就好了，他能替尔利抵挡一阵子，说上几句好话。可现在谁也替他说不上一句好话，那些个待在房子里工作了一夜的姑娘不会也不能替他说一句好话的。假如要说，那她们说些什么呢，她们是挣钱的工具，她们没有发言权。尔利的心里拧成了一团乱麻。

女人那样坐着哭着，伤心至极地抹着泪水，一副痛不欲生的样子。这情景把尔利吓坏了。说不定她什么时候哭够想不通了纵身从小旅馆的窗口跳下去那不就完了吗？可他有什么办法呢，女人头发长见识短，想不通那是可以预见的。不过，女人的心里是不是有那样的想法他是不能肯定的，但他有一点还是了解妻子的，妻子还不至于为了他而寻死觅活，因为她是个真正攒劲的女人。

天亮了，窗外花园里的杏树上落了几只或是从睡梦中醒过来的鸟，叽叽喳喳地叫开了，叫得杂乱而又迷茫，不像是炎炎夏日里的鸟，而像是冬日里冻得瑟瑟发抖的寒号鸟。女人抬头看了一眼朦胧的窗外，起身拾好自己的包袱拉开房门头也不回地走了。走得坚决而又果断。

3

女人回到家里时，正赶上公爹给两个孩子煮面条吃。公爹听到院子里有沉重的脚步声在向屋里走来，不觉抬头看了一眼，不看不要紧，这一看就把公爹吓得把嚼着的一口僵硬的面条搅在嘴里咽不下去。公爹吃惊是有原因的，她走的时候对公爹说好要住几天的，可她偏偏在第二天就回来了，而且她的脸色像晒蔫了的菜帮子都成了菜色，竟然有了那么一丝绿意。看来像是病了。公爹看着她那个样子不敢多问，也不好问，只是让两个孩子扶她到炕上躺着歇息一会儿。他老人家猜测不透究竟是发生了什么事。但有一点他是明白的，儿媳是病着了，脸都绿成了像霜打的菜帮子，灰生生病恹恹的。

　　翌日，天还麻乎乎的没有大亮，公爹礼了晨礼，坐在炕上思谋儿媳的事，越思谋越奇怪，越思谋越觉得事情大，他思谋了一会儿就思谋不下去了。他让曼苏喊他母亲过来问话。可女人却对年迈善良的公爹说不出一句话来，她是羞于向公爹启口的。公爹问得紧了，她就忍不住抹着眼泪哭开了。她这一哭，公爹就更摸不着头绪了。公爹近来睡眠本来就少，自儿媳去看她丈夫回来后他就彻底睡不着觉了，眼皮一晚上闭得发烧，眼睛发困。他注意到了，原来儿媳房间的灯等他礼完宵礼就哗地熄灭了，可现在她房间的灯彻夜不熄地亮了一个晚上。他感到事态有点严重。他从儿媳身上问不出个所以然，就决定去儿子那里探个虚实。他从孙子手里要来了儿子的地址，给儿媳说要出去走几天亲戚，悄悄地出发了。

　　他到那个小旅馆的时候，儿子一脸的春风得意和踌躇满志，可当他发现父亲突然一下子就到了眼前的时候，吓得腿肚子都软了。父亲威严地坐在沙发上一言不发，急得尔利胡想办法。但父亲不为他的惊吓而心动，依然端坐着像没有发生任何事情一样不言一句，两道犀利的目光直射尔利的五脏六腑，令尔利坐卧不安。父亲就是这样的脾气。

　　一连几天，父亲的脸色都阴沉沉的，不见好转。他除了吃饭、睡觉和礼拜，也不去别的地方，而是在这小店里转来转去，转得让人心焦和烦恼。尔利小心谨慎地侍候着，生怕父亲看出破绽来。有时他就干脆坐在窗前的沙发上思谋上那么半天。他在家里劳动惯了，闲下来就寂寞得要命，但是，他却对外面的世界有一种无名的抵抗和拒绝，他喜欢的是农村那种田园式的安静生活。在农村生活了大半辈子，突然跑到这么个陌生和嘈杂的地方住下来，让他的情绪烦躁而又不安。他思谋过的大半生的事情多得记也记不清数也数不过来，然而现在他整天思谋的事情只有尔利了，但他却也思谋得满头雾水，没有个头绪，让他很伤脑筋。他是个思谋惯了的人，尔利的事情让他思谋不透。可一想到儿媳那幽怨和痛苦的眼神，就不由他不思谋。几天来，他始终没有思谋明白。

小店的夜晚很是热闹，一些袒胸露背的女娃娃在小店的走廊里走来晃去的，很是撩拨人的心境，有些胆大的还故意在父亲的眼前将那肥满的屁股晃来晃去，惹动惹动父亲。女娃娃怎么就这么放肆呢这么放荡呢。女娃娃这么一晃荡，父亲就思谋着有了眉眼，他终于思谋明白了，一切都是这些娃娃惹的祸。他也终于明白了，这些女娃娃从他到这个小店就一直住着一刻也没有离开过，这些个女娃娃，她们连他那样的老汉都招惹何况年轻人呢。也许尔利就是在这些个女娃娃的招惹下犯了大错的，也许儿媳就看见了尔利犯错的那一幕。让这些个女娃娃住在店里，店里就没有好日子和太平日子过。父亲就想他要替尔利出出主意，让这些女娃娃搬出去住，这里是人住的店而不是那些个女娃娃们住的地方。父亲这样想着就气嘟嘟地叫来了尔利。但是他还没有把那些个姑娘搬出去住的话说完，尔利就睁大眼睛急了，说孕顿帮我承包了这个店，开店的目的是要多住一些人多挣一些钱。父亲听他这么一说也就急红了眼珠子，指着尔利说，开店是用来住人的而不是用来忏这些女娃娃的，那些个女娃娃长期住下去是要败坏名声的。尔利抢白说，现在的店哪个不住那样的人，不住那样的人不挣钱，我们只管挣钱至于住什么样的人，那可谁也管不着，来住店的都是客，谁也轻薄不得。尔利这一抢白，把父亲气得够呛，微微颤颤地甩手给了尔利一个耳光。气昂昂地说关了狗日的店门回家去，我就不信关了店门能饿死人。尔利抚摸着火辣辣的脸面瞪了一眼父亲，甩手走了。任凭父亲气得捶胸顿足大呼小叫吹胡子瞪眼也不再理会你。父亲感到支撑他生命和精神的天要塌了。他这大半生何至受过这样的气呢，几个儿子当中，他把小儿子尔利当成了自己的眼珠子爱着护着，到尔利长到三十几岁也没有说过几句重话。他一直想，老伴去世得早，尔利离娘小，他既要尽父亲的义务也要尽母亲的义务，从小就让尔利受了很多苦，这样就对尔利多了几分溺爱。比起两个哥哥来他可算是没有吃过大苦，他的两个哥哥可就不一样了，从小进林拾柴、割田，吃过样样的苦，但对于父亲却是百依百顺说一不二，从不敢在他面前大声说话，更不敢在他面前犟着脖子说话。父亲想着和两个儿子一对比，他的气就更大了。说不动算了，回去让他的两个哥哥把他这个不争气的败家子烂杆货扭回来。

父亲回去的时候是带着一肚子气回去的。

4

尔利的两个哥哥去了几天，就把那不吃劲的东西给带回来了。尔利是回来了，可却没有闲住。他又把村头挨近公路边的尕顿家的小洋楼包下来改成了饭馆。尕顿家的小洋楼已经空了三年，自从这小洋楼盖起就没有住过人，小洋楼刚盖好，尕顿就带着一家人住进了县城里，这里就一直空着。尔利在这里折腾了半个月开起了饭馆，却不让家里人插手，更不让媳妇帮忙，说媳妇管好家里人的生活就行了，不必操外头的心。

说起来也奇怪，尔利的饭馆一开张竟然有那么多的城里人跑那儿来吃饭。父亲去看了几次，就让尔利给支回来了。尔利的生意很红火，父亲就有点想不通，这城里人也是的，城里有那么多的好饭馆饭菜做得也比尔利的可口，可有人偏偏就往尔利那里跑，不知是什么原因。尔利的生意再红火，但媳妇的脸却一直阴沉着。她是知道尔利的，尔利是狗改不了吃屎，踢骡子改不了犟板颈，他一定是在这里又要起了啥花样。要不然，城里人也不是吃饱了撑的跑那么远路到你那儿吃饭，还不是为了别的啥。自那饭馆开张以来她就没去过那里，反正尔利也不让她去，她是不想再见到那恶心、羞耻和肮脏的一切的，原先的那一幕已成了她心头上抹不去的一块阴影和心病。要不是她那次撞见那一幕，兴许她会去尔利的饭馆的。

173

狐狸的尾巴迟早是要露出来的。尔利的饭馆红火了一段日子。父亲没有因此而高兴，媳妇更没有因此而舒展眉眼，她倒是日日不安起来，这种不安像一把无形的绳索紧紧地拽住了她，拽得她喘不过气来。

　　日子一长，媳妇从村里人的目光中读到了一些她担心和不安的东西。村里人的目光充满了憎恶和凶狠，也充满了一股逼人的煞气。媳妇再也忍不住也受不了村里人那种蔑视和憎恶的目光。她知道，村里人原来可不是这样的，待她像姐妹一样，但现在却一下子变得冷漠、陌生、蔑视和憎恶了。儿子和丫头都还小，他们要长大，将来还要活人，可不能让人指着他们的脊梁骨说三道四，评论他们的父辈。一天晚上，她就向父亲详细地说了村里人对她近来的态度和那种蔑视的眼神。但父亲还真不信尔利在人们的眼皮底下会干那见不得人的事。

　　月光暗昏昏地挂在天空，稀稀拉拉的星辰在薄薄的云层里耀来晃去的。

　　忙碌了一天的人们早已熄了灯把自己安顿在了睡梦里。只有那灵性的守护村庄的老狗在远处听到风吹草动时而狂嗥几声。村头尔利的饭馆依然灯火通明，门前的停车场上，小车来了又去了，把静寂的夜空搅得晕昏昏的。父亲就是这时候出现在小洋楼外面的。小洋楼二楼上几面窗户都拉上了窗帘，把里面遮得严严实实的，瞅不清里面发生的一切，只听到有人在嬉笑。夜深了，还有小车在来，也有小车在离去。父亲坐在小洋楼阴面的台阶上侧耳细听可能听到的一切。月光渐渐地西斜，人声渐渐地消停，灯光渐渐地昏暗。一丝凉意渐渐地袭来，父亲便有了些许睡意，他要在这昏暗的灯光里读出他一生的奢望来。可是，有一扇窗户被打开了，窗户打开的同时，也就打破了父亲蕴藏了几十年的梦想。他默默地诵读着印度哲学家伊玛目·冉巴尼的诗句：

　　　　我去世之后
　　　　我的躯体在坟墓中将要经受严峻的考验
　　　　在我的功过簿中所记载的一切
　　　　我将会亲眼看见
　　　　我唯一期望的

是死之后后人为我的祈祷

因为我把我终生的心血留给了他们

父亲想做伊玛目·冉巴尼那样的人。即使自己成不了那样的人，也要使自己的儿女们一生生活在洁净里，一辈子远离罪恶。然而，家里却出现了尔利这样的儿子，他的所作所为已经违背了做人的准则，算是彻底地枉费了他一生的心血和奢望。

父亲从窗户外面看到了里面发生的一切。他怎么也想不通尔利会挣那样的钱，更想不通的是他竟然把罪恶带到了村子里，带到了先人们的眼前。罪行了，真是罪行了，他怎么就成了魔鬼的俘虏了呢。父亲跌跌撞撞地回了家。他被尔利气倒了，第二天他让人把尔利叫到了跟前，要尔利关了饭馆。可尔利听了竟然没有任何反应，而是把头一扭不吭一声地走了。尔利这一走，把一家人晾在了一边，干瞪着眼说不出一句话来。看来尔利是九头牛也拉不回来了。

一个出乎意料的想法在父亲的脑子里悄悄地产生了……

5

父亲对尔利的失望已到了极点。他知道那饭馆再开下去就要惹坏一批人，也要败坏村里的村风的。尔利开饭馆只不过是给人做做样子而已。更深层次的是他在经营着罪恶出卖着灵魂羞辱着先人而走向绝路。

那天晚上夜漆黑漆黑的，伸手不见五指，父亲让尔利媳妇烧了一大锅温水，美美地洗了回大净。洗完大净他就开门出去了。媳妇没有问公爹要去哪里，她是知道公爹的脾性的，在没有告诉你的情况下是不能问的，那是一个人的秘密。公爹洗大净就说明他一定有重大事或是重要事要做。她想着追出门去，可大门却从外面上了锁。她只好上到房顶上听着村里的动静，她隐隐感到有点心跳，心里有种不祥的预兆。夜静得有点可怕，就是那偶尔狂叫几声的老狗似乎也睡死了，只有飕飕的风声在耳畔尖锐地吹过，吹得人耳根一麻一麻的。

尔利饭馆里的灯火渐渐地熄了，像是被风吹熄了似的。可一会儿那灯火又亮了起来，像万盏灯火齐明了似的亮透了整个村子。那灯火像揽草的牛舌头红红的，一下一下地舔着小洋楼，小洋楼被包围在了通天的熊熊灯火中。那冲天的灯火唤醒了沉睡的各家各户看家护院的狗和正在梦中的人。狗高一声低一声地狂叫着，而人们却悄无声息地爬到自家的房顶上观看那噼噼啪啪借着强劲的风势燃烧的小洋楼，谁也没有去救火，仿佛燃烧的是一堆取暖的柴火而已。

熊熊大火焚烧着，一个声音在狂吼着祈求着，可除了狗叫而外听不到一丝人语。这个夜晚的村子仿佛一下子沉睡在了地下似的。

烧，烧吧，连同这罪恶和肮脏的灵魂一起烧掉。烧，烧吧，连同那憎恶和愤怒一起烧掉。烧，烧吧，烧个痛快，连同那不堪的记忆一起烧光。

天亮了，村里人脸上洋溢着无以表述的痛快，脸上充满了一种异样的自信和满足。只是父亲坐在院子里的杏树下慢慢地品着苦烈的浓茶，眯了眼睛，陷入了一种深深的沉思当中。一个满身灰尘的身影在父亲的跟前站着，仿佛是一株生了根的残树桩，不动也不摇。

女人过来给父亲续水。

她来得正不是时候，要是早一刻也好说迟一刻也好办，但女人恰恰是她不该续水的时候出现的。女人续茶水烫着了父亲的手，他睁开微闭的眼睛看到了一股烈焰正在向他袭来，他抬手将那一杯茶水泼了出去。烈焰熄灭了，他眼前潺潺流淌的清溪不见了，他回到了现实，他见到了他再也不想见的人。

风吹来了，丰盈和成熟的麦黄色杏子掉落着，在他的四周铺了黄黄的一层。父亲看着这掉落的熟透的杏子，笑了。这笑也许是他一生当中笑得最开心最舒畅最受活的笑。也许是……

（原载《躬耕》2014 年 8 期）

圆圆和亮亮的春天

这天是星期六，圆圆和亮亮像往常去学校里时一样没有睡懒觉。

早霞在窗棂上亮出一条缝时两人就从炕上一骨碌爬了起来。两人起来时睡眼蒙眬，还有两三分瞌睡没有睡醒。他们毕竟正是贪玩睡觉的年龄，可他们却睡不成，牛还拴在圈里，羊还圈在圈里，牛羊一晚夕饿着叫唤得让人有点心焦。

圆圆和亮亮既不洗脸也不漱口，背上书包跐上鞋揉着眼睛回头望了一眼正在礼晨礼的麻眼奶奶，双双出了堂屋门，打开圈牲口的圈门，牵出牛放出羊跟跟跄跄地向大门外走去。

圆圆和亮亮每天除了上课之外，还有一项功课就是抽时间去放牛放羊。牛是一头雄壮但很温顺的犏牛，羊是大大小小的十几只绵羊。放牛是弟弟亮亮的事，因为亮亮是儿子娃娃，犏牛有时候还要跟别的牛顶仗，圆圆是牵不住的。放羊是姐姐圆圆的事，因为羊不淘气，好放。他俩中午放学后风卷残叶似的吃饭，再手乱脚乱地做完作业，然后牵上牛赶上羊放一个多小时，让牛和羊吃个半饱；下午放学后，他俩就干脆拿块干馍馍，放三个多小时，但牛和羊也吃不饱；晚上再添些黄草，让牛羊填填肚子，充充饥。一个春天，圆圆家的牛和羊始终饿着吃不饱肚子。圆圆和亮亮很难过。父母亲出门走的时候给他们千叮咛万嘱咐过，无论如何也不能让牛羊挨饿，也不能让牛羊折损。圆圆和亮亮知道，牛和羊是他们的命根子，要是牛和羊有个三长两短，那父母亲回来后就不会饶恕他们的。奶奶说了，她的眼睛不行，不然还可以帮圆圆和亮亮放放牛放放羊。可心急着也是干急，就是帮不上大忙。给两人早晚的两顿饭都是摸着胡日鬼呢。

麻眼奶奶的眼睛看不见，能弹挣着照顾好自己就不错了。

圆圆和亮亮在学校里学习不算太好。其实，就现在这种情况，也好不到哪里去，整天心急火燎地心牵着牛和羊，学习成绩能上去吗，上不去。幸好，他们还在麻眼奶奶的照看下没有失学。村里有很多像他们一样大的孩子已经放下了书包成了正儿八经的放牛娃和放羊娃。他们没有失学，这是麻眼奶奶的功劳，要是没有麻眼奶奶的好话，父母亲早让他们辍学放牛放羊了。麻眼奶奶打着比方给圆圆和亮亮的父母说念书的好处。圆圆和亮亮的父母摇着头不置可否地笑着走开了，悄声说这世道就用不着念书，现在村里哪个挣了钱的人是狠狠念了几天书的人，还不是念了个半死拉活。而那些念书念得厉害了的还不是在乡里当了个干部，在学校里当了个教员，一个月也就拿个千儿八百的工资。父亲的话让麻眼奶奶很生气。她知道，这两口子又要让圆圆和亮亮走他们睁眼瞎的老路子。他们念书的那年月，生活紧，家里的农活忙，而且人的意识观念也跟不上，人人都那样生活着，但现在时代不同了，可不能拿那时候来比了。再不让娃娃们念书，可就把娃娃们的一生毁了，也把娃娃们的将来耽误了。

儿子和媳妇出门走了，麻眼奶奶还是把圆圆和亮亮一如既往地送回到了学校里，一天课也没落过。

圆圆赶着羊亮亮牵着牛，先是到河滩里那眼咕咕直冒的泉里饮了水，然后再到河滩边的草地上撒开牛和羊，让它们自由自在地吃草。亮亮对圆圆说，姐姐，今个儿牛和羊一定能吃个饱肚子，得让牛羊的肚子吃成个大西瓜。圆圆听着就嘿嘿地笑了，笑得有点得意。小溪轻轻地流着，河水哗哗地淌着，河边柳树林里的鸟儿也欢快地唱着歌儿，牛和羊低着头不动声色地吃草，它们也许知道，七八天里，它们就有这一两天的好日子，有了好日子就不能错过。圆圆和亮亮也知道，一周里牛和羊就有这一两天好日子，在这一两天里可不能亏着它们。过了这样的好日子，它们就又得大半天圈在家里，啃那发霉的黄草。只是太便宜家中那十几只鸡了，鸡的嗉子老鼠的眼吃不多看不远，那些鸡只要撒上一把秕麦子或是燕麦，它们就能够吃饱，也能够安心地在院子里迈着碎步踱来踱去，从不操心吃不饱的事。

牛在河滩边一个劲地啃着草挪不开步，圆圆就坐在马莲草丛里读书。羊急匆匆地吃过来吃过去，让亮亮来来回回拦了几回。亮亮就有点生气，跑过来一把抢过圆圆的书，让圆圆去拦羊，圆圆白了一眼亮亮说，你背课文，我去拦羊。圆圆说完就合上书，到前头拦羊去了。亮亮坐在马莲丛里背了一会儿书就背不下去了，河边柳树林里的鸟叫得实在是太诱人了，他合上书偷偷地跑到柳树林子里捉鸟去了。羊给圆圆一拦，又往回吃，圆圆见羊往回吃，就坐在马莲丛里读书。圆圆一读书就入了迷。就在她读得津津有味时，一个粗粗的声音在喊，羊把人家的庄稼吃了。圆圆一看，果然见羊爬上河边崖畔，跑进了人家的麦子地里啃麦苗呢。圆圆的头轰的一响，起身撒腿就跑，嘴里不停地喊亮亮，可哪里有亮亮的影子呢。圆圆气喘喘地爬上崖畔，从麦田里赶出羊，才看了一眼刚才喊她的人。原来是学校里代课的王老师。王老师在这个学校里代了二十四年的课，到现在还拿五六百块钱的工资，但学校里的代课任务却不轻，跟王老师一起的早辞了那份工作跑生意去了，但他还坚守着。一方面，他希望将来有一天能转为正式教师；一方面，这里的娃娃太苦了，再不读书，将来就没有出路了。星期六星期日他常到河边、附近的山坡、村边的树林里转一转，给那些放牛放羊落下课的学生们教一教。他总认为一个乡村教师，最大的责任就是要把这些未来农村的劳动者改造成一个将来对家庭对社会有用的人，不再是家庭和社会的负担。今天他转到了河边，就看到了圆圆，但没有看到亮亮。他知道，在学校里圆圆、亮亮还有灵灵是三个爱学习的学生。三个孩子的遭遇惊人的相似。圆圆和亮亮的奶奶是个麻眼，动弹不了；而灵灵的爷爷眼睛不麻，但腿却瘫着，不能动弹。而他们的父母亲又都出门到很远的城市里当农民工去了，把家里和不能照顾自己的老人留给了孩子们。灵灵牵着牛来得有点迟，她是伺候着给爷爷吃了馍馍喝了茶才来的。放一头牛还是比较轻松的。圆圆把羊收了收，就大声地喊亮亮。亮亮听到了姐姐的喊声，就从柳树林子里钻了出来，手里握着一把鸟蛋，白晃晃的。王老师看见了就说，亮亮你去把鸟蛋从哪儿掏的原原本本放哪儿去，要不然会急死大鸟的。亮亮怔怔地看了一会儿王老师，转身进入到林子里送回了鸟蛋，然后从书包里拿出课本背诵了起来，声音稚嫩而又响亮。王老师看着亮亮的认真劲就高兴地笑了。圆圆和灵灵带拦羊带看书，俨然是一个读书人的样子。

把羊圈在河滩边上吃过来吃过去，羊们就有点不耐烦。太阳热辣辣地照着，羊开始扎圈，牛也吃得差不多了。王老师让圆圆、亮亮和灵灵回家去伺候两个残疾老人吃早饭，自己帮他们看管牛和羊。王老师在星期六和星期日帮着他们放牛放羊好像是约定俗成的事，三个小家伙也就不说什么，把牛和羊交给王老师回家去了。

不管出门人在外挣没挣到钱，但王老师还是一如既往地帮助他们的子女，希望圆圆他们将来能走出这个地方，改变家乡人的命运，改变自己和家人的命运，也改变这里的贫困状况。

三人往家中走去。村口小卖部里摆着花花绿绿的东西夺人眼目，天天是那样的诱人，圆圆歪着头看了几眼有点忍不住问，灵灵有钱吗？给你爷爷买个吃的东西。灵灵说，我没有钱。圆圆又转身问，亮亮你有钱吗？亮亮说，我也没有钱。圆圆就失望地摇了摇头。这时候，那个走乡串户的户郎哥摇着铃子过来了，在村口大声喊着：收头发，收羊皮塑料，收废铜烂铁。那人远远地看着圆圆的辫子，跟近了悄悄地说，姑娘，你这辫子值大钱呢，卖不卖？铰了卖了吧？一对辫子十块钱。圆圆想着给奶奶买点东西。这时候，亮亮和灵灵也看着圆圆的眼睛，有鼓励圆圆的意思，他们也想能卖点钱，买点小卖部里那花花绿绿的东西。就是小钱，对他们来说也是太缺了。圆圆握着辫子心疼得抿着小嘴不吭声。户郎哥看着圆圆有松劲的意思，就笑着说，一把辫子能卖十元钱呢，铰下来半年就又长长了，头发铰了还长得快呢。亮亮和灵灵看着圆圆，圆圆就心动了。圆圆握了握辫子，心一狠从户郎哥手里拿过剪子一剪子铰了下来。圆圆拿辫子换了十块钱。她拿着户郎哥放在手心里的那十元钱，眼泪就不由自主地下来了。圆圆拿着这十元钱到小卖部给亮亮和灵灵买了一点零碎吃的东西，又给灵灵的爷爷买了几贴膏药，给奶奶买了一小瓶眼药水。圆圆和亮亮看过灵灵的爷爷，给他腿上贴了膏药，灵灵的爷爷就觉得自己的腿有了动静，有一股凉爽爽的东西往肉里面痒痒地钻，怪舒服的。灵灵的爷爷很高兴，伸出枯干的手指摸着几个孩子的头眼睛湿润润的。灵灵的爷爷说，这几天他梦见了很多的亡人，喊他做伴去呢，恐怕他就要殁了。圆圆和亮亮听了灵灵爷爷的话很害怕。灵灵的爷爷看到他们几个哭了，就又咧开嘴笑了，说爷爷殁了庄里有人管呢，再说殁了也就给大家去了拖累呢。灵灵的爷爷由于长年瘫痪在炕上，把屁股上的肉躺烂了，有些地方还稀乎乎的，这就让圆圆和亮亮很难过。回到家里看到奶奶眼麻着给他们摸索着做饭，圆圆就从奶奶手里接过活做起来。灵灵悄悄地对圆圆和亮亮说，她爷爷对她常说，他快不行要殁了。她很害怕。圆圆说，你爷爷哄你呢。就像我奶奶时常哄我说，她快要殁了，还问我她殁了我们哭不哭。圆圆就问灵灵，你爷爷殁了你哭不哭。灵灵说她肯定要哭，她爷爷殁了屋里只剩她一个人，她害怕呢，爷爷殁了他如何待下去呢。要是家里大人早点回来就好了。

那天晚夕里，灵灵的爷爷那一双稀乎乎的瘫腿总是在圆圆和亮亮的眼前闪烁着出现。圆圆拉着麻眼奶奶的手说，灵灵的爷爷就要殁了。奶奶摸着圆圆的头说，上冬的时候，就说他要殁了，可命咋就那么长呢，硬是挺到了春天，春天万物萌发了，人命也就更硬了。不过他殁了也好，你看，儿子媳妇都不在身边，吃喝拉撒全凭灵灵一个小丫头来照看。也可怜了灵灵。不过，你和亮亮也可怜。和你们一样大的别人家的孩子，吃了不愁喝，喝了不愁吃，正是玩耍的时候，可你们却和灵灵担起了家务的重担。我们这些白吃饭的老饭渣早一点殁了，你们就早一点解脱了，可生死是不能由人的事。再不殁，就把你们的学习也耽搁下了。灵灵的爷爷身上烂得浑身都发肿了，村里那尕张医生说了，再不消炎恐怕离殁的日子也就不远了。孩子们，灵灵的爷爷是好人啊，一辈子没有说过人一句重话，也没有残害过一只生灵，可好人就是命不好，半路里落下个双腿瘫了的病，活生生在炕上躺了若干年，可把家里人累坏了。我也一样，年轻时气盛，做活不服人。那年夏天，生产队里到冰沟子里拾烧火柴，我热汗冒火地在泉眼里冰冰地洗了脸，结果就把眼睛洗瞎了。这一瞎就若干年。可把你娘老子害苦了，现在也把你们拖累坏了。庄子里的老人一个接一个地殁呢，可我和灵灵的爷爷就不殁，有啥办法呢，还得拖累着你们活几年。奶奶说着摸着圆圆和亮亮的头，亮亮早沉浸在梦乡里了。

这一晚夕，圆圆失眠了。她怎么也睡不着，灵灵的爷爷和麻眼奶奶的话总是在耳际萦绕不绝。灵灵的爷爷太可怜了，麻眼奶奶也太可怜了。她突然有了一个想法，家里养着的那十几只鸡是她和亮亮省吃俭用买小鸡养大的，本来是想长大以后把公鸡卖了凑他俩上学的费用，母鸡留着下蛋，现在她不想留那几只公鸡了，她要宰了给灵灵的爷爷和麻眼奶奶养身体。明天早夕里，她和亮亮早早起来喊上灵灵把牛和羊放了，再让亮亮和灵灵拦着，自己就去宰只公鸡，给灵灵的爷爷和麻眼奶奶炖一锅鸡肉汤吃。圆圆想着自己的计划竟笑出了声，笑声把静谧的夜抖得哗哗地也笑了。

第二天早夕里，天气变了，天上飘着毛毛细雨，打湿了院子、村道，还有那树树草草。遇到这样的天气就不用去给牛和羊饮水了，露水是它们最好的饮料。圆圆和亮亮仍像昨天早夕里一样，睡眼蒙眬地从炕上爬起来，牵上牛赶上羊去喊灵灵，灵灵一晚夕伺候爷爷睡得迟了，圆圆和亮亮喊她时，她还在睡梦里。晃荡晃荡的摇门声把灵灵吵醒后，灵灵的心就像擂鼓般跳动不已，她一骨碌爬起来，套上鞋跑出厢房门去打开了牛圈门牵出了牛，跟上圆圆和亮亮去放牛。爷爷在炕上有气无力地喊，要灵灵把遮雨的东西带上。毛毛雨淅淅沥沥地下了一晚夕，灵灵的爷爷听了一晚夕的雨声，他开始留恋这世界上的任何东西，就是那雨声也感觉是那么地优美和谐，灵灵酣睡时的呼吸声，是那么地平和有韵。雨起初下的时候，细小的雨点打在地上硬硬的，而到了半晚夕里，雨点打在地上就绵绵的软软的。灵灵的爷爷就想下了一晚夕的毛毛雨，也该把地浸透了。雨这样一下，空气一湿润，他的腿子就又疼得招受不了，是一种痒酥酥的疼。他看着灵灵牵着牛走了，心里就为自己的病而痛恨愧疚不已。要是他的腿还好着，那放牛就是自己的活，村里就是这样，老人帮着孩子们放放牛拦拦羊，就会把一天日子愉快地打发掉。而现在却要灵灵担起这副重担，不分昼夜地伺候他，也伺候牛。

看灵灵牵了牛来得有点迟，圆圆就问她怎么就睡迟了呢。灵灵嘿地笑了一声，转身牵着牛远远地离开了圆圆。圆圆急了，忙过去拉着灵灵的手对亮亮说，今早上到山上去放，若天晴，羊扎圈的时候让它们扎圈，也让牛好好地吃着，就说她自己还有点家务活要回家做完。说罢就到家中给灵灵的爷爷和麻眼奶奶宰鸡炖汤去了。

圆圆央人宰了一只大公鸡，费了九牛二虎之力才把鸡弄干净，炖上汤。听着鸡汤在铝合金锅里煮得有滋有味，圆圆就高兴地闻着那肉香垂涎欲滴，但她却一口也不吃，虽然自己想鸡肉想得心疼，但为了给灵灵的爷爷和麻眼奶奶养病。她没有可惜那只鸡，也没有喝过一口鸡汤。

鸡煮熟了，圆圆捞出鸡肉分成两份，一份给灵灵爷爷的，一份给麻眼奶奶的，两份一样多，她没有给谁偏心，因为麻眼奶奶是自家的奶奶而没有多捞，因为灵灵的爷爷是旁人而没有少捞。她先端给麻眼奶奶，麻眼奶奶闻到了一股香喷喷的鸡肉的香气，就口气颤颤地问圆圆是哪儿来的鸡肉。圆圆就撒谎说是一只鸡得了病，她央人宰了炖成了鸡肉汤，给她和灵灵的爷爷一人一份。麻眼奶奶笑着说，我的孙子丫头心还公道。接着她又问圆圆，鸡肉给她和亮亮剩下没有。圆圆就又从麻眼奶奶的碗里和给灵灵的爷爷存的那份里取了一点儿留给了亮亮。她知道，亮亮人小，不懂事，弄不好会闹的。她自己长大了，虽然也很馋，但她不吃，让两位老人吃好吃香吃饱。尤其是灵灵的爷爷快去世了，要让他老人家好好吃上几顿。他的身边现在就剩灵灵一个人，灵灵人也还小，不懂得怎样疼爱爷爷。当然灵灵的爸爸和妈妈在身边的时候，还是非常疼爱灵灵的爷爷的，但是现在外出当农民工挣钱去了，没有音讯。麻眼奶奶时常教育她和亮亮从小要对人有疼心，有爱心。奶奶对他们如何做人言传身教，让他们从小就生成了一副疼爱人的心肠。

圆圆把鸡肉端给灵灵的爷爷时，灵灵的爷爷和麻眼奶奶一样问圆圆鸡肉是哪儿来的，圆圆又把对麻眼奶奶撒的谎对灵灵的爷爷重新撒了一遍。灵灵的爷爷吃了几口放下碗用一只碗扣住了。圆圆知道老人家又给灵灵存下了。圆圆就劝灵灵的爷爷多吃一些。说鸡肉还剩一点儿，等灵灵和亮亮他们放牛放羊回来后到他们家吃早饭。灵灵的爷爷又挪开扣着的碗吃了起来。现在他病成了那样，吃起东西来是那样的艰难和缓慢。那高高的一碗鸡肉他吃了很长时间，终于没有吃完，他已经吃不动也吃不了了。望着灵灵的爷爷再没有吃的意思，圆圆就顺手接过碗放在了屋中的立柜上用另一只碗扣了。又倒了一杯水给灵灵的爷爷。灵灵的爷爷望着水摇了摇头，轻声说他不渴。其实，他是不敢喝水的，喝了水还要灵灵接尿，这就让他不忍心。灵灵一个小姑娘家，给他一个大老爷们儿接尿，有点说不过去。他还是控制着不喝水减轻灵灵的负担。圆圆把水放到炕边的炕桌上，笑了笑打了声招呼就回家了。

圆圆回到家里时，雨就越下越大，简直就像用勺子泼似的。只一会儿工夫房檐上的水就泼了下来，院子里的水像小河一样起着水泡哗哗地淌着流向大门外，外面路上的水卷着枯枝烂叶、羊粪蛋，还有那些堆积在墙角的脏兮兮的破塑料袋翻滚着流向大河里，大河里的水咆哮着掀起巨浪横扫着奔向远方。

圆圆、麻眼奶奶和灵灵的爷爷都在担心山上放牛放羊的亮亮和灵灵。那样大的雨，他俩会不会是在山上躲着还是牵着牛赶着羊回来呢。在山上躲着还好，等雨停了，圆圆就上山去把他俩换下来。可万一牵着牛赶着羊回来呢，那河道里的水是那样的汹涌澎湃，弄不好会出大事的。麻眼奶奶和圆圆心急如焚，这时候灵灵的爷爷肯定也心急得要命。

麻眼奶奶和圆圆正心急的时候，王老师来了，裤管挽得高高的。他一眼就看出了麻眼奶奶心中的焦忧，二话不说就又出门找亮亮和灵灵去了。

村街上有人说，河道里的浪头子上有几只羊。有人说，肯定是上河里谁家的羊过河的时候让洪水给冲了。有人说，又有羊给冲下来了。王老师听到有人说河道里的浪头子上漂着羊，他的心就咯噔一下，心想坏了，说不定是亮亮放着的羊。那亮亮呢？是不是没有跟着羊一起回来？他的脑子里嗡嗡地响着，他的神乱了。他给那些看河道里大水的人们说，麻眼奶奶的孙子亮亮和瘸老汉的孙女灵灵今早到山上放牛放羊去了，这时候也没有回来，好像山上也没有。大家赶紧上山找一下，看冲下去的羊是不是麻眼奶奶家的。再看看亮亮和灵灵是不是安全着呢。人们一听，觉得事态有点严重，忙起身沿着河道上山找亮亮和灵灵去了。有人说，今天天阴着下雨，家家的孩子们出去放了一会儿牛和羊就回家了。那两个孩子咋就那么死执呢，大雨天的到山上放啥牛羊呢。人人的心里有一种焦急和忙乱的感觉，也有一种不祥的预兆。但也都在心里默默祈祷亮亮和灵灵平安无事。

河道里不时地有冲倒的大树、牛大的滚石翻卷着冲下来，人们看着这情景，心里的那个焦躁更又增添了几分。只是再没有看到羊只冲下来。河道边的土路上也积满了水，人们就凫着水往上走。河道里洪水还在翻滚着，河风很紧，洪水的轰鸣声也很大，人们彼此都听不清说些什么。假如雨再不停的话，山上的牛和羊就下不来了，就得在山上过夜了。不知亮亮和灵灵现在在哪儿呢？这是人们都在心里想的同一个问题。

麻眼奶奶披着一个麻袋站在村街上号啕大哭，哭着她的孙子亮亮。圆圆也陪着奶奶哭着。有几个女人出来劝着她们，不知该怎么办才好。

河道里寻找亮亮和灵灵的人们一脸的肃穆和焦忧。

有人嘴里不停地喊着，千万别出事，千万别出事……

有人脚在河道边上走着，眼睛却不停地盯着河道里那冲下来的东西，一脸的茫然。

河道里的崖畔上有几只羊蜷缩着跟两头牛挤在一起，一个姑娘的哭声由远及近地传来，人们稍微放下心来。

走得近了，看到灵灵缩在崖畔上颤抖着大哭，哭得悲痛欲绝。身边没有亮亮的踪影。亮亮在哪儿呢？人们的心又紧缩起来。

王老师没有看到亮亮，就放声大哭了起来。灵灵听到了王老师的哭声，抬起头看了一眼，起身从崖畔上连滚带爬地滑了下来，扑在了王老师的怀里，背上背着的书包摔在了一边，两本课本掉在了泥里。王老师急切地问，亮亮呢？灵灵哭着摇了摇头，眼望着河道里的水说不出一句话来。这时人们才知道河道那些冲下来的羊是亮亮家的羊。亮亮也和那些羊一样不在了。

亮亮让水冲走了，亮亮让水冲走了。出了天大的事了。村里像沸腾着炸开了锅，人们都是吃惊和痛惜，不约而同地披上衣物，骑上马顺河道去寻亮亮。

二十年了，这条河道平安了二十年。从此这条河道将再不是一条平安的河道了。

人们整整找了三天才找回了亮亮的遗体。

亮亮殁了。

麻眼奶奶就此大病一场。

王老师心疼他的学生。要不是生活所迫，亮亮的父母亲就不会出远门，也不会去当农民工，也就不会撇下圆圆和亮亮一年四季不照面。要是大人在，亮亮的肩上就不会落上生活的担子。他还是玩耍的儿童啊。灵灵的爷爷听说亮亮殁了，就痛苦不已。他对灵灵哭诉着说该殁的不殁，不该殁的殁了。

然而灵灵的爷爷这一悲伤，他的病情就加重了，首先是吃不进食物了。他知道他的大限也快到了。就让灵灵叫来了侄媳妇，悄悄说了他的事。他不想让灵灵知道他快要去世的事。因为灵灵还小，没有见过人的去世，他现在虚肿得厉害，怕殁了后惊着灵灵。他叫过灵灵让她给圆圆去做伴，说现在亮亮走了，圆圆一个人很孤寂，帮着圆圆照顾麻眼奶奶，自己这边有人照顾着，让灵灵不用操心。灵灵很听话地去了，她就跟圆圆一起上学，帮着圆圆一起照顾麻眼奶奶，只是放牛放羊的时候，她才回一趟家。那几天她就和圆圆像姐妹似的，进进出出。第四天，灵灵的爷爷也去世了。这是人们预料中的事，也就没有大惊小怪。

亮亮殁了，灵灵的爷爷殁了。麻眼奶奶又躺在炕上不能动弹，不知道圆圆和灵灵还能不能念成书了。这就成了一个问题。这个问题还得问问王老师，也得问问麻眼奶奶、圆圆和灵灵的父母亲。

圆圆和灵灵还是一如既往地放着牛和羊，但是很想念书。

（原载《凉山文学》2014 年 4 期）

回荡久远的钟声

1

这天晚夕里夜很静，月色像流水般清淡地笼罩着阳坡村，显出了几许肃穆和素淡。而学校里的代课教师王洋像招了一股子邪风，彻夜大睁着眼睛数着屋顶麻乎乎的木椽子没有一丝瞌睡，似一条长虫盘在了烧热的烙铁上，把炕转圆翻扁了也没有闭上一会儿眼睛。媳妇曼叶木愣愣地斜靠在被子上，盯着王洋也没有一丝瞌睡。曼叶知道，这时候她是不会有瞌睡的。因为她是他的媳妇他的温馨，他是她的男人她的主心骨。现在这个主心骨快要支撑不住生活的打击而要倒下去了。曼叶的心里也就乱成了一团麻，但她还不敢在他的面前有愁眉苦脸的表情，心怀愁肠，尽量要装出些满不在乎的样子来，让他心里些许有点安慰，有所放心。让他知道没有了那份工作，他还是这个家里的当家人，主心骨，顶梁柱。

昨天下午王洋从学校里回来，脸上就灰眉浪呛地带着一种让人难以接受的表情，进屋上炕的时候曼叶搞了一把，意思是让他不要在老人的面前放脸盘子，这样会让老人的心里不痛快。

父亲是个小心人，一辈子处处小心着过来了，有个大惊不怪的担待不起。他虽然人老了但耳聪目明地能听来看清屋里屋外所发生的大大小小的事，因此上他若看到了王洋脸上的那种表情心里就不会好受，会痛心的，尽管他不知道王洋身上有没有发生令人不愉快的事，但他的脸盘子确实不好看。王洋看了一眼曼叶没有说什么，只是轻轻地叹了一口气，这声叹息里包含了王洋太多太复杂的东西，让曼叶的心猛地沉了下去。王洋跨在炕沿上狠狠地甩掉了鞋，鞋甩在了炕对面的柜子上，"咣"的一声吓了父亲一跳。曼叶就狠劲地剜了一眼王洋，王洋没有把曼叶的暗示当回事。显然他在学校里准是受了谁的委屈，要不然一星半点的事他是不会有这种表情的。他不像父亲那样小心，是个大心人，遇事还是有些耐心的。父亲静静地看着王洋，张了张嘴好像要说什么，但忍了忍终于没有说。这时候儿子王力看着爷爷躲在曼叶的身后扮了一个鬼脸，想惹笑拉着呆脸的父亲和爷爷。爷爷没有任何反应，只是王洋看着王力扮鬼脸捣蛋就狠狠地瞪了他一眼。王力知道自己这次是热脸贴了个冷屁股，不会有反应的。曼叶在地上站了一会儿就拉着脸一声不吭地做夜饭去了，把三个默不作声干瞪眼的男人干苔苔地晾在了那里。王力站在地下看着爷爷和爸爸都阴着脸，也就悄悄地溜了出来，到厢房里做他的作业去了。两个男人就那样坐着，各想着各的心事，没有一句话。灶房里叮叮咚咚地响着，这有节奏的响动在屋子里缭来绕去的，把这可怕的安静总算是打破了。吃夜饭的时候，爷爷终于忍不住问王洋，究竟是什么事拿夹住了他，让他如此地唉声叹气，垂头丧气地像丢了魂似的。王洋叹了口气说他那个代课教师的活干不成了，教师当不下去了。他这一说，当下就让曼叶吃了一惊，还以为他在学校里受了谁的气或是受了那些没素质的人的责备。这么多年下来了，王洋在学校里受了气从来不在家里面说。但今天却黑着个脸色沉着个脸盘子，肯定是受了很大的怨着了很大的气，要不然王洋不会把怨气带到家里来。曼叶放下饭碗问王洋到底是咋回事。王洋忍不住就说了县上和学校里要清退代课教师的事。他这一说，还真让一家人有了很大的愁肠。这若干年王洋像干自家的活一样卖力地干着，把学校当成了自己的家，其实说白一点儿，王洋对家还没有学校有感情。他那样没日没夜地干着，还不是指望着将来有一天能转为国家正式教师，这个希望就像一盏暗夜里不灭的长明灯那样亮在他们一家人的心里，从来就没有熄灭过，这几年似乎还比前几年亮了几分。

这几年王洋接连几次都评上了县上和乡里的优秀教师，戴着大红花在县城和乡里的街道上走了几回，在乡亲们面前风光了好几回，有人说王洋快要熬出头了。王洋的心里也是那样指望的，家里人也是那么向往的。可现在呢，一切都来得那么突然，那么让人猝不及防，像太阳底下给热人猛浇了一盆凉水，激得让人受不了。父亲吃了一碗饭，颤颤抖抖地下炕洗小净去了，父亲一辈子坚持着按时礼每天的五番拜，从来没有退缩过，短缺过，今天也一样，虽然他心里想着牵着儿子工作上的事，但他还是挪腾着下炕洗小净礼他的拜去了。这时候，曼叶就看到父亲的眼里饱含着盈盈的泪水，像一汪清泉，这是希望破灭的悔恨之泪，是无可奈何的失望之泪。前几年要不是他坚持，王洋早就退了出来，说不定现在也像别人一样在外面挣上大钱了。但他心里就有一个奢望，就是想让王洋能吃上公家的饭，以前学校里的教师哪一个不是民办教师，后来还不是都转成了正式教师。但世事怎么转呢谁也思谋不亮晶。再有一点就是王洋上高中二年级的时候，老伴去世了，他手里没有了帮手，他就没有坚持着让王洋把书念下去，这在他的心里始终是一个疙瘩。让王洋吃上公家的饭，他心里的疙瘩也就解开了。但现在一切指望都落空了，他的心里好像也掏空了似的，没有了一点支撑。

有了事的夜晚就是长得等不亮，曼叶劝了几次王洋，王洋没有任何表示，大睁着眼睛望着屋顶的橡子就是不说一句话。曼叶没办法只好陪着王洋干瞪眼。屋外的月光贼明贼明的，像豁嘴的娃娃耻笑一朵绽放的花儿似的折腾了一晚夕。到傍亮时，月亮落下去了，窗口上渐渐透进了一丝淡淡的微弱的光亮。天麻乎乎地亮了，儿子该上学去了。曼叶揉了揉儿子的屁股，拍了拍王洋，说领着儿子去吧，这几天再听听风声，看上面还有啥新政策没有。王洋起身下炕，胡乱抹了把脸，也没有刮胡子，要是在以往王洋会早起十几分钟，然后穿戴得齐齐整整，把头发梳理得光光亮亮，然后再照着镜子把那张黑脸刮得青生生的，照他自己的话说这么做是为人师表，树立形象。但今天王洋却破例没有刮脸，也没有梳头，俨然不像以前的那个王洋了。王洋领着儿子走在校园里时，那两个年轻老师和蹦蹦跳跳的学生都驻足看着他，有点吃惊，也有点不可思议。但他却没有注意到那种惊异的目光，依然想着自己的心事，想着昨天下午中心校校长念了的那个关于清退代课教师的文件，以前他们学校也有几位代课教师，但那不叫代课教师而是叫民办教师。虽然叫法上不一样，但性质是一样的，他也问过校长，校长说那不是一回事，现在就没有民办教师。校长也说了，清退代课教师是教育体制改革的一部分。他心里明白，清退代课教师虽然全国在喊，但有的地方却逐步地消化了一部分代课教师，把他们转为国家正式教师。而他们这里纯粹是一刀切，不管你是从教了多少年的代课教师，也不管你曾经是多么的优秀多么的能教，也不管你对教育事业做出了多大的贡献，必须卷起铺盖走人，没有商量的余地。校长虽然说了清退的人数，但那个文件上只说了一些清退的办法，却没有明确说明清退的期限。这不知文件上没有交代还是校长故意没有说，不得而知，王洋也没有多问。但这还是让王洋的心里抱有一丝希望，一根稻草还悬在他的头顶，让他既丢不下又拿不着。王洋边走边拍了拍儿子王力的后背，让王力进教室去了。这时候王洋才放眼望了一下学校周围，人人都躲避着他的目光，好像清退代课教师的事与他们有关。他心里明白，这些与他共事的年轻同事心里其实也都很难过。毕竟是要把一个人的饭碗砸掉，虽然说王洋端的不是和他们一样的饭碗，盛的不是一样的饭菜，但那也是饭碗，养家糊口的饭碗。要是再早上个十年八年，王洋撇下这个工作你拉都拉不住，那样他还可以出门去打工做生意，一个月挣几百块钱不是啥问题。但现在二十多年过去了，王洋把自己的青春全部贡献给了这所学校。从他背上铺盖踏进这个校门的那一天起，他就成了这所学校实际上的负责人，同时也是看门人。别人走了他不能走，其实他是没地方去的，他就是这所学校的代课教师。二十几年的光阴把他磨炼成了一个彻头彻尾的出色的教育工作者。但现在他就像曼叶说的是四肢不勤，说实话他现在还真是这么一回事，二十几年了，屋里屋外由曼叶和父亲操持着，他没有操过一份心，庄稼该种的时候他没有操过心，庄稼收割打碾的时候他也从来没有操过心，他的心都操在了孩子们的身上，只是每月的月底他从中心校的会计那里领来他几百块钱的代课费交到曼叶手里，就啥也不管了。他做了这二十几年的甩手掌柜，从来不知道顾家是怎么一回事和啥滋味。

但从昨日开始他的心突然被掏空了，空落得让自己没地方放。学校里还没有明确他的去留，他还得静下心上他的课，这是一个教师的操守，也是一个教师的职责，他还不能放弃。

2

王洋决定到县里去一趟，去杨丽那儿问一下。杨丽是王洋高中时的同学，两人当了两年的同桌，交情还不错，见了面还一直打着招呼，没有像有的同学那么生分。王丽过去当过一任乡长，现在是县委宣传部副部长兼县文明办主任，有一次下乡到他们学校里来，调研过学校的精神文明创建工作。临走说他有啥困难到县委宣传部找她，说得很实在，不像是做作的样子。王洋想来想去，到县上也没有个打探消息的地方，去杨丽那儿问一下，事情不就明了了吗。杨丽对县上的政策肯定是熟透在心，说不定她还能帮着给他指出一条生活的路子来呢。去见人家总得要拿点东西吧，两人虽说是同学，但毕竟这么多年没有联系了，关系早就生疏了。两人虽然在见面的时候还问长问短的，但恍然像在说过去很久的事。王洋给曼叶说了想找杨丽的事，曼叶没有表示赞成也没有表示反对，只是默默地给王洋准备一些见面的礼当。乡下人去见城里人，礼当无非就是一些土特产，别的东西庄稼汉人拿不起也拿不动。土特产拿些啥呢。柜子里还存着一些去年晒干的麦索和野蘑菇，这些都是曼叶存着家里来了稀客时才拿出来吃的东西。王洋看着曼叶从柜子里往外掏东西，心里就隐隐地作疼起来，泪水不争气地淌了下来。男儿有泪不轻弹，但现在他还是没有忍住，泪水哗哗的像泉水似的涌着流着。曼叶拿毛巾给他擦了擦，没有任何话语，她这二十几年还承担的少吗，这件事她还担负得起，头顶悬着的希望之灯灭了，但她内心的那点希望不能破灭，她是有念想有追求有目标的。

王洋坐车到县上后就径直去了县委宣传部，恰好杨丽在。杨丽看见王洋很吃惊。这时候王洋的心里倒没有那种扯心扯肺的牵挂了。杨丽笑着说老同学今天肯定有事，要不然你不会寻到我跟前来，啥事你直说。王洋就平静地说了自己的事。杨丽说她知道这回事，在年前县上就根据省上的精神开会安排了这个事。但因全县代课教师多，清退解决起来问题多麻烦多，所以也就推迟到了现在。这次县上拿定了决心，无论如何也要把清退工作搞好，代课教师只有一条退路，那就是卷起铺盖回家。王洋说，有很多代课教师干了差不多一辈子，把青春都贡献给了全县的教育事业，尤其是像那些边远山区的村学，繁重的教学任务全部是代课教师的，那些分配来的调来的年轻教师们在那里待不住也留不住，他们吃不了那里的苦，没来上几天就四处托关系跑门路往外调，哪有心思肯花在教学上呢，而每月只拿那些正式教师工资零头的代课教师忙里忙外地上课，像守庙的庙官似的常年住在学校里，把学校当成了自己的家，把那些孩子当成了自己的孩子，一个不落地教着，可有谁知道他们的苦衷呢，现在县上说清退就要清退了，他还真为那里的孩子们着急。本来乡村里的孩子跟城市里的孩子相比在师资力量的分配和教育上就吃了很大的亏，再要是把坚守乡村教育的那些代课教师全给清退了，那些孩子怎么办呢。杨丽听王洋这样说着，心里也就有了一种担忧，但这种担忧在她的脑海里只是暂时的，这是县里的也可以说是上面的决定，一两个人左右不了。杨丽劝王洋说，县上这样做是为了更好地抓好教育工作，再说没有了代课教师，调到那里的教师他还能托关系走人，没那么容易吧，他走了那些娃娃谁教。王洋苦笑着说，他们才不管呢。我在那个村学里干了二十几年，从来就没有碰到一个教师说他要一辈子坚守在那片土地上，最多的也没有做到两年，都是后脚跟前脚地调了出去。杨丽觉得再这样说下去也理不出个结果。她反问王洋清退以后做些什么呢，想好了没有。王洋说还真没有想好，在那个山窝窝里滚爬跌打了二十几年，对外面的世界外面的环境早有了许多陌生感和不适应，他还能出去做些什么呢，再说他现在只会拿教鞭，连从小拿惯了手的铁锹镢头都不会拿了使不惯了。杨丽笑着说，拿铁锹镢头的时候过了，再说这么多年下来人的身体也不行了，要想着法子干些脑力活。你要是找不到合适的营生就来找我，我给你找一个轻松一点的活，你先回去，早做打算，清退是早晚的事，全部清退一个不留也是情理之中的事。王洋听了心里总算有了一丝安慰，看来对他们这些做出了贡献的代课教师还是有人同情着，对他们的工作认同着，对他们的难处体谅着。他还能有什么话说呢，回家吧。他告辞杨丽出来，走在大街上，看着人来车往的，心里又乱成了一团麻，自己还是舍不下干了二十几年的那份工作，舍不下那些活蹦乱跳的娃娃们，舍不下那回荡在村庄上空的悠扬钟声。

回家吧，回家再说，车到山前必有路，天无绝人之路。王洋跑到路边的一个饭馆里要了一碗面匆匆地吃了起来，本来杨丽要留他吃饭的，但他没有答应杨丽，他不想打扰人家。这一碗面他吃着没有一点味儿，像缺少了些什么，寡淡寡淡的，他吃了几口就再也咽不下去，像咽药似的难受。他的心里沉沉的，他看着天色还早，就到当年他读过书的县一中去转了一圈，然后才悻悻地回家了。

3

王洋回到家里时，天色已完全暗了下来，肚子也咕咕地叫了，他才觉得有点饿了，中午吃的那几口饭早没有了影子。他一声不响地爬上炕。儿子王力早睡了，在炕上挨窗的地方睡着，衣服没有脱，显然是在等他来着，但等着却把自己等睡着了。曼叶快手快脚地给他倒来了茶水，端上了热饭，他的泪水又不争气地淌了下来，淌得有点莫名其妙。父亲慢慢地过来上到炕上劝他，说真主给人的活路有千万条，这条路断了，还有那条路存在着，这条路不存在了，再寻条路走下去同样能得到你想要的东西，不要把自己拴牢碰死在一条道上，真主可不喜欢那样的人，真主喜欢永远奋斗的人。再说学校离了你照样能行，这二十几年了，还不是为了一个念想而坚持着，要不然每月那点钱还不够家里的零碎钱呢。这样一清退，你心里的那个念想也就断了，没有啥牵心的了，领上婆娘娃娃种上田，跑点小生意，拉个家务也还是容易的，这二十几年了，把人缠死在了那里，转又不转放又不放，没有个透亮话，现在上面给了透亮话，你也就死心了，没有那个指望了，心里也就踏实了。曼叶听父亲说的话句句砸在王洋的心上，也就跟上父亲圆着对王洋说，天下的黄土哪里不埋人，离了学校那份工作说不定日子还得比以往要好呢。你看看庄子里，原先和咱们家一样的家庭都闹腾着现在过上了好日子，老人婆娘娃娃哪一个出来不是穿得光光鲜鲜体体面面的。你要是不当这个代课教师，咱家说不定过得比那些家庭还要好。王洋听着摆了摆手，意思是曼叶不要再说了，他知道这个道理。

　　这个夜晚仍然是一个不眠之夜。从昨晚上开始，王洋好像失眠了，以前他是没有这个毛病的。再这样下去也不是个办法，他要振作起来，他给自己打着气。再这样下去，在别人看来他好像活不下去了呢。虽然睡不着，他还是眯着眼努力地去睡，竟然睡了那么一会儿，天就亮了。父亲和曼叶都去礼晨礼了，他竟然不知道。他从来不是这样的，这二十几年来，他很少撇下拜功，这两天不知是怎么了，他竟然连拜功都忘了，而且奇怪是的父亲也没有喊他。父亲礼了晨礼喝早茶的时候，他问父亲礼晨礼的时候怎么没有叫醒他。父亲说，你的心里乱成了蜂窝子，处处往外冒气呢，就是礼拜也不会静下心来，静不下心你礼啥拜，现在你的脑子里时时刻刻都在想学校和你的事，把顿亚（世界）看得比啥都重，所以没有叫你，我是想你思考上几天会自己慢慢静下心来的，不用我叫你自个儿会醒悟的。王洋心想父亲真是从自己心上走了一遭，把自己的心思看得如此透彻如此清晰如此明亮。父亲这一辈子走过的路很多，受过的磨难也多，但他从来就没有在困难面前弯腰妥协过，他总是从哪儿跌倒从哪儿爬起来，然后义无反顾地走下去。今天父亲说的时候，王洋终于从父亲的身上看到了希望和追求，他不能再这样了。这个家还要他撑起来，老人婆娘娃娃的还要他赡养顾盼拉扯。他拉了一把熟睡中的儿子王力，王力睁开眼问，天亮了吗？他笑着说，太阳都把屁股晒红了呢。王力一骨碌爬了起来，洗了脸胡乱吃了几口馍馍就跟上王洋上学去了。王洋和曼叶结婚迟，曼叶生养也迟，别人家的孩子都快结婚了，但他们的王力才十一岁上四年级。王力虽然年少，但很懂事，从来不让娘老子操心。上学的路上有一条不大不小的河，叫红浆河，遇到天阴下雨，河里就淌下来稠稠的红泥汤，孩子们过不了河，王洋就把他们一个个地抱着背着安安全全地送过河去，放学的时候又把他们一个个地抱着背着安安全全地送过河来。送了一茬又一茬，有些学生念成了书，跨过这条河就再也没有回来过，有些学生却也没有跨过这条河，依然生活在这条河的两岸，来来往往地送着自己的孩子们跨过自己当年跨过的小河。王洋来来往往地送了二十几年，也不知道送走了多少学生，但他走烂了多少双鞋还是大概有个数的，两个月一双鞋就穿得脱了帮。有时候下午回来吃饭的时候，他就躺在某一处的塄坎上，看着校园里高高的旗杆上猎猎飘扬着的红旗，他心中的那个受活劲高兴劲就无法用语言来表达。多少年过去了，学校旗杆上的红旗天天在那里飘扬着，红旗飘着他心中的念想就不会破灭，同时它飘扬着就成为学校存在的象征，一种生活的气息，一种追求的目标。红旗破了，飘扬不起来的时候，他会从那点工资中拿出一点钱到县城里买上一面，然后再高高地挂起来让它继续飘扬，继续存在。他只要看到那面红旗还在那里高高地飘扬着，他的心里就有些许安慰和痛快。只要哪一天突然来了一阵风把旗子吹走了或是刮破了，他的心里就难过得掉眼泪。现在突然要他离开执教了二十几年的学校和猎猎飘扬了多少年的红旗，他是多么地舍不下啊。他的感情，他的努力，他的梦想，他的追求，他的未来，他的一切的一切都和这所学校连在一起了，迈出这一步是多么地艰难啊。但他不迈由不得他啊，这时候的他好像一只已经出窝的鸟儿，没有了大鸟的呵护，没有了大树的依靠，孤寂地站在了人生风雨的边上。他还能做些什么呢。

他背着抱着几个孩子过了河，学校里就"咣，咣，咣咣咣……"地响起了起床的钟声，像冲锋时的集结号，让他不由自主地加快了步伐。可他怎么也走不快，迈不开沉重的步子，他这样去还有意义吗？他边走边问自己。以前学校的钟都是他来敲，可今天是谁来敲的呢？是谁敲响了终结他教学生涯的钟声呢，没有了钟敲，他还是个教师吗？他不停地在心里问着自己，不停地想着自己的事。先是没有了钟敲，再就是没有了课上，最后还不等上面来动员着清退，他们这些人就自个儿地从学校里消失了呢。不，不行，敲钟的活儿不能让别人去干，哪怕他干不了多久，但也要敲响这响彻村庄的钟声，这历来都是他的活儿，没有人肯干这个活儿。要干这活儿就要比别人早起半个小时，提前到校，然后盯着表等着那个时刻的来临，去郑重其事地敲响悬挂在校门口大树上的钟，不管刮风下雨，下油下刀子，钟声都会按时敲响。可今天是谁敲响了这钟呢。他在心里嘀咕着，儿子王力扯了扯他的衣袖，说爸爸怎么就不说一句话呢。王洋低头看了一眼儿子，儿子用脚尖猛地踢飞了一颗石子，显然儿子对王洋不说话有了那么一点小小的意见。被儿子踢飞的那颗石子飞着滚进了路边的草丛里，隐没了踪迹。王洋就想自己多么像这颗被儿子踢飞的石子，挡在路上的时候，让玩耍的孩子们能看上几眼，可一旦踢飞了，就再也没有人注意了。到学校里去的这条路也不能叫路，只能叫小道，这二十多年来，没有课的时候，王洋就扛着铁锹镢头这儿铲一铲，那儿平一平，这儿填一填，那儿刨一刨，若干年来把一条羊肠小道硬是改造成了一条能走人的小道。这些村里人都记着呢，那些走出去的学生也都记着呢，只要走了这条小道的人都记着呢。可一旦要是不走这条小道了，他还能闲下来吗？他边走边想。这真是一个痛苦的抉择啊，是一条没有退路的抉择。以前他走进校门时有一种莫名的自豪，现在他走进校门时却有种说不出的难受。新调来的两个老师都是年轻人，还算耐得住寂寞，他到校的时候，他们也就早早地起来了，一口一个老王老师地叫着，叫得亲亲切切的，但现在两个年轻人却有意无意地躲避着他。他知道，两个年轻人是怕他心里难受，不敢和他说话，遇上这样的事谁心里也不好受，你说安慰吧你怎么开口，人家的饭碗都快没了，而你端着铁饭碗还怎么安慰人家。你开心一点吧，又好像有点嘲笑人家的意思，怎么做都是很为难的事。王洋进了校门和两个年轻人打了声招呼，就夹上课本走进了教室。至少现在谁还没有权力来剥夺他给学生上课的权利，也没有权力赶他走出这个教室这个校门，至少现在有人做不到，现在离了他，两个年轻人还带不转这么多的学生。教上一天是一天，等到哪天中心校的校长再下通知说他必须要走了的时候，他会走的，他不是那种死皮赖脸的人。他知道一个萝卜一个坑，他走了上面会安排人来的，也会安排像他这样一个守庙一样的守校人的。

学生们没有察觉他的表情所带来的那种忧伤和痛苦，活活泼泼地上课，活活泼泼地玩耍。这时候他的心里是痛苦而流泪的。学校里还有好多活儿要干，原想等学生放假了再消消停停地做，但现在等不到那时候了，他要在下通知清退之前把这些活儿做完。

4

正是春末夏初，田埂上的草儿青青翠翠的，各样的野花儿绽放着红红艳艳的笑容。那些钻天雀啊、铜铃鸟啊、水雀啊的在草丛中飞来飞去，花蝴蝶翩翩飞舞，好不快乐，到处洋溢着大自然的和谐美和自然美。

王洋还是和往常一样按他自己定的时候去学校，去学校的时候顺便再扛把铁锨铲一铲平一平路面，他知道要是他不在了，这条路就没有人去修了，也会给孩子们造成一些上学的困难。现在趁他还没有被正式清退下来，做一些力所能及的事，也不枉当了这么多年的教师。他看着在身边飞翔的鸟儿和头顶盘旋的蝴蝶，心中不由又涌上了些许忧愁和不安。他边铲路上的疙瘩边想，这么多年没有做地里的活了，他清退了之后还能做地里的活吗，他觉得这是命运在和自己开了一个不大不小的玩笑，不过这个玩笑也开得太认真了，让人有点防不胜防，有点承受不了。什么是命运，这就是命运。

那点围墙还没有垒起来，厕所也快要塌了，这些都是问题，需要马上解决不能再拖了。以前他曾到中心校校长那里说过几次，也没有个确切的回话。现在他再跑就太不像话了，他没有那个权利了，但不管谁跑，这个事还得管一管。要不然，万一哪天厕所塌了压坏了学生咋办，到时候把谁的屁股上咬一口呢，痛苦的还不是那些学生的父母亲呢。围墙垒起来也不是啥大活和重活。只要有一点料钱，再就是有些人手就解决问题了。和村里书记说一声，动员村里的群众来搭一下手，那也不是个啥问题。他把这个问题想了很久，决定从自己的那点工资里再拿出一部分，他不是还有三个月工资没有拿到手吗，到时候从那里面扣除掉不就行了吗。那天放了早学后，他匆匆地吃过早饭，就去书记家里汇报学校的事，书记说学校是几个村子的学校，他一个人动员不了几个村子的群众，自己村的群众自己动员。哪天要人，你哪天说一声，我负责把人喊来不就得了。王洋给书记说了许多感谢的话，书记说那也不是你个人的事，是全村人的事，该是我们对你说声感谢了。他退出来又到另外几个村子找人说了一声，几个村子都爽快地答应了。王洋决定星期六的时候动土把围墙垒了，再把厕所的墙拆了重新垒一下，活不是大活，也不是重活，但这活儿不是一两个人能干得了的，所以拖了好长时间。王洋找人说事的时候也把自己的事给大家说了一声，算是对大家有个交代吧，免得他走了以后大家觉得太突然。

星期六的那天早上，王洋给几个村分别打了电话，不一会儿各村的书记主任就带着人扛着工具来了。他简单地说了围墙和厕所的事，大家就七手八脚地干开了。真是人多拾柴火焰高，那么多人先垒墙，围墙是土墙，大家只要动手出力夯起来就行了，不需要费钱财，这也是大家乐意干活的原因，都是庄稼汉人，缺的就是钱，唯一不缺的就是力量，人的力量泉里的水使不完流不尽。只半天工夫那些围墙全被大家夯起来了，手闲的人还把有豁口的地方和了一把稀泥垒了起来。围墙夯起来了，厕所还需要人呢，虽然是简陋的两间小房子，但现在摆布在校园的角落里就显得嘴斜眼歪的。这时候大家都吃晌午饭去了，王洋就转过来转过去地看厕所拆了怎样盖。其实这时候他也应该去吃晌午饭了，但他心中很是不安啊。两个年轻老师已经烧好了开水，让他过去吃，他没有去，他吃不下去。他站在厕所跟前看着红旗高高地飘扬在学校的上空，猎猎的。他当时就想，上在山梁上去看一个村庄的时候，往往像看一堆土疙瘩或是泥球，而那高高飘扬的红旗则成了村庄的一道风景，有了那么一点生气。他这样想着的时候，有土粒哗哗地落在了他的头上，他的脑海里闪了一下，怕是厕所墙要倒了，还没等他跑开，厕所的一面墙就倒了。他感到是一座山重重地压在了他身上或是大地翻转了过来把他扣在了地下，他就是觉得喘不过气来。原来早上夯墙的时候由于震动把那原本要倒塌的厕所墙震松了，于是它在该倒的时候没倒，在不该倒的时候倒了。

王洋喘着粗气醒来时已经躺在县城的医院里，眼前白晃晃的，像中心校校长的办公室那样耀眼。他听到了哭声，是曼叶和王力的声音，还有老父亲的哽咽声。他还看到了几个熟悉的身影，他的脑子里一片混乱，他什么也记不得了，他努力地想着，就是想不起这是哪儿，更想不起家里人围在他身边做什么呢。他想睡，脑子里沉沉的，身子沉沉的，他的心也沉沉的，思想也沉沉的。他看到曼叶和王力还有其他的人都飞快地转了起来，像旋风一样在他的身边飞快地旋转着，旋转着，连他自己都旋了起来。他在旋转中又沉沉地睡去了。

　　王洋再一次醒来的时候，又看到了白得晃眼的白墙，还有晃动的人影。他想起来了，终于想起来了，他不是站在学校厕所跟前吗，这是哪儿，这是啥地方？他声嘶力竭地喊了起来。他看到了曼叶的泪眼，没出息的婆娘，哭啥呢。他想爬起来，可是浑身怎么就没有一点劲呢。他把头往后一仰才看到了医院里的吊瓶，我这做啥了呢？曼叶拉着他的手说，学校厕所的墙倒了，压着了你，你现在是在医院里。曼叶这样一说他似乎才有了记忆。他是在学校厕所那儿站着，可后来的事他一点也不知道。怪不得满眼都白晃晃的，原来眼睛看到的白色是医院的白墙壁和大夫的白大褂。他盯着曼叶的脸问伤着哪儿了。曼叶的泪水哗地流了下来，哽咽着说伤着腿了，头上也伤着了。他使着劲蹬了蹬腿没有任何反应。腿是不是断了，他又问。曼叶说，是断了，接上了。他问曼叶，学校的厕所拆着盖了吗？坐在一旁一直没有吭声的父亲接上话头说，人都砸成这样了，还管学校的事呢。这两天你住院以后要不是那两个老师和几个村的书记主任们费心，你的腿恐怕都接不上。明天我去一趟乡上，还有中心校，找找你们的领导，你出事出在了学校里，再说了你现在也还是教师，还没有被他们清退出来，看他们管不管。父亲说得很生气，看来这两天学校就没有人来看过他。他扭过头问曼叶上面学校里是不是来过人了。曼叶说他住院的那阵子，学校里老师给上面的学校里打了电话，来了个总务主任啥的，问了些情况就走了，到如今就再也没有见上面学校里来人。王洋就觉得心中空蒙蒙的没有一点支撑的力量了。一汪盈盈的清泪在眼窝里打着转转，模糊了他的双眼。

5

曼叶守护着王洋住在医院里，王力又要上学，家里的一摊子全丢给了父亲，让他老人家忙里忙外地忙乱了头绪。这几年，他上了岁数，曼叶就不让他干家里的活了。现在一干活笨手笨脚丢三落四的，还有家里的那些活物，牛啊羊啊鸡啊啥的，喂了这个忘了那个，把他忙得团团转。他感到确实是老了，力不从心了。

那天清晨，父亲给邻居把家里的活物靠了一声，就去了中心校，找校长说王洋的事。十几里山路他像是走了半辈子，年轻的时候，这条路也常走，那也只是个把钟头的事，但今天他却走得很吃力。他不停地给自己打气，不能歇，人老体重，一歇就起不来了。那十几里山路他走了多长时间他也不清楚，反正他从清晨走到了娃娃们放学的时候，他进去的时候，学生们正排队放学呢。他拉住一个女娃娃问校长在哪儿呢，那个女娃娃给他指着一个精精神神留着平头的大个子年轻人说，那就是校长。他的心跳加快了。现在他不知道该向校长如何开口。他走过去喊了一声校长。校长吃惊地看着他，并没有答话。他尽量微笑着说，我是王洋的父亲，来找你问一下王洋的事。校长才恍然大悟似的说，老人家去我办公室。说罢领着他去了办公室。校长办公室的墙很白，就像医院病房里的白墙一样，白得耀眼，一长溜沙发齐整地摆放着。校长进去后让人给他倒了一杯水，自己则坐在了一张大桌子后面，从一大摞书里面翻出了几页写着字的东西，看着他问，老大爷识字吗？王洋父亲摇了摇头，说我不识字，斗大的字也不认识一个。校长说那我拣几句重要的念给你听。王洋的父亲听着校长呜里哇拉地念着，自己一句也没有听进去，一句也没有听明白，校长念的好像都与王洋有关，他不知道校长念这有啥用，也不知是啥用意。他趁校长停下的时候说，我儿子在学校里被厕所墙倒了砸下了，现在就躺在医院里。校长笑着说，老大爷你没有听明白，我刚才念的就是与你儿子有关的文件，这个文件发得早，我也到你儿子的学校里宣布了，让你儿子回家，从那一天开始你儿子就不属于我们管了，但是你儿子不听话没有回家，那是他自己的事，你看现在你既然来了，我就把话说明了，这个文件上写得清清楚楚明明白白。王洋的父亲听着这话有点不对劲，就说我儿子是为学校的事而受的伤，学校里应该管一管。校长还是笑着说，你儿子已经不是学校里的人了，老人家你说我能管吗？管得了吗？你先回去，至于你儿子如何受的伤，我们还要作调查，调查好了再和乡上协调一下，是不是让乡上给点补助，但你也不要抱太大的希望，乡上给补助的可能性不大，他受伤纯粹是个人行为，与公家与学校无关。王洋父亲听着校长给他说了一大通道理，觉得也有点道理，但就是说不上道理在哪里，一个庄稼汉人，最听不懂的就是有文化的人给他绕来绕去地讲道理，他听了一辈子的道理，听得懂的还是庄稼汉人说得那最直白的道理。其实校长给他说了那么多，他也听得稀里糊涂的，他就不明白校长为什么不说得土气些呢。他临走校长还说，王洋的事村里的书记也说了，你有不明白的事可以去问一下村里的书记。他从校长的房子里退出来后，就一直想不通王洋咋就不算学校里的人了呢，他还不是没有卷着铺盖回家吗，世道咋就变成这样了呢。好好的一个人在学校里给娃娃们上着课，但出事了，躺在医院里了，人家说不是学校里的人就不是了，只一句话，你就不是了。

　　王洋的父亲回来后，又去问了书记。书记说他也去了乡上和中心校，问了乡长和校长，都说王洋清退的通知给他宣布了，但那天为了照顾他面子，没有马上让他收拾东西走人，可后来就出了这样的事，这事也就不能怪学校了。但王洋的事出在学校里，学校里也有一定的责任。但责任主要在王洋自个儿身上。书记说，上面就是这么说的。我给乡上也说了这件事情的过程，乡上答应给点补助。不行你再到学校里跑一跑，跑的次数一多，校长总得给你有个说法的。王洋父亲说，那里也不是三步路远的地方，我跑不动啊。这就是命吧。谁让他人家宣布了还硬往学校里跑呢，谁让他那么多事呢。现在躺在病床上了就没有人问了。你说他躺着也就躺着，还要拉上曼叶，把家里扔给了我，我忙不转啊。以前他在学校里，家里的事也没有指望过他，还不是曼叶一个人忙里忙外地把家操持得像一个家吗。书记说您也不要着急，王洋也是为了大家，家里有活了我招呼大伙搭个手，先把王洋的伤往

201

好里养，养好王洋的伤比什么都重要。书记这样劝着，王洋的父亲心里总算气顺了一些，也平静了一些，看来王洋对大家的好书记还记着呢。他说了几句感谢书记和大家的话，就回家了。

王洋的父亲现在整个是脸麻鼻子麤，家里乱糟糟的，无处下手也无处下脚。家还是让女人家拾掇的，男人就是再细心也理不出个眉脸来。现在他腰来腿不来的，就是那一大帮活物也让他够操心的了。再加上他和孙子王力早晚的两顿饭，就把他忙得晕头转向了。他这样忙着，心里还是有一个担心，王洋的腿说是接上了，将来能不能站起来走路呢，这是一个问题，是一个不容忽视的大问题。想到这里他的心里就隐隐作疼起来，难受起来。

想着儿子王洋的腿，他心里还是有一种隐隐的愁肠，要是儿子将来真的站不起来，那家务的重担不就全落在了曼叶的身上吗，拉家带口的，他越想越害怕。还是要到乡上再跑一趟，把王洋的事说道说道，看乡上有啥办法呢，再不就到县里跑一趟。他又去了书记家，给书记说了去乡上的事，书记说去乡上说一说也好，要不然将来有啥事，乡上还不知道呢。他就说那我去了？书记说去吧。他回家后又把家里给邻居靠了一声就去了乡上。

乡政府里人黑压压的，人来人往的很忙，他在院子里转着，有一个年轻人问他找什么人。他说找乡长。年轻人说乡长不在，去县上开会去了。有一个年纪大点的干部说，老大爷不是上访吧。他说我不是上访，我要找乡长。那你来吧。他说了声多谢，然后跟在那个干部的身后去了乡长的办公室。乡长的办公室比校长的办公室还要大，还要气派。他试着想坐，但瞧来瞧去，哪儿都不敢坐。那个年轻人指着沙发笑着说，老大爷坐吧。他就顺势坐下来等乡长。那个年轻人说，老大爷有什么事说吧。他说我等乡长。年轻人笑着说我就是乡长，你说吧。他于是就说了王洋受伤的事。乡长说，我还以为你是受了儿子媳妇的气跑到乡上诉苦的呢，原来是为王洋的事来上访的。王洋的事我知道，学校里不是给你说了吗？就是那么一回事，王洋出事的时候已经不是学校里管的人了，你说出了事学校里能管吗？不过，学校里也有责任，毕竟事情是出在了学校里，还得管一管。这我已经和学校里协调过了，他们答应给你们一点钱，那可不是什么补助，也不是救助，而是出于人道，也鉴于王洋在那里教了多年的书，算是给王洋的一点慰问金吧，这几天我让学校里尽快落实下去。事情就是这么回事，老大爷，我现在还要开会，就不陪你了。王洋父亲知道乡长要走了，他也知道他该走了。

钱是什么，什么都不是，要是王洋的腿治不好，一切的一切都是空的，就是拿再多的钱也无济于事。

不知王洋在医院里怎么样了，王洋的父亲心里很急。等到周末他就带上孙子王力去医院看儿子去。

6

王洋在病床上躺了几天，就是挪动不了，他试着捏了捏自己的腿子，木愣愣的没有一点感觉，好像在捏两根木棍或是别人的腿似的。他就忽地抽了一口凉气，心想我的腿怕是出问题了。他盯着曼叶的眼睛问道，大夫怎么说呢，我的腿能好吗？曼叶说大夫说了，要好好养着，腿会好的。王洋说，你去把大夫喊来，我亲自问一下，要不然我的心里堵得慌。曼叶慢腾腾地去叫大夫了。大夫过来微笑着说，怎么了？王洋说，大夫你说实话，我的腿能好吗？我感觉已经麻木了，好像没有腿了。大夫说，那是还肿着的缘故，感觉紧绷绷的，捏起来也紧绷绷的，再过上几天肿消退了，你就有感觉了。大夫说完按了按他的手，转身走了。王洋总觉得大夫在骗他，哄他，他明明觉得自己的双腿麻木得没有知觉了，这不是肿的问题。他心里的愁肠绕成了一个死结，紧紧地扣住了他的心。

王洋整整在病床上躺了七天，又到了周末，他念叨着学校里的厕所是不是修好了呢。曼叶嗔怪地说，这么多天了，除了出事那天学校里来人看过一回外，到现在就没有人来看过，你还学校学校的，没有你学校里的事照样能转，差一个萝卜就把席不上了呢，你把你看了个重要。其实你一点也不重要，当下最重要的是安心养病，把你的腿养好。腿那可是你自己身上的东西，有个三长两短的叫我一家子咋过呢。曼叶正怪着王洋，父亲和儿子王力就进来了。父亲慢慢揭开被子看了看摸了摸王洋的腿，问王洋好点了没有。王洋说，也说不上好，感觉总是木愣愣的，再说也肿得厉害。接上的地方也没有感觉，好像两条腿就不是我的。父亲说，在医院里住着，好好地养着，人说伤筋动骨一百天，没有三四个月是不会好的，你就放心地躺着养你的伤。王洋问父亲学校厕所是不是修好了。父亲生气地说，这几日我是忙得大门小门都没出，也不知道学校的事。你问王力。王力说早修好了。王洋听着脸上露出了一丝喜色。闲坐的时候，父亲就给王洋和曼叶说他去中心校和乡上找人说事的事，也重复了一遍校长和乡长说过的话。王洋听着没有吭声，也不知道他此时此刻在心里是咋想的。也许他想着的是学校里那高高的猎猎飘扬着的红旗，传得很远的悠扬清脆的钟声，还有那些活蹦乱跳的小娃娃们；也许他还想的是自己出院以后的事；也许他什么也没有想。

父亲说的学校给钱慰问的事是小事，照他们说的那只是人道上的事，慰问也好不慰问也罢，现在他只指望他的两条腿尽快好起来，他下半辈子不想躺在炕上生活，他的生命不在炕上，而是在广阔的大地上。

王洋躺在病床上把不想的事都想了一遍，想得最多的还是他这二十几年任代课教师的点点滴滴。这多少年来，他是尽了心的，唯一没有尽到心的是家里和家务上的事。就说那件事吧，那年夏季刚开学，王力才一岁多，还不会说话，患了感冒发高烧，烧得抽风，而他却一天假也请不出来，蹲在学校里。因为那时候，学校里唯一的一位正式任课教师调走了，还没有派来新的老师，他一个人操持着开学和上课的所有事情，哪里还有时间顾得上抱王力去看病呢。曼叶抱着王力跑着哭着去县城医院，一路上跑下去到医院里时，曼叶的肺都快跑炸了，大夫说要不是来得及时，孩子的命早就没了。而此时的王洋还不知道王力的病是那样重。他早上去学校的时候，王力还静静地睡着，是有点烧但没有烧得那么厉害，他想孩子出出汗就会好的，他们从小到大有病了就是出汗出好了的。再说他不去学校的话，学校的大门就得锁着，学生就没法进校门。曼叶抱着王力哭着走了之后，父亲也就到学校里找他寻师问罪来了。父亲原来是想把他狠狠地臭骂一顿的，但看到学生围着他忙乱的身影乱转时，父亲的气消了。他看着儿子忙碌的身影，悄悄地走了。从那一次父亲见到他之后，才知道他有多忙了，也逐渐地理解他了。这多少年他好像就从来没有闲过，总是觉得很忙，但现在细细想来也没有忙出个啥眉眼来，家撇烂场了，自己的身子骨也瘦成了一把干骨头，反过来觉得自己这若干年对父亲和曼叶亏欠得多，拉捞得多，没有尽到作为一个儿子一个丈夫一个父亲的责任和义务。腿好了，不管怎么忙怎么累怎么苦，他要还补作为一个儿子一个丈夫一个父亲的义务，尽到自己的责任，让他们过上好日子。再不能亏欠他们了，这若干年欠他们的已经很多了。王洋想着自己的过去泪水再一次地涌了出来，在眼窝里打转转。曼叶用衣袖轻轻地擦去他眼眶里的泪水，安慰他说，再过几天我就把你接到家里去，家里养伤比医院里好，人也不会那么急躁。这医院里住上几天把好人都住出病来呢。但你是病人，你就不能像我想的那样想事情，听大夫的话，不要想得太多，安心养你的伤，等伤稍微一好，我就把你接回家。王洋含着泪点了点头。

王洋就这样不痛不痒地住在医院里养着伤，一住就是一个多月。

虽然出院后王洋的病农村医保能报销一部分医药费，但那是出院以后的事，但现在曼叶手里却拿不出一分钱来了。其间学校里派人送来了两千元慰问金，现在也花光了，医院里已经给曼叶说了，再不缴费就要停药了。其实回家养着也行，断腿没有发炎已经长好了，只是麻木着站不起来，他站大夫也不叫站，接上的骨头还没有完全长好。主治大夫给曼叶开了些消炎药然后让他们出院了，并叮咛曼叶让王洋暂时不要动弹，就那样躺着养伤不要叫发炎，营养要跟上，回去养上一个多月再动弹着下地。曼叶还要再问，王洋说我都听下了。

王洋回到家里，一躺到那暖烘烘的土炕上，就再也躺不住了，挪过来窜过去的。他知道躺在医院里只能花钱，再说家里的那点钱早就花光了，再躺下去就要拉债借钱了，还是自己的家里受活，挪一挪窜一窜自己往稳里躺，医院里就不行，一张床你挪也挪不得窜也窜不得。现在到家里了，他总算有点自由了。只是双腿的麻木还没有消除，捏上去还是好像没有感觉。他现在什么也没有愁，只有一样就是怕自己的腿出问题。这么长时间了，双腿还麻木着。还有一点，他躺在厢房炕上的时候，还能从窗户里望见学校里那飘扬的红旗，只要能看到红旗，他的心里总是那么踏实，心里也就充满了希望。虽然他要彻底地离开这所学校了，但他的心还在学校里，他曾经把自己当成了那里面的一员，但现在学校不需要他了，也不要他了，把他像孩子们写完用完的一个烂本子一样扔了出来，任凭风吹雨打。父亲和曼叶还想着要到乡上和学校里说道说道，但王洋把他们拦挡住了。清退代课教师这是县上的事，并不是要清退他一个人，就是清退他一个人他也没有啥说的，自己毕竟不是国家正式教师，只是一名代课教师，自己的身份自己清楚，再没必要去和人家争了嚷了，这就是一个人的命运吧。说实在的，一月就那么一点糊口的工资，我还真想着给上面说一下退出来呢。这若干年把人屈在那里转又不转放又不放，一直是代课教师，名分变不了，你就转不了，所以也就成不了正式教师，永远是看校守舍的代课教师。谁中途走了，谁的课就由你代着，这样代来代去他还是个代课教师。现在好，他可以名正言顺地不去学校里了，自己把自己清退出来算了。曼叶听着王洋带有情绪地诉说他代课的辛劳，他还从来没有在曼叶跟前诉过代课的辛劳呢。曼叶也想了，这时候的王洋其实在心里还是想不通，心里是有气的，这样干了二十多年，没有功劳也有苦劳，可到头来说清退就清退了，好像孩子们过家家玩耍似的。你要是清退，早十几年或是再早上几年，那时候人还有点锐气，出去干个啥的也能养活这个家庭，担负起这个家务的重担。而现在你说王洋为了学校里的事，把自己的双腿砸成那样了，走不能走，跑不能跑，整天躺在炕上让人心焦得在家里待不住。以前不管学校有啥事都要叫一声王洋的，但现在说你不是学校的人就不是了，一句话，多容易。王洋劝曼叶也不要动怒，天无绝人之路，学校里干不成了，他再找个地方干去，水是流的，人是活的，树挪一步死，人挪一步活。这是老人们说过的话，不会有错的。等他的腿一好，他就找个活去干。

王洋躺在炕上胡思乱想的时候，突然记起了杨丽说过有困难找她的话，他的心境一下子就亮了。他让王力拿过一页纸和一支笔，他要给杨丽写一封信，告诉她自己被彻底地清退了出来，让杨丽帮着找一个活儿干。另外他还说了他受伤的事。星期六的时候，王洋让王力去县上的邮局发出了那封信。自从那封信发出之后，王洋就天天等杨丽的来信，他相信杨丽会给他一个满意的答复的，因为她说过要给王洋找一个活干的。他知道杨丽的脾气，从来都是说一不二，做事干练，她说了的事就一定能办到。信发出去半个月之后，杨丽的回信到了。杨丽在信上说，她接到信后马上和有关单位联系了一下，最终在邮局那里找了个送信送报的差事，等他伤好了之后就去找她。王洋看着信心里满是感激。王洋拿着信像拿着自己的命，看了又看，念了又念，然后小心地折叠好放在贴肉的衬衣口袋里，用一根别针别了起来，怕那封信丢失了似的。

又一个月过去了，王洋还是动弹不了，双腿硬邦邦的麻木着。这时候王洋有点气了，叫曼叶拉着他去医院复查一下。曼叶就驾上牛车拉着王洋去医院。到医院复查了一下，大夫说腿上的神经出了点问题，还是拉回家去养，医院里没有其他的办法了。到家里后由人搀着扶着下地慢慢地转着或是每天走上那么几步，双腿的麻木也许会好的。王洋问大夫，假如麻木着不好那就说明双腿就不能动了吗？大夫使劲地点了点头。从大夫的点头里王洋似乎觉察到了什么，拉着曼叶的手说，咱们回家吧。曼叶默默地答应着把王洋连拖带拉地抱到牛车上拉着往回走，满眼含泪没有说一句话。她什么也知道了，王洋的腿是永远也站不起来了。今后的王洋只能躺在炕上生活了。这就是她的命也是王洋的命。

王洋再也没有了笑容，没有了学校的话题。

家里没人的时候，他就看杨丽给他的回信，看信看累的时候，他就趴在窗口上望那学校上空高高飘扬的红旗，更多的时候则侧耳谛听学校里那回荡久远的钟声……

只要这清脆的钟声顺着风回荡着轻轻传递进王洋的耳朵里时，他的嘴角才会露出一丝微笑的迹象来，似笑非笑的。

（原载《太湖》2013 年 4 期）

虫草，虫草

尔利站在茫茫雪海里望着树叶子般飘落的大雪，内心充满了失望和迷茫。

他们到迭部沟已经有七八天了，还没有找见虫草。没有找见虫草不是他们没有仔细地找过，而是雪的原因，他们到迭部沟的当天晚上就落了一场盖住脚面的厚雪。这一场大雪让他们在茫茫的草原上苦等了七八天，这七八天比平时的一年还要长，等得人心焦忙乱的。等也就罢了，可这样白吃坐等着也不是个事情，就一个月的干粮，白白消耗着不出活是不行的。

天还没有放晴的迹象。

现在他们开始限量每个人的饭量，好在昨天傍晚尔不都出去打了两只野兔。尔不都说他还碰到了一群黄羊，可没敢开枪。要是打只黄羊就够他们六个人吃好几天，可黄羊是国家二级保护动物，是不能随便猎杀的，尔不都还算有自知之明。吃不吃都是小事，最重要的是天气要尽快放晴，把覆盖在草皮上的雪消掉，雪消不掉，你就找不见虫草。去年他们的运气好得不得了，在这一带由勺布的主人家才让引领他们碰上了生荇，每个人挖了那么两三千块钱。今年看样子他们六个人的运气不太好，刚到的当晚就落了一场雪，等了七八天，指望着这两天雪快消尽了，可昨晚上天气一变就又飘起了大雪，到今早起来时还没有停的意思，在吼叫的风中像抖落的树叶子一样飘飘洒洒地坠落。尔利看着这消消停停不紧不慢飘着的大雪，忘记了自己的存在，雪已掩住了他的鞋面，帽檐上的雪积了厚厚的一层，显得有点臃肿。帐篷里干松柴在噼噼啪啪地燃烧，浓浓的柴烟熏得拾掇兔子的尔不都揉着水汪汪的眼睛跑出了帐篷。其他人都围着火熏烤着一脸的忧愁，不时地用树枝拨拉着火堆，都默默地不说话，好像是几个毫不相干的人突然坐在了一起。雪仍然飘着，洒着。唉！愁也没用。尔利，进帐篷里烤火去，别叫风把你吹凉了。尔不都喊尔利进帐篷去。尔利没有动静，他又过去扯了一把。尔利跺了跺脚，说天气恐怕是晴不起了。那是真主的事情，不是你操心的事，你进帐篷里烤火去。尔不都显然有点生气了，径直钻进帐篷拾掇他的兔子去了。尔利蔫蔫地跟着尔不都进了帐篷。

雪下了一晚夕一早夕也就停了。

太阳突然出来了。

广袤的雪原上太阳一出来，他们就更出不了帐篷了。一望无际的洁白积雪像一面巨大无比的镜子，耀得他们睁不开眼睛。

大雪覆盖了一切，只有帐篷旁边的河水蓝旺旺地淌着，给他们死寂的心淌出了一线希望。

今年，本来是有指望的，虫草的价钱已经上升到了一两一千元左右，一两能有多少呢，就那么数得着的几根。一镢头下去就是一斤清油或是四五斤白面，这个账他们谁也会算。去年一根虫草才三块多钱，而今年就上涨到了四块多，这一带的虫草个大饱满实在，能卖到五块多钱。来的时候，尔利、尔不都、舍巴、夏西目、穆沙、勺布六个人商量好了，他们不去科才草原，也不去札嘎梁，而是到去年的老地方迭部沟，这里面还没有人挖过虫草，而且这里面人迹罕至，只有几户放牧的藏民，而藏民才让还是勺布的主人家。

前年，就在这个时候，主人家才让邀请勺布到迭部沟贩牛。就那次，勺布和主人家才让在挑牛的时候发现了虫草。勺布在才让家坐了十八天，挖了七千多元的虫草，才让家也挖了三千多元。那次，牛没有贩成，他腰包里却也揣上了钱。别人知道他发了意外的财。去年，他就喊上了尔利、尔不都、舍巴三个小伙子，夏西目、穆沙两个老半茬，在这茫茫原野上转了一个月，虽然挖得不好，但多多少少怀里都揣上了那么几千块钱。去年好的一点是他们住在了才让的冬窝子里，跟才让一家人挤了一个月，热炕暖火的没有受冻。可这一个月挤下来，就挤出了事情，才让的女儿卓玛看上了机灵鬼尔利，整天尔利长尔利短地喊着不跌地，跟前跟后帮尔利挖虫草。卓玛毕竟是生在草原上的，一对眼睛没有受过电灯的刺激，贼尖贼尖的，别人看不见的草苗子她能看见，她看见后用双手掩住才尔利尔利地大喊，这样一来，尔利的嘴咧成了没拉链的皮包子。到了晚上的时候，卓玛就给大家一个劲地唱藏歌，不知疲倦也没有瞌睡。有时候她硬缠着要尔利唱个花儿，这个时候，尔利就眼望着勺布征求意见。在勺布微笑着点头同意时，他就在才让的冬窝里引吭高歌花儿，卓玛则用双手托住腮听得入了迷，两种不同地域的音致和歌调但思想内容相同的调子就这样在空旷的夜空里飘荡着，把寂寥的夜晚荒野激越起来了，古老的传说也就在这里开始传唱……爱情就这样产生了。

那一个月下来，尔利就比别人多挖了三百多根虫草。尔利要把多出的三百多根虫草给卓玛，可卓玛笑着不接，一个劲地摇头。卓玛有卓玛的打算，卓玛缠着勺布要到他们那里浪一趟。才让早就看出了事情的端倪，悄悄对勺布说，卓玛是看上了你们的尔利，不放她去么她有走心没守心，整日魂不守舍的，放她去了么就是放鹰归山，没有归来的时候了，在我们草原上这样的例子多着呢，你给我拿个主意吧？这时候，卓玛也在悄悄地观察着父亲和勺布的交谈。尔利的脸红彤彤的，看来他们是商量好了的。一个月的时间谁还没有瞧出个眉眼呢，他们唱藏歌唱花儿的时候，两对眼睛冒火流水的情感流露出的执著，谁还看不出呢，也叫那些当年的过来人不由自主地回忆起了自己的年轻时代。他们既对他俩同情但也束手无策又叫人难堪，在人家的冬窝子挤住了一个多月，最后还要把人家的姑娘引上，这叫人做的事情吗？还是主人家才让干脆，他对勺布说，卓玛就交给你了，一切由你说了算。这可是一件很为难的事，人家把姑娘托付给自己，卓玛就算是自己的女儿了。勺布对才让说，要是你愿意的话，就让卓玛跟了尔利，何况我还是卓玛的半个阿爸呢。才让说，那就随你去吧，鸟窝里是养不住苍鹰的，要不是你发话，我是不会让卓玛跟了尔利的。

卓玛高兴地挽住勺布的袖口不放手。

他们六个人原想又住才让家的冬窝子，可到了才知道才让一家一冬天就没有到冬窝子里来住过，去年修葺的冬窝子已经破烂不堪。问了几个牧人，都说去年秋天才让家的牲畜遭了瘟病，死得所剩无几，才让一家人哭了好几天，就搬了场子走了，再也没有回来过，也不知搬到哪儿去了。尔利的心里像刀剜一样，人家给他白白生养了一个媳妇，没有要他的一分彩礼，更没有得上他的一分济，这怎么能说得过去呢。人活一世得讲个情谊，他跟才让一家是既有情也有谊的，更何况现在已经成了亲戚。可现在人家到了难处却找不见人家，就连见上一面的机会也没有。来的时候，尔利请人给卓玛和刚出月的孩子照了一张照片，照片上的卓玛脸白白的，笑得很甜，好像天大的喜事落在了她的身上。怀中的孩子正在酣睡，也睡得很甜。才让已经有一年多没有见女儿了，也不知道现在有了外孙子。要是现在就让才让拿到照片那该有多高兴呢？尔利整日坐在帐篷里愁眉苦脸的，悲戚戚的。见尔利这样，勺布几个人也就不说话，他们知道尔利欠着才让一家的情呢。他们思谋着才让一家人，就又想起了才让一家的实诚和好处来。去年一个月，他们坐在才让家的冬窝子里，热炕暖火的，像坐在了自己的家里一样，尤其是那连锅炕热得叫人有点受不了。可现在呢，他们六个人守着一堆不敢熄灭的篝火，虽然前胸热得要流油，但后背上却冷得像浇水，他们烤了前胸烘后背，就是没有住在冬窝子里的那种舒服。积雪覆盖着原野，他们在帐篷里动弹不得，急也是干急，可雪不急，一天就消那么一层，一点一点地消，耐着性子消。就这么耐着性子又坐等了五六天，向阳的坡上才露出了斑驳的草地，大家耐不住焦躁，拿上镢头干粮和装虫草的小布袋子出了帐篷，只剩下穆沙守护帐篷，守帐篷的任务也不算繁重，只是守好帐篷拾上些柴生好火做好晚饭就足够了。到天黑的时候，出去的人陆陆续续地回到帐篷。人人像刚凫过水似的，都被雪水浸得湿透了鞋袜，吧嗒吧嗒地迈着沉重的步子，脸都拉得长长的，看样子是一整天一无所获。穆沙将水浇得沸滚。硬邦邦的面片子上漂着一层厚厚的油花，白生生的兔肉和在面片子里，喷发着诱人的香气。而一堆烤在火堆旁冒着热气的鞋袜正散发着熏人的脚臭。香与臭混合的气味纠缠着在帐篷里萦绕回旋。六个人在火堆边闲扯着往事打发着漫长而寂寥的荒原之夜，把希望寄托给了来日。

第三天尔利终于挖着了虫草，他喊来了众人，要大家朝周围找寻。挖着了虫草，尔利能不高兴吗，去年一年，他没有给卓玛买过什么像样的东西，他回去后还带不回才让的消息，卓玛的心肯定要痛苦的。尔利想着这一切就没有了头绪，他不知道该怎么办才好。他决定要利用挖虫草的机会到远一点的地方找几户牧羊人再问问，他的老丈人到底去了哪儿。那天，天气扯展放晴了，沟沟壑壑里积淀的雪反射着耀人的光芒。六个人的身影在广袤的原野上像几颗撒在田野上的豆子，稀少而渺小。尔利思谋着有冬窝子的地方一路找寻着走去，他就那样一路走着。他已经忘记了挖虫草，他想的就是要找到住冬窝子的牧羊人，到太阳西斜时他才发觉他已走出很远。这期间他没有碰到牧羊人的冬窝子，只碰到了一个牧羊人。他向牧羊人打听了，可牧羊人说他已经有一年多没有见到过才让一家了，才让一家很有可能是去了沟外，去沟外是要骑马的，又说到了沟外也不一定能打听上，才让跟沟外的人不熟悉。到沟外还要走很长的路，他是走不出去的，他只有返回。太阳继续西斜，寒风吹彻，他在回来的路上碰上了生茬，但他的眼睛已被雪光刺激得不行了，他看不清地上的虫草，他只有趴在地上。趴在地上瞧虫草，虫草的苗子红光光地挺立在枯草中，尔利的心里的那种高兴那是从未有过的。他在草地上曲伸自如，可草地上的冷气却在一丝一丝地浸入到他的肌肤里，一直冰到了他的心上，冰到了他的骨髓里，可为了卓玛和孩子他不能不这样挖下去。去年他们挖虫草的时候，他们念过书的几个人眼睛都不好，还不是趴在地上挖的。年轻人的扛头大，受点冻挨点冷不成什么问题。但现在的这片草地潮气太重了，他感到他的衣服冰得能拧出水来，他浑身冻透了。这个时候有堆火烤一烤该有多好，可自己却没有带火柴，但有火柴也是白有，这里根本就没有可以生火的东西。贴在地皮上的草湿湿的，被雪水浸泡得湿肿，跟他穿着的衣服一样能挤出水来。虫草的红苗子在不断地吸引着他，他挖了一根又一根，他觉得他该回去了，他的心扇子在抖，他的血液冻得快要凝固了，他的肚子里有了一丝隐隐的疼痛，再就是金草银草他也挖不下去了。他急匆匆地往回赶。

他的肚子越来越疼。

天色逐渐暗了下去。草原上的日落跟山区不一样，看着太阳还在天上挂着，可就那么一眨眼的工夫，太阳就跌了下去，黑夜就降临了。黑夜的降临给这空渺的荒原带来了无限的恐惧。

大地好像被一张无形的巨网罩住似的，再也辨不清东南西北，上下左右，人在这时候就成了一个渺小的无处投奔的幽灵，莽莽撞撞地不知奔向何处。

在吼叫没有回音的旷野里，人，一个孤独的行人像苍狼之舞蹈，摇摇晃晃，辨不明方向，找不见回去的路。

尔利迷路了。但他的思维还是非常清晰的，必须得走回去，要不然，他会冻坏在这个没有人迹的荒野上。何况他现在肚子疼得非常厉害，他生病了。

他现在多么想家啊，在家里他肚子疼的时候，卓玛会给他倒上一杯滚烫的红糖开水，让他灌下去，驱掉他身上的寒气。他知道现在没有那个可能，就连几片治肚子疼的药也放在了帐篷里面，远水解不了近渴。走吧，他为自己打气，只要找见帐篷就好了。虽然帐篷里没有热炕上那样热，但也有一堆火可以烤一烤。

不知是走了多长的路，他抬头看了一眼空寥的夜空，稀稀疏疏的星辰眨着冷漠的眼睛，好像是嘲笑他又像是蔑视他。他看到了一座巨大的暗影，那是山，对了，就是这座山，他们的帐篷就在这山脚下的松树林里，他似乎听到了尔不都几个人的呼喊声。他还听到了河流的潺潺流淌声。偶尔有叫不上名字的动物的嗥叫声由远及近地传来，令人毛骨悚然，会不会是狼叫呢，尔利却说不上，他从小长大还没有见过狼，也没有听过狼的嗥叫。去年他听勺布巴巴说过，这一带有豹子呢。他的心虚虚的，腿软软的，在过分的紧张时刻他忘记了肚子的疼痛。那个动物的嗥叫声忽而悠长忽而低沉，时近时远。尔利还从来没有经过这样的恐吓，也没有在这样荒无人迹的夜晚走过夜路。现在要是卓玛在身边有多好，卓玛是在草原上过来的人，她肯定知道这是什么东西，也肯定知道这狼哭鬼嗥的叫声来自何处。

此时，他想到了庄稼人的苦处，要不是为了苦焦的日子谁还来这鬼地方呢。当一个月虫草挖罢的时候他们身上的虱子像一群饿狼，尽往人的嫩肉里钻，那个痒谁经历过，恐怕很少有人经历过。去年他们挖罢虫草回去后，他蹲在炕上捉了一天的虱子，虱子在衬衣上裤子里像赶集似的你跑过来我跑过去。那天他正在捉虱子，卓玛过来看他，把他差点羞成红萝卜，卓玛睁着一对奇怪的大眼睛不解地望着他。他给卓玛解释说衣裳一个多月没有洗，生了不少虱子。卓玛笑着说，煮一锅开水不就解决了。他才像醒悟了似的用草火烧了一大锅开水，把衣服全放在洗衣盆里浇上了开水。等水凉了拎出衣裳时，衣裳上的虱子全变成了白胖胖的死东西，像泡胖的麦麸。现在不想那么多了。他感到那个嗥叫的东西正在向他逼近。他的潜意识里出现了当年一条狗曾经咬过的画面来。那是一条不大的猎狗，那年他还小，挑着一担水去给他栽在房后的几棵白杨树浇水，不小心却被邻居家的狗追上咬住了脚脖子，差点将他咬成瘸子，要不是看庄稼的麻老五帮他，还不知道现在的他将是怎样的一副眉眼呢。害怕归害怕，路还得自己走。空荡荡的肚子又开始疼了。这回他确实听到了尔不都的叫喊声。是尔不都在叫他。他感到希望已经离他不远了。他答应着尔不都的喊声身子却慢慢地倒了下去，没有了知觉。

等他醒来的时候，大家都围在他的身边。眼前的柴火烧得旺旺的，柴火的火焰烘烤着他的脸膛，身下铺着厚厚的一层别人的被褥。他的眼前虚晃晃的，帐篷在转，自己在旋，他浑身没有一点儿气力。他听勺布们几个人商量着要往回撤。他知道，在这茫茫的荒野上他们怎么回家啊，更何况有他这样一个病号。他看清了勺布们几个人脸上的愁肠。勺布已经吩咐人砍树干去了。他们动手拆了帐篷，用砍来的树干和帐篷绑成了一副担架，尔利长长地躺在上面。他已经不知道他身处何地，更不知道他现在人在何处，只是感到整个人晃悠得厉害。

黑夜里，几个人行色匆匆地抬着一副粗糙的担架回家，默不作声。好像他们抬的不是人，而是一座沉重的大山。

空寂的荒野上，只听见沉重而又急匆匆的脚步声回荡在朦朦胧胧的夜色里。

（原载《短篇小说》2014 年 4 期）

种在田里的心劲

一对老牛吭哧吭哧地拉着犁喘着气……

犁铧在午后的斜阳里泛着明晃晃的青光，翻起的黑土涩涩地埋住一粒粒饱满的麦粒。

鞭鞘在父亲的手中有节奏地飘飘扬扬，但却没有落到牛干瘦的背上，看来父亲的扬鞭只是一种象征，一种父亲耕作时的习惯而已，用鞭子催促那不是父亲的本意。父亲也是知道的，从早上到现在快耕了两垧地了，人都吃不消了，何况拉犁的牲口呢。在往常，他最多的是一天耕一垧地，人不乏，牲口也不累。可现在不行啊，就是拼上他的老命也值，但牲口是经不住折腾的，这个时候的牲口心劲弱，身子骨乏困，一旦劳累过度倒在犁沟里那就再也起不来了。因此上他手中的鞭子扬起来是不带劲的。他心疼啊，可心疼还得挣展，儿子的病一天比一天严重，药费也一天比一天贵。为了儿子的病，他已经掏空了血本，圈里的羊卖光了，只剩黑叽叽的羊粪蛋散落在空荡荡的羊圈里；一天天干瘦着，下蛋的母鸡也一只不剩地变卖成了钱换了药。粮食是没有余的了，糊口的可要存一些，要不然一家大小吃啥呢。他没有别的挣钱的本事，只有在开春的土地上拼命了，一对老牛是他唯一的本钱，是他的命系子。儿子是他的命根子，他必须拼着命把儿子的病治好。

这地方天气不怎么热，开春了还跟冬天差不多。早晨犁地时还有一层冻皮子，犁都插不进去，非要等到太阳出来不可。

该给老牛饮饮水了，犁了一天的地，出了一天的汗，连乏尿都不尿了。

　　他看着站在犁沟里歇息的老牛瘦弱的样子，心中不免产生了一种悠长的愧疚，对不住了，老伙计。老牛不动声色地瞅着他，眼里没有任何埋怨或是不满，而是一种久违的等待。惭愧，他刨了这么多年土地，与牛打了一辈子交道，他只会与土地亲近，从土地上拿回他所需要的东西。现在儿子病倒了，他还需要从土地上索取，从牛身上索取，榨尽牛身上最后一滴汗粒。他只有这样死撑了，而不会说话的牲口也只能跟着他死撑，让他驱赶着拽起犁翻起那硬邦邦的土地。

　　昨晚上孙儿瞌睡拉梦地给他捶背捶腿，他看着那忽明忽暗的灯光就想到了自己的过去。自己年轻的时候，啥也不愁，只要有吃有穿就行。可现在呢，他的心绪愁成了一颗麻洋芋，麻得缩成了一团，也像这忽明忽暗的灯光快要熄灭了。跟着犁沟寻找虫子的鸟儿忽飞忽落，叼起虫子旋身朝巢里飞去，小鸟儿正嗷嗷待哺呢。看着想着这一切，他又不能不想起躺在炕上的儿子。儿子小的时候，也还不是像这鸟儿一样。那时候他年轻力壮，大声吆喝着牛犁地，他征服了周围山场上一片又一片的土地，让那黑沃的土地上长出一茬又一茬颗粒饱满的麦子。很多时候，儿子就跟在他的身后，手里握一根细长的铁丝，穿上一条条肥硕的蚯蚓，去喂那几只下蛋的母鸡。可一晃这么多年过去了，以往的那些记忆犹如就在眼前，一瞬间的样子。

　　他年轻时犁过无数次的那块阳坡地，他昨天又犁了一遍。地是犁熟了，犁肥了，也犁透了，但人却在犁铧翻起的黄土中衰老了，黄土也逐渐掩到了下巴底下。要不了多久，黄土会埋没他这个侍弄了一辈子土地的人，使他化为黄土，去熟地肥田。作为农民，就是这么个刨土的命，刨来刨去，自己也就成了土。

　　年轻的时候，他心劲大得很，大得可以撑破天。现在，人老了，黄土掩到了下巴底下，心劲也就小了，小得连自己都有点吃惊。如今，儿子正是心劲大的时候，可偏偏生了病，把自己放倒在炕上起不来了，大夫请了不少，药也吃了几麻袋，儿子的病情就是不见好转。看样子指望儿子养老是指望不上了，说不定还要肩负儿子的重担拉扯孙子成人呢。牛不紧不慢地在犁沟里走着，他机械地扶着犁把，心里想得怪痛苦的，凉凄凄的如冷水灌顶浸透着凉到了心底。

父亲实在太乏困了，说不乏不困有谁相信呢。在村子里像他这样一把子年龄的人早抱着孙子靠在墙角里扯着闲传晒太阳享受天伦之乐呢。其实，他是有几年不握犁把的了，对犁地是有了那么一点生疏。但自从儿子病倒后，他就重新挺起腰杆操持起了家务。当了一辈子的农民，他还没有被农活压垮过。这么多年他从泥里土里滚爬跌打着摸了过来，本想有几天清福可享了，可命运偏偏与他过不去，跟他开了个大大的玩笑，不叫他清闲地歇下手中的活计。犁把掌握着一家人的生活和开销。还有这对老伙计，原来他想让它们也歇下来，毕竟口大了，劲力也不足了，做活跟不上往年了。十年来把这对老伙计苦败了，这山洼里哪块土地上没有留下它们的影子，没有它们的足迹，哪片肥沃的土地不是它们一步步量过来的呢？

噢！老伙计，停一停，歇会儿，缓缓乏气，我可提不动犁把了。

对不住了，老伙计，今天多犁了一垧地，我儿子就多抓几服药，今天这两垧地人家是提前付了钱的，人家是知道我们的难处的。可谁知道我心里的难处呢？有谁知道你们的难处呢？唉！老伙计，你们就原谅原谅我吧。

他坐在犁沟边上，身子骨像散了架的车子落成了一堆，提不起神来。他多么想美美地睡上一觉或是实实在在地躺上那么一会儿。

他抬头看了一眼太阳，太阳怪怪的，好像在笑。山的长影歪歪地铺在山洼里，遮住了缓缓蒸腾的气浪，洒下了一抹冰凉。父亲的后背冰生生的，凉气钻透了他身上薄薄的棉袄。再歇会儿吧，他对老牛说着，反正地也犁得差不多了，顶多有一个小时他就犁完了，一天的农活也就算做完了。他安慰着自己。他的腿软软的，早上他吃了一碗疙瘩子饭，晌午又啃了几口干馍馍，他没有食欲。五谷是人的精神。年轻的时候，晌午歇犁的时候，他三大嘴就吃一块薄面饼子，两嘴一个黑面馒头，三下五除二，不要几分钟就解决问题了。现在不行了，薄面饼子也嚼不动了，馒头也吃不下了，只想喝些汤汤水水的东西；但这些东西不攒肚子。人老了，不中用了，他做什么都感到力不从心了。

两个老伙计站在地里好像栽在了犁沟里，一动不动。父亲看了一眼怪怪的太阳，慢慢地站起身，扶好犁把，扬起了手中的鞭子。

歇了一会儿，反倒把身子骨歇僵了。父亲扶着犁把走得很僵硬。地快犁完了，他斜视着瞟了一眼山洼外面的村子，村子上空有几缕蓝蓝的草火烟腾空而升。不远处有个人影正急匆匆地朝这块地里走来。他知道是孙子来了，他身上就来了劲，使劲吆喝了几声，把鞭鞘甩出去又抽回来甩了声响鞭。

还是家里歇着好。他突然这么想。

阿爷，阿爷——他听到孙子大老远地喊他。

哎——他兴奋地应了一声。

他心思专一地犁地。

我阿达殁……殁了。孙子说这话的时候已到了他跟前。孙子泪流满面语无伦次。

父亲听孙子这么一说，慢慢地放开了犁把，猛地转身一言不发地跌坐在了犁沟里。原本就憔悴不堪的身心大厦在失望的破灭中坍塌了。他没有了再一次站起来犁完那点地的心劲了。

支撑他心劲的硬气在孙子对他的告诉里消失殆尽了。

他的心劲也就跟着跌坐在了犁沟里，一条冰凉的犁沟里。

他硬撑着的希望破灭了，他该把他的心劲种在他耕耘了一辈子的土地里了。

他也真该歇下来了。

他终于歇下来了。

（原载《天津文学》2011 年 6 期）

痴　女

　　村子里好像突然缺少或是失去了什么，又像是发生了什么事情，与往常多少有点不一样。

　　风依然是田野里吹来的风，不猛也不烈，旋在村子的上空，旋弯了几炷炊烟。人们依然像往常一样来来往往匆匆忙忙地奔走在灰尘飞扬的村道上，务忙着各自的生活，打发着平常而又宁静的日子。但人们的脸上始终带着一种深刻的思考，好像心里缺少了些什么，是缺少一道风景？还是缺少一种声音，一种气氛？或许什么都不曾缺少。

　　村子里的狗叫不再是那么雄壮威猛，而是昼夜不息猎猎然悲号不已。它们是在寻找一种记忆或是打发一种寂寞？不得而知。

　　那天天麻麻亮，众狗的吠叫却戛然而止，似乎沉睡在了清晨早露的催眠中。

　　痴女天不亮就起来了，她是被戛然而止的犬吠惊醒的。其实，她听惯了狗的整夜猎叫，突然静寂了下来，倒觉得这个村子有点不大正常或是出了什么问题，反而睡不着觉了。她打开大门放走了趴在门扇上撕咬的老狗，老狗已把两扇门板撕咬得不成样子了。撕咬门扇板已成了老狗每天的功课，没有人知道这是为什么。只有痴女知道这是怎么回事，她知道老狗的心烧得慌，也急得慌，它和人的心一样你说能不烧不急吗？它是要急着出去寻找一种记忆。可那恍惚就在眼前的记忆寻找起来却是那么艰难，它上哪儿去找呢，遥遥无期。它在空荡荡的村道上那么一跑一嗅，才知它的努力又都成了一种无可奈何的枉然，但它在第二天天麻麻亮时又出去了，寻找那点留存的记忆。人们不是说老狗记得千年的事，它是记着，可就怎么寻不见呢。奶奶，你去了哪儿，你到底去了哪儿呢？它怎么也不相信那堆黄土下面沉睡着奶奶，奶奶应走在天亮前的大街上才对。奶奶，你到底去了哪儿呢，奶奶是在一个下雪天突然滑倒跌殁的，现在她的坟头上已长出了绿茵茵的青草。那绿茵茵的青草就像奶奶盖头外面飘逸的几缕白发，在微风中轻轻地摇晃着，显得弱不禁风。它曾去那坟堆上刨过一回，但遭到了痴女和人们的呵斥。

老狗在村道上号叫了几声，把一个原本静谧的早晨扰得阴森森的，怪可怕的。村道上偶尔走过来一两个人影，那是上地的人，而不是奶奶，叫它很失望。

痴女昨晚梦见了奶奶。她很想奶奶，她是从梦中哭醒的。她知道这个世界上最扯心疼肠她和老狗的就是奶奶了，而最放心不下的也还是她和老狗。

她坐在炕上听着老狗绝望的号叫，她的眼泪就又下来了，她不能没有奶奶啊。她不知道老狗会不会像亲近奶奶那样与她亲近起来。其实，自从她进这个家门的那天起，她与老狗就已经很亲近了，虽然没有奶奶那样亲，但她还是很满足。她明白，她现在不能没有老狗，她没有了奶奶，她没有了亲人，老狗就是她唯一的亲人了。在这个世界上，对她对老狗还有谁能比过奶奶呢。现在奶奶去了，她接替了奶奶管护老狗的任务，但她却管护不了那些攻击老狗的人们，尤其是那些没有人管的孩子。尽管老狗处处与人为善，从来没有咬过一个人的人影也没有追撵过谁家的一只鸡赶过一只羊，但人们还是与它过不去，碎砖头土疙瘩时常落在它的身上。过去在这种时候，奶奶会愤而起身怒斥那些使坏的人们，而现在痴女却管护不了它了，碎砖头土疙瘩不但落在老狗的身上也照样落了她的身上。奶奶在的时候，痴女则靠在路边的一堵墙或是一棵树上，木愣愣地看着奶奶呵斥那些使坏的人们，就觉得是一件十分好玩的事。而现在当那些东西落在她身上的时候，她感到委屈极了。

被老狗撕咬的门扇凹凹凸凸不成个样子，白生生的木屑落在门洞里像撒在地上的一堆粪蛆，也像跌落的狗牙。痴女抬起脚使劲踹了几脚，把那些白生生的木屑埋进了尘土里。门洞墙面上的泥皮已剥落得斑驳残旧，破烂不堪，惨不忍睹。

　　十年前，她就在这个门洞里被早上起来的奶奶抱进屋里的。那年，她父亲或是母亲也许是别的什么人把她放在了这个门洞里，不知是命运的安排还是父母有意把她留给了奶奶。那年她才不到三岁，记不得父母的容貌，也记不起自己的家在什么地方，唯一记得的是她家门前有条小河，其次什么也记不得了。她从心里恨自己的父母，要是现在他们来认她，她还不去认他们呢。那狠心的父母不是她的亲人，她的亲人是奶奶，还有与她相依为命的老狗。而现在，奶奶已离开了她，她不能没有了老狗。她是奶奶一手拉扯大的，要不是奶奶，她说不定早被野狗吃掉或是冻死在了大街上，还是奶奶疼她，把她当成了心尖上的肉，舍不得也离不得，可当无常降临的时候，奶奶却撒手人寰绝尘而去了，把一个痴呆呆的她留在了这个世界上。她失去了奶奶的护佑，记忆中始终抹不去奶奶那马莲花般蓝旺旺的笑容。对了，还有那次她远离家门跨过的那条蓝哗哗流淌在梦里的河，河边上蓝幽幽的马莲花开得旺旺的，她爱那开得蓝旺旺的马莲花，一直开在了她的心里。该给奶奶的坟头上移栽几丛马莲花，让它开在奶奶的心里，开在她的记忆里。老狗跑出去又跑进来，跑进来又跑出去，反反复复，找不见往日的记忆。奶奶曾不止一次地抚着老狗的头说，你也算是我家里的一口子。其实，奶奶一直把它当成是这个家里的一口子人，而没有把它当畜牲看待。它进进出出是奶奶的伴，让奶奶在诸多孤寂的日子里不再孤寂，在诸多漆黑的夜路上不再害怕。它伴着奶奶度过了一个又一个难眠之夜。奶奶在为生计而奔忙的时候，它也在奔忙，为了讨回一碗填肚子的汤汤水水，它跟着奶奶不知要遭多少人的白眼，也不知要跑多少没有多大希望的冤枉路呢，但它乐意跑。它喜欢跟在奶奶的身后，看着奶奶的笑脸和飘逸在盖头外面的几缕银发。那年，它还是一只从母亲的奶头上摘下来的小狗，正遭受那些小孩的糟蹋时，奶奶出面解救了它，把它从那些逗乐子的孩子手里捧回到了家里。从那以后，它就和奶奶相依为命，成了奶奶的一根探脚棍。奶奶的眼睛不好，视力很差，在晚上就走不好路。这时候，它就咬住棍子引着奶奶走，引领奶奶迈过泥泞的水坑，跨过小河，开始一天的生活或是一天的讨要。后来，奶奶抱回了痴女，痴女刚进家门的时候，她还不懂事，说是快有三岁了，可她瘦弱得经不住它的一扑一吓，有一次竟然被它吓得背过了气。那次，奶奶骂了它，它就知道对痴女的扑咬是很让奶奶伤心的一件事。因此，它就有了记性，记住了它的狗脾气。它在跟随奶奶的几年里摸透了奶奶的心思和性子，却摸不透痴女的心思和性子。它不知道痴女的哭和喊都代表什么意思。它有时候很迷茫，也很无奈。可随着奶奶的老去，痴女的长大，它变得没有了脾性，也忘记了自己的狗脾性。它不知道它的使命究竟是什么，是看家护院还是拦人要饭，它已经习惯了天天跟在奶奶的身后挨门挨户地走，什么也不操心，什么也不思考。可现在呢，奶奶却抛下它去了，到它看不见的地方去了。以前，奶奶在的时候，它可以弄不懂痴女的话，可现在不行了，弄不懂痴女的话怎么行呢，她智力不健全啊，以前靠奶奶照看，而现在就只有靠它了。

痴女接连几个晚上都梦见了奶奶。梦中的奶奶还是那个样子，挂着那根挂了几十年的棍子，端着一个大铁瓷缸子，蹒跚地走在风雪飘扬的村街上，浑身瑟瑟地抖着，一脸的愁肠和无奈。每个做梦的夜晚，痴女都哭得死去活来。老狗蹲在炕边仰头望着哭泣的痴女不叫也不闹，它也许不知道，痴女为什么哭呢。但痴女怎么能不哭呢，奶奶在的时候，她热炕暖火的从没有挨过一天冻，现在她的炕上冰得浸人的骨髓，跟老狗的狗窝差不多。她蜷缩在炕上不能动弹。漫漫长夜她怎么度过呢。虽然说是春天，但她的炕上却冰得像浇过水的石板。她睡不着觉的时候就想起了奶奶说过的话，奶奶常说，我的娃，我要是殁了你咋办呢？奶奶咋就会殁呢？殁是怎么一回事呢？她简直想不通，她的脑子里很乱，这种乱是从奶奶殁的那天开始的，乱得连她自己也莫名其妙。

该吃饭了。老狗叼着痴女的衣袖往外拽，奶奶用过的碗和痴女现用的碗就搁在碗架上，老狗汪汪地叫着。

是该吃饭了。村街上一前一后一高一矮两个长长的影子斜斜地移动着，移向一扇开着的大门。只是这移动的影子里缺少了一种记忆。

（原载《椰城》2010 年 1 期）

拳棍手

民国年间，洮岷大乱，军阀混战，强盗出没，民不聊生。

有一年冬天，天寒地冻，人人窝在家里不敢出门，怕遭强盗抢劫，穷人如此，富人也如此。但是，有福藏不了，有祸躲不过。

有天夜里，一伙强盗突然袭击了太平庄，杀了庄里头号富人吴三一家，并一把火烧了庄院，其时适逢冬季干期，这一把火就轻而易举地烧着了吴三家的房号，亮透了整个庄子。

天麻麻亮时，有一十岁小儿缓缓地走出了烧成灰烬的庄院……

又过了十几年，在军阀、强盗的盘剥和抢劫中，太平庄消失了，留有庄名，而无人迹。庄子一个又一个地消失，而强盗却一股又一股地产生、出没。俗话说穷极生盗，就是针对这种现状而言的。

洮岷两地，强盗中尤以扼洮岷咽喉之地的黑松林黑鹰帮最为强悍、凶残、狠毒。这股强盗杀人越货，纵火放抢，令人生畏。

这股强盗天不怕，地不怕，但有一怕，就怕洮州城里的拳棍手王大棍。王大棍自小习武，二十几岁闯荡江湖，舞弄一手好棍，棍法娴熟，出手不凡，在方圆几百里混了个好名声，四十几岁回庄里居住，不再争霸江湖，专门干起了为洮岷两州的牛马贩子护帮的营生，从未失过手。第一次为岷州的牛马贩子护帮过野狐桥时，凭一根黄铜棍制服了专抢牛马贩子的麻雀帮，撂倒了该帮三十多人，并敲碎了该帮老二的骨拐。从此，王大棍便名震洮岷二州，许多牛马贩子都愿意出高价请他为其护帮。

那年春天，河州的牛马贩子从岷州城里购买了三百多匹良马，准备贩到河州充作军马。但因黑松林黑鹰帮拦路抢劫，河州的牛马贩子便派人奉重金去洮州城里请王大棍。

　　派往王大棍家去的人经人指点到了其门口。

　　见大门微开，院内绿树红花交相辉映，一瞎眼青年在树丛里将一根黄铜棍点、劈、刺、砸挥舞得呼呼生风，令人眼花缭乱。一位体形干瘦精神矍铄蓄有山羊须的老人双手叉腰看着瞎眼青年的一招一式点头微笑，对来人似乎未看见。来人毕恭毕敬地立在门口看着，心中便对老人有了几分畏惧。瞎眼青年功夫了得，那么老人定是王大棍无疑了，他的功夫一定更在瞎眼青年之上。来人看着心中想道。

　　"停！"王大棍突然像巨雷炸响似的喝住了瞎眼青年的练棍动作，向来人抱拳施礼，"何方贤达到此？小人有失礼数。"并快步迎了上去。

　　来人受宠若惊，忙上前还礼说明来意。

　　王大棍听后哈哈大笑："在下不才，早已歇手隐退江湖，还是另请高明。"

　　来人便一阵惋惜，说过黑松林非他王大侠不可。

　　在来人的一再请求下，王大棍便拉出瞎眼青年说道："一行有一行的规矩，规矩不能破，既然隐退江湖，我就是一介平民，与世无争，也就不能舞棍弄刀替人护帮。我虽然不能前往，但有一人能随你们前往，不知在下看上看不上眼？"

　　来人听王大棍说有人能替他前行护帮，便高兴地奉上请金。

　　王大棍辞了来人奉送的重金，指着瞎眼青年说道："我徒弟吴小棍本系洮州太平庄人。多年前，家中遭遇强盗烧抢，并被强盗弄瞎了眼睛，后投我处学艺习武，现已出师。可让他护送你们过黑松林，请金一厘不收，事成之后请为他送一面锦旗即可。"来人听了面有难色，不敢应声，心中暗想一个瞎子怎能护帮。

　　王大棍看出了来人的意思，面露不悦，便说吴小棍如有不妥，请另访高明。

　　来人心里盘算了一番，洮州城里确实访不出第二个能护帮的人，刚才他也看到吴小棍还是有点真本事的，便一口答应了下来。

吴小棍自始至终不说一句话，端端正正地骑在马上，右手抓住黄铜棍扛在肩上，跟着马帮浩浩荡荡地前进。

　　让一个瞎子护帮，得担多大的风险，众人心里都没有底，还是托靠吧，千万别遇上强盗。

　　到第二天晌午时分，马帮到了黑松林地界。远远地见黑松林上空云雾缭绕，黑松林峡谷峥嵘，怪石嶙峋。众人的心里便生就出莫名的惊恐，满脸傻呆呆地流露着恐惧不安的神色，唯有吴小棍端坐于马上侧耳细听各路来风和响动，不惊也不惧。

　　众人看着端坐于马上的吴小棍，见他两只深陷的瞎眼黑洞洞地左右巡视着，好像探视着黑松林的一切，不动声色。

　　五十里黑松林，二十里大峡谷，每走一里，就多一分危险，哪怕是一声鸟啼或是马匹的一声嘶鸣都让人心惊胆战。看来，强盗未到，自己的心里却乱了套，害怕和恐惧已悄然地攫住了每个人的心。

　　到黄昏时，马帮到了黑松林大峡谷。一道斜阳扯直了山影，铺天盖地地遮住了峡谷的一线天色，使峡谷顿然间由明亮变得幽幽暗暗，一股阴森森的凉气袭裹了下来，大家的心境一时也变得昏暗狭窄。

　　长号声、呼哨声在峡谷间撞来荡去。

　　吆喝声、挥鞭声乱成了一团。

　　马群开始狂奔起来……

　　仅仅一会儿工夫，狂奔的马群像地震过后的大地一样突然安静了下来。

　　黑鹰帮的人马从峡谷的怪石间冒了出来，把马群赶进了峡谷的天然马圈死峡里面。明晃晃的刀影早让牛马贩子吓软了腿，吓破了胆，全部像待割的绵羊一样顺从地跟着马群进了死峡。

　　一牛马贩子望了一眼吴小棍便径直朝黑鹰帮一个看似首领的黑脸大汉走过去。过去未说几句话，便听"咔嚓"一声，那个人的人头便像地瓜似的骨碌碌地滚到了马蹄下，猩红的血浆喷射着，尸体久久不肯倒地。

　　黑脸大汉看着喷射的血浆浸透了一大片土地，哈哈大笑不已。这声大笑使吴小棍猛然记起了十几年前一黑脸大汉将他母亲奸杀时的那声大笑。那声大笑在他的耳畔刻骨铭心地震荡了十几年。他的心扇子开始抖动不已，嘴角上渗出了一缕猩红的血液。

他大吼着朝那笑声处举棍冲去。

他手中的铜棍犹如一根草棍儿左劈右抡，上刺下点，横扫竖砸，人过处刀磕棍碰，人仰马翻，血洗峡谷。

黑脸大汉声嘶力竭地大喊："王大棍?！"

吴小棍不应，只见一道黄光闪过，黑脸大汉已跌坐于地，两条腿被齐茬茬地截放在一边。

黑松林大峡谷瞬间归于宁静。

一声呼哨响过，马群又扬鬃启程。

众人醒悟似的看着吴小棍。吴小棍已远远地甩鞭绝尘而去……

（原载《短小说》2010 年 5 期）

半窑芫根的口唤

老碧黛近来不知怎么了，脑子里懵懵懂懂的，出门还没走多远，走着走着腿就软了，走哪儿想坐哪儿，乏得起不了身，连眼皮子也重得抬不起，好像土压住了似的。其实她也就是一个被土掩住了下巴的羸弱的人，一个让苦活苦败了的人，七十多岁了，土掩到了下巴底下，有今儿没明日呢。跟她同龄的人都一个个像灯盏里的灯油烧干了似的，一下一下地熄灭了，无常了，入土了。唯独她却弹挣着活着，活得惊惊颤颤，好像风一吹她也会灯熄火灭似的。

但她还不能无常，她人生最大的一个心愿还没有了呢——一个口唤还没要上呢。儿子吾旦时常嘴上说帮她了却这个心愿呢，但说了很多年，嘴皮子也说勚了，就是不见行动。人活在这个世上最靠不住的往往就是人，尤其是自己身边的人。这么点小事靠不住，还能靠啥大事呢。靠不住小事的人大事也往往靠不住，就是靠上也不敢靠，那样的人闪人呢，就怕靠在门帘上闪个马趴子呢。她年轻的时候生活拮据，把些光阴起早贪黑地忙上家务顾盼上一家大小了，没有顾上了却她婆婆的那个心愿。她婆婆无常的时候，把那个事说给了她和丈夫。当时她和丈夫都还年轻，想以后有的是时间，等生活顺了的时候再了却婆婆的那个心愿。就一个小小的口唤嘛，不是啥大事情，过几年啥事情都顺了，再要口唤也不迟。可仅过了一年多，丈夫却得了猛病，丢下她也早早地无常了，把了却婆婆心愿要口唤的担子沉重地压在了她的肩头上。这个担子在她的肩头上一压就是好多年，一直压得她好像喘不过气来。

亡人的嘱托比天大，虽说事小，小得像针尖。但这毕竟是亡人婆婆托靠给自己的事。亡人的事无小事，寺里阿訇说，世上三件事要快办。其中一件就是亡人托靠给的事，要速靠速办，不然给亡人行亏呢。

老碧黛觉得自己给无常了的婆婆行下天大的亏呢。

亡人靠给的事一日不办，亡人一日不安。阿訇常说。

可现在老碧黛需要人带着她去呢，那路还远着呢。五十年前跟着婆婆过去住过一个冬天后她就再也没有去过。不过，那洮河沿的村庄和附近的大山，还有来来去去印在脑子里的山势、路途、河流、阳光，还有人的印象都深深地印在了她的脑子里，时常像电影似的在她脑子里一幕幕地放映着，涌现着，也让她自责着。自从上了岁数，在夜深人静的时候，那些全都在她眼前面扑过来闪动着，搅得她没有睡过一个扎扎实实的安稳觉。其实，说实话她不该睡安稳觉。她把亡人婆婆的话没当话，该办的事没有办好，心里存着天大的愧疚呢。

老碧黛越想越心口上堵得慌，越想越心里过意不去，她欠着亡人婆婆一个口唤呢。在活人看来小得无法说出口，但在亡人身上是天大的事呢，就像是一颗钉在身上的钉子，拔得越迟锈得越厉害。

亡人婆婆让她要的是半窑芫根的口唤呢。这半窑芫根曾救过他们一家人的命呢。

这是亡人婆婆交命的口唤，也是亡人婆婆交命的承诺。

上世纪 60 年代，全国大饥馑，吃了上顿没下顿，家口小的人家还能汤汤水水、菜菜糊糊地混着过日子，那家口大的人家就遭了大殃了。到吃饭的时候，十几双眼睛盯着锅里冒着白气的菜汤子，眼睛都盯得绿了。可端起碗吃的时候，那半碗菜汤能照出人的影儿呢。最后吃着把肚皮也吃绿了，最后体质差的一个个地趴在地上起不来，慢慢地僵了。老碧黛家当时是在村里也算是大家口，一家老老小小八九口人呢。老碧黛是大饥馑挨饿刚开始的时候，亡人婆婆从挨近县城边上的一个村子领过来给儿子当媳妇的。那个时候，能有人将自己的子女要过去，那是求之不得的事呢。一口人走了就能省一碗清汤糊糊呢。老碧黛为了给家里省那一碗清汤糊糊就跟亡人婆婆过来了。她是邻村一个大家口家庭的大丫头。她过来的时候才十几岁，身子骨瘦弱得像二月里支起的一副羊骨架，有骨没肉的，身上松松垮垮地搭着破破烂烂的衣片子，饿得连路都走不动。头发黄锈锈的，都粘成块贴在头皮上。乱蓬蓬的头发下面一双大大的眼睛深深地陷进了眼眶骨里，鼻梁高高地凸在像刮锅铲似的脸上，整个没有个人形。亡人婆婆看着她的模样说，眼睛虽然饿得深陷了下去，但里面却有一股子灵气存在着，水汪汪的，要是陷瘦的脸上贴点肉色上去，那她是个赛天仙的俊俏女子呢。亡人婆婆一看就知道，她不是个弱人，也不是个懒散人，更何况她的娘老子都是勤谨人，在村里有着好名声呢。给她好好吃上几顿饱肚子，她就会变成另外一个人样来。

的确如此，亡人婆婆把她经佑着日子不多，她就出脱得像人说的赛了十三省的人样子，飞禽过来掠样子的美人了。

因此上，她从心底里感激着亡人婆婆，记着亡人婆婆的好呢，要不是亡人婆婆，她也许在五十多年前就饿死在那次大饥荒里了。她一生就记着一个给了她生命一个救了她生命的两个人的好，一个人是亲生的娘，她给了碧黛生命，并把她抚养到了十几岁；另一个就是亡人婆婆了，在饥馑挨饿的时候救了她的命。这么多年下来，她在这个村里被人们从碧黛叫成了碧黛婶子，再叫成了碧黛阿婆，把几茬人叫进了坟墓。

她记得亡人婆婆引着她挪进这个家门的时候，正是晌午时分，太阳炎炎地照着里里外外的一切，她看物的眼光是晃来晃去的绿色，她有点站不稳。亡人婆婆什么也没有说，领着她走进灶房里，让她坐在一条木凳上。自己在锅台上生了一把火，在大铁锅里用一大把晒干的野菜和一点面水子给她拌了点拌汤。她端起碗吃的时候，她的人影儿在碗里晃荡着，把自己着实吓了一跳。那碗清水拌汤她是一口气喝完的，她喝完一碗，亡人婆婆就接过她手里的碗又给她盛上一碗，她像喝水一样地连着喝了六大碗，喝得肚子里咣当咣当地响。亡人婆婆却用舌头舔着嘴唇没有喝，净忙着接她的碗，给她盛汤了。她喝了六大碗，亡人婆婆才说话了，说丫头啊，先少喝点，吃夜饭的时候再喝，不然肚子净让水占着了。这时她才有气力答应亡人婆婆了，勉强咧嘴给了亡人婆婆一个微笑。亡人婆婆也咧着嘴还了她一个微笑，走过来搀着她的胳膊说，丫头啊！先到厢房炕上温温食，然后睡一觉，缓缓乏气。走出灶房门时，她发现灶房门口站着大大小小四五个和她差不多一样大的几个男娃娃，嘴唇干旺旺地瞅着灶房里的锅台。亡人婆婆指着那几个男娃娃说，这几个都是我家的催命鬼和吃家宝。你看都是一副吃人相。亡人婆婆这样一说，他们几个也都咧着嘴笑了，笑得有点瘆人。亡人婆婆面无表情地说，现在锅里没有吃的，你们几个到野山里剜菜去，要不然今晚的夜饭就清淡了。那几个男娃娃极不情愿地背起背篓慢慢地走出了大门，一个跟一个地往大山里去了。

那天的夜饭吃得很迟。原因是那几个剜菜的男娃娃回来得迟了。家家户户都在剜菜，跟前地里和田野里的野菜剜完了，能吃的都剜的剜了，掐的掐了。地里要是看管不紧的话，那豆苗都要被人偷偷地掐光。剜一点野菜要到很远的地方人拼人地去，要是去得迟了，你就剜不上一把野菜了。

那晚吃夜饭的时候，碧黛看了看大家碗里的糊汤子，稍微比她前晌吃过的汤有点糊，只是比她家的锅里多了一把面水子而已。亡人婆婆说，黑夜的饭里要多撒半把面水子，要不然半晚夕人就会饿得抠心挖嗓等不到天亮。那晚她喝了亡人婆婆做的菜拌汤，竟破天荒一觉睡到了大天亮。

第二天早上吃过与昨天晌午时一样清亮亮的拌汤后，她就跟上亡人婆婆家的几个男娃娃出去剜野菜了。

田野里的野菜随着饥荒的蔓延扩大，越来越少了，少得剜不上了。饿肚子的人家就越来越多。有的人早上还在大门外的草棵里爬着剜野菜，下午就已经咽气了，嘴角里流着一丝野菜的绿汁；有的人前晌在路上像蜗牛一样走着，后晌时倒在路上没气了。家家都有亡人抬出。起初人们还在坟地里埋亡人时把坟坑挖得深一点，后来亡人一多，人也就挖不动了，就随便挖个坟坑埋了。时日不久，有的坟堆下就会露出亡人的胳膊或是腿来。亡人的肢体露出来了，却再也没有人去添点土的精力了。

老碧黛说那个年月把人的眼睛饿绿肠子饿青了，一些人皮包骨的肚子里肠子盘了几盘都看得一清二楚呢。人人看见吃的五谷比看见金子还珍贵，在目光中透露出的那种无以言说的饥饿和求生欲望，让人胆战心惊。现在看到人们随意地糟蹋粮食，她心里就来气。她说现在白白浪费掉的粮食在那个年代能养活好多人挽救好多人的命呢。现在生活条件好了，五谷把人都喂成仇人了，把五谷糟蹋浪费得不成样子了。五谷是养人的精。老阿訇常说，五谷放《古兰经》上使得，但把《古兰经》放五谷上不成。《古兰经》是天启的经典，在穆斯林的日常生活中那是至高无上的，就凭这一点你说糟蹋五谷使得使不得？阿訇虽然这样说，但人们糟蹋粮食依然如故，是好了伤疤忘了疼，吃饱了肚子忘了饥。老碧黛时常给儿孙们说，你们没经过那场灾难，没有经过饿肚子的那个难肠岁月。现在斋月里你们封天斋到傍晚开斋的时候，就那么十几个小时却有时候饿得摇晃呢，如果没有坚强的意志力还真挨不到开斋。现在封着斋但是不愁吃喝啊，吃喝就在桌上摆着呢。那个时候，一年四季挨饿啊，有时候饿得见了人都想咬一口呢，你说把人饿成啥样了。老碧黛知感现在的好日子，但也不时地想起那个时候的惶恐来。她还说那个时候为了一口吃的丢了人命的事时有发生。她说邻近村子里一家人饿得实在忍不住了，父子二人在黑夜里就把生产队没入圈的一头犍牛从山里偷来拉到自家洋芋窖里给宰了，然后在炕洞里挖了个深坑，把牛肉放进去，上面盖上石板，再铺上土烧上炕。那个时候，是不敢大动烟火的。要是你一动烟火，把牛肉一煮，那香味就会飘出去在村子上空荡来荡去的，直往人的鼻孔里钻呢。所以他们一家人是等到半晚上了才把炕洞里的土刨出来，掀开石板，爬进炕洞里割上一块上来分了生吃，吃完了再爬进炕洞里割上一块。等一家人吃得差不多了，再盖上石板铺上土，烧上炕。头两三天人们就没有发现，后来那家的儿子在地里干活时，放了一个臭屁，有人闻到了，说那是吃肉的屁。说实话，那时候人们吃不上五谷，饿得连屁都放得没有了，偏偏你却要放一个臭得要命的屁。有人就举报上了，村里和公社的驻队干部带着人一起到那家寻肉去了。去了之后是掘地三尺，最后硬是刨出了炕洞里的炕土，掀开了石板，在空荡荡的炕洞里找出了吃剩的牛肉和牛骨架。有人把那些吃剩的牛肉和牛骨架从炕洞里取上来的时候，人们都疯了似的趴在上面吃，拦都拦不住。力气大的男人们三下五除二吃了个半饱子，要不是基干民兵朝天开枪恐吓，那人们连牛骨架恐怕都要吃完呢。最后那家父子二人挨了批斗，被判了刑，最后无常在了外面，没有回来。鸟为食亡，人为财死。那个时候，人顾不上为财死，而是为食亡啊。财那个时候对人无益，有口吃的比有啥都强。你说有时候饿得见了人能不想咬一口吗？

　　她到亡人婆婆家过来缓了几天，身上就有了气力和精神。其实亡人婆婆家也不容易，尕的大的半拉子四个孩子，全是吃饭不饱的小伙子，正长着身体，几碗拌汤咣当咣当地灌下去，就像吸了几口气，仍目光急切地望着锅里看着亡人婆婆的脸，把碗伸过来。除了这四个正长身体的娃娃，还有她，再加上亡人婆婆，男人还有老奶奶，一家老小八口人在灶房地上的木头墩子上坐着围成了一圈，让亡人婆婆一碗又一碗地舀饭。亡人婆婆坐在挨近锅台的地方，是为了方便给大家舀饭。碧黛看到，亡人婆婆舀饭的时候，给奶奶、男人和她舀的比较稠。亡人婆婆说奶奶岁数大了身体弱扛不住饿要吃稠；男人一天到晚在地里干活呢，挨不住饿要吃稠；而碧黛刚来，身子骨脆弱，还要一天到晚跟上几个大小伙子上山爬地去剜野菜，背不住饿，得吃稠点。而一碗一碗舀到最后，亡人婆婆却是一家大小中吃得最少的一个人，往往只喝两碗滗清捞稠后清亮亮的水样的拌汤来填填肚子，确切地说是哄哄肚子而已。

　　饥荒闹得越来越厉害，日子过得越来越艰难。在炕上度日如年的奶奶开始有意减少自己的饭量，只吃少半碗就成了，你就是舀上一碗她也只吃半碗，半碗饭是她的定量。吃饭的时候，她时常喃喃自语，真主收人呢，咋就不收我这个"卡凡"（裹尸布）瓢瓢子呢。我啥也做不成，还要吃闲饭抢大家活命的口粮呢，少个"卡凡"瓢瓢子，大家就能多吃一口饭呢。真主啊，你咋不收我呢，她说着眼泪就从那深汪汪的眼窝里像断了线的珠子掉下来落在胸前的衣襟上。她人虽然老了但她的眼睛能看着，心里也清亮着。她看到亡人婆婆一天就吃那么一点，就怕撑不住倒下去，亡人婆婆只要一倒下去，这个家就彻底倒了。亡人婆婆的眼窝一天比一天深，两脸颊的肉像刀削了似的，都快成只瘦猴了。奶奶看着亡人婆婆吃那么点，就开始绝食了，逼得亡人婆婆吃得和大家一样多。但奶奶却吃得越来越少，把饭端给她的时候，她连看都不看一眼，摇着头不肯张嘴。时日不多，奶奶在一个清晨里安静地无常了。紧接着亡人婆婆的三个小儿子也无常了。有天黄昏时分，三个小儿子横七竖八地躺在山野里，口吐白沫无常了。他们是饿得忍耐不住到山里剜了狗蹄子花的根吃了，结果让狗蹄子花的根毒坏了的。狗蹄子花开的花像狗蹄子，所以叫狗蹄子花，书上叫狼毒花。狗蹄子花的根有毒呢，刚开始吃的时候，有点甜味，吃着也有点香，可吃上几口后，就把人毒得头昏眼花，上吐下泻，连抢救的机会都没有。三个孩子吃了狗蹄子花的根，一齐走了。看到三个孩子那痛苦扭曲的脸时，亡人婆婆像心窝里插了一刀子似的大叫了一声，就晕倒了。

到上冬的时候，日子过得是越来越苦，肚子是吃得越来越秕，秕得快要前胸贴上后心了。灾难在不停地降临着。日子那样过着，人的命有时候比鸡蛋壳还脆，早晨还在屋里或是地里动着，下午的时候已经咽气了；晚上的时候还有一口气游丝般地进出着，早晨起来人却僵了。到最后，人们连哭嚎的声音都没有了。就在这种人无法预料无常的时候，亡人婆婆家里的顶梁柱倒了。一天的半晚夕里，碧黛的公公悄无声息地无常了，无常的时候，脸上带着黄澄澄的微笑，彻底地把家里的一切留给了亡人婆婆。

这时候亡人婆婆哭着都没有了眼泪，这个家还有这个家里剩下的人她还得弹挣着要拉扯顾盼大。灶房吃饭的地方一下子显得空旷而寂寥，几个木墩空荡荡地闲置了下来，落了一层淡灰色的尘埃，再也没有人去抢那些个木墩了。锅里的拌汤依然是早清晚稠，没有随着吃饭人口的减少而有所改变。

生活是越来越清苦。

活着的人越来越清瘦。

村里仍然有人无常了抬着出去，最后连亲属的嚎哭声都没有了。

人无常了像一只猫或是一只狗的死，再平常不过了。

一家人在短短的时间里就无常得只剩下三口人了，这让亡人婆婆不得不弹挣着要活下去。

村子里、山野里可吃的东西都搜寻着吃光了，有人开始逃荒了。碧黛的亡人婆婆也想着要逃荒了。再不出去守着光光净净的村子和山野，那他们这家人恐怕是连剩下的独苗也要断根了。

亡人婆婆想着可逃荒去的地方。近了不行，远了也不行，近处你去了等于是跟人家嘴里夺食，人家不欢迎你；远了举目无亲，你更不受人欢迎。这时她想到了亡人丈夫以前时常说的洮河沿上的汉家朋友王生贵，是人老五辈的交往和交情了。在林间开着小块地，种有一些芜根和萝卜之类的，能勉强糊饱一家人的肚子。春上王生贵来她家的时候，说实在过不下去了，就把一家人带过来。洮河沿上好歹能养活人，只要水活，人就能活。在河里网些鱼，林眼里拾些地丸子、干野菜，套些野生，推日子还是有希望的。她把王生贵的话一直记在心里。丈夫没有无常的时候，她有依有靠，现在丈夫无常了，她无依无靠了，她想带着孩子们过去。她把这想法跟碧黛和大儿子一说，两个孩子都同意去王生贵巴巴家。

亡人婆婆带上家里仅有的面面汤汤，其实就是省下来的两碗面糊糊，用根破旧的毛绳拴住大门领着两个孩子向洮河沿上走去……

三天后的下午，他们三个人打听着来到了洮河沿上的王生贵家。进门的时候，三个人实在是走不动了，与其说是走还不如说是挪。他们沿路走的时候，不时地拾上几把干苦苦菜的叶子，揉一揉吃掉了，要不是那几把干苦苦菜叶子，他们几人恐怕是挨不到王生贵巴巴家了，早倒在路上了。

他们的到来，叫王生贵很是吃惊。王生贵知道，他的朋友没有来肯定是饿坏了，没有了。他的婆娘娃娃来了，那就得好好地待承。他叹了口气，领着他们到厢房里休息，然后搬出一口没用的小铁锅，自言自语地说，这口锅不素净，我先生火烧一烧。他烧好了锅然后让妻子剁了一锅芜根拌汤给他们三人喝。碧黛到如今记得，那次吃的拌汤是她这一生吃过的最香的饭，香到了脑子里，香到了记忆深处。

吃饭的时候，亡人婆婆向王生贵巴巴说了自己一家人的遭遇，说是家里一把吃的也没有了，村里再也待不下去了，人人都逃荒去了，她带着两个孩子没地方去，到他这儿混肚子来了，等春天到了才能回去。王生贵巴巴指着院外的一口窑说，窑里有半窑芫根，你们三个人吃着熬过这个冬天应该不难，借给你们，等你们活过命，以后了拿粮食还。不过，也不能等着吃，白天要到山里寻干野菜叶子，还要到河里网鱼，不然窑里的芫根吃完就得挨饿啊。我看这样，你和女娃娃白天上山寻干野菜叶子，男娃娃就跟我到河里学着网鱼去。门外的草房就是你们的住房，烧的柴草不缺，把你们也冻不着。先把这个冬天熬过吧，熬过这个冬天再说。

到洮河沿的第二天，亡人婆婆就让男娃也就是碧黛后来的丈夫跟着王生贵巴巴到河里网鱼去了，自己和碧黛到附近的林眼里去寻干野菜叶子。

其实，这时候王生贵家的日子也不好过，三男一女四个孩子正是吃饭不饱的时候，再加上一个老娘，还有他们两人，一共七口子人，日子也过得紧紧巴巴的，大头还是用芫根拌汤对付肚子，少量的时候碗里还有一星半点的鱼肉。给碧黛他们的那半窑芫根是王生贵巴巴家一个冬天的口粮。要是他们三人不过去的话，王生贵巴巴一家人还能有个饱肚子。但他们过去了，把他家的口粮分了一半给他们，那他家就吃不饱了。但人老五辈的交往和交情，不能在饥饿中结束。两家人的交往和交情还得延续下去。

一个冬天，碧黛三人就住在王生贵巴巴家的草房里，用王生贵巴巴家借的半窑芫根，还有隔三差五网上的鱼和拾来的干野菜叶子算是勉强度过了那个最艰难的冬天。

那年春天野菜冒出地皮的时候，碧黛一家人踏上了返家的路。回来的时候，王生贵巴巴给他们准备了各样的菜籽和五升青稞种子，还贴了一铁锅锅巴，让他们路上吃。亡人婆婆再三致谢王生贵巴巴的救命之恩，等生活好了以后还他的半窑芫根。王生贵巴巴笑着说，先去吧，活命要紧，有能够了再还，没能够了就不要还了。但亡人婆婆说一定要还的。

回来后，过了几年，日子才踏上了步，肚子也能吃饱了。亡人婆婆就给碧黛上了头成了亲。园子里的菜蔬长得一年比一年旺，这时候亡人婆婆就惦记着该还王生贵巴巴的半窑芫根了。她思谋着该还麦子还是青稞呢，但把芫根换成麦子或是青稞来还的话，那数量大呢。亡人婆婆说每年从口粮中省一部分出来，几年的日子就能省得够粮食了。那几年也确实省了一部分粮食，但日子过得还是非常的紧张，就没有去还。后来，碧黛的丈夫得了猛病去世了，就把这个事情搁下了。直到婆婆无常时才把这件事情靠给了她，让她去要一个口唤，并把那半窑芫根作价还了。虽然后来王生贵巴巴和儿子们都来了几趟，人家也明确表示不用还了，但亡人婆婆说了还是要还，她说，这件事当年她是吐了口的，答应了人家的，再说要不是人家的那半窑芫根，他们一家人也许早就埋在那块黄土下早断了根了。说过的话不能反悔，也不能推辞。碧黛屋里屋外拉家扯口地务忙着把这件事给搁下了。再说年龄也大了，把这件事托付给了儿子吾旦，但儿子吾旦的心大，根本就不把这件事放在心上。这就让碧黛很是生气。这是亡人婆婆给她临终的嘱托。要是完不成婆婆嘱托的这个心愿，就是无常她也闭不上眼。

　　后来儿子熬不过碧黛，终于雇车去了趟洮河沿，但没有找到那户人家。王生贵巴巴几年前就去世了。儿女都在外面工作，年纪也大了，也都有了自己的家，很少回老家了。王生贵巴巴活着的时候，儿女们每年还回来一两趟，自王生贵巴巴去世以后，他们就再也没来过。碧黛问吾旦，那家里再也没有什么人了。吾旦说老家的房都塌了，没有收拾。

　　还债要口唤的事就先搁了下来。碧黛的脸色也很不好看，她心里很是愧疚，她怕无常了以后给亡人婆婆无法交代。

　　就在老碧黛等着无常心存遗憾的时候，村里来了一批省城里下来搞精准扶贫调查的干部，其中有一个是王生贵巴巴的孙子。他来了之后，就说老碧黛家的这个村名很熟，当年他爷爷常提起这个村子，说他朋友的家就在这个村子里，还讲了很多他爷爷朋友的故事。当老碧黛问清他爷爷就是王生贵巴巴时，忍不住放声大哭起来。老碧黛一哭就把那个下乡的干部吓了一跳，吃惊地望着村里人不知如何安慰老碧黛。村里人说，让她哭一会儿吧！她是激动得哭呢。她是遇上亲戚了，你家爷爷是她家的恩人呢，你家爷爷救过她一家三口的命呢。那个干部一脸惊诧地说，您是碧黛阿娘吧？我爷爷在时常提起您呢。我爷爷常说我们两家是人老五辈的老交往老交情了，到咱们这一辈上都外出上学工作了，回老家的次数少，自然也就忘了一些朋友了。爷爷去世的时候还说让我有机会了到碧黛阿娘家里来一趟，叙叙旧情和交往，不要把人老五辈的交往隔断了。娘在我来的时候也想是到家乡的土地上来转一转，看看旧友，和朋友们叙叙旧情，尤其是想见见碧黛阿娘。

老碧黛抹着眼泪笑着说，这两年我的身体大不如以前，想着了却心中的一个心愿，还你家一个良心的大债。这是我心中时常压着的一块石头，这个心愿了不了，我心中的石头就搬不掉。你爷爷和你娘没有说过吗，我家欠你家半窑芫根呢，那半窑芫根救了我一家三口的命呢，我亡人婆婆在的时候说等生活条件好了有能够了就还你家半窑同等的青稞或麦子，但这个承诺一直没有兑现，让人心里一直不安。

王生贵巴巴的孙子望着老碧黛笑着说，我爷爷和娘都说过是给你们救命的，没有说是借给你们的。当初我爷爷这样说的目的是怕你们吃得太快熬不过那个冬天。再说那个时候我家里也只剩下半窑芫根，那么大一家子人吃饭呢，说借也是压压家里人的口舌而已。人都求到门上了，没有不救济帮助的，再说两家是人老五辈过命的交往，你家当年也帮过我家很多忙呢。我爷爷都说过呢。我爷爷像说书似的，活的时候天天念叨两家的交往呢。再说现在你要还我也拿不回去，就是拿回去我也进不了家门，老娘会怎样收拾我呢。算了，就让它成为我们两家交往历史上一段难忘的记忆吧。

老碧黛忧忧地说，这是一个口唤一个承诺的问题，不是还不还的问题。你回去后向你母亲要一个口唤，这个口唤是我替我亡人婆婆和我要的，希望她能喜欢地给个口唤，兑现我和我亡人婆婆在心中藏了几十年的承诺。

王生贵巴巴的孙子高兴地说，我找着你就是大功一件，这是个喜讯，我找着人老五辈的老交情了，我见着碧黛阿娘了。我得把这个喜讯告诉我娘。王生贵巴巴的孙子高兴地拿出手机拨通了他娘的电话。电话那头久久没有出声，激动得哽咽着说不出话来。王生贵巴巴的孙子把手机默默地递给了老碧黛。老碧黛的手颤抖着，声音颤抖着，轻轻地喊了声——桃花，就再也说不下去了，泪如雨下。电话那头也只哽咽着喊了声碧黛就再也说不出话来。

一声轻轻的呼喊打开了尘封许久的记忆阀门。

一声哽咽道出了各自呼之欲出的牵挂和思念之情。

该让老碧黛和王桃花见次面。王桃花的儿子接过老碧黛手里的电话说，还是过两天你俩心里平静下来再说话吧。叙叙旧，唠唠以往，说说当今。老碧黛放下手机轻轻地对王桃花的儿子说，还真是为难人呢，几十年不见倒是生分了。不如让你母亲明天就坐车到我这儿来，咱们两姐妹好好说说过去的光阴。

王桃花的儿子说，明天我让我妈雇车来。到时让你们两姐妹说上三天三夜，把心里的苦水全倒出来，把想说的话儿都说出来。

老碧黛笑着一个劲地抹眼泪，拉起王桃花儿子的手脚底像生风了似的往家里跑去。

（原载《野草》2017 年 5 期）

回娘家

女娃是泉，女人是河。

是泉终归要流走，是河终归要汇聚。母亲说这话的时候，她还是一个懵懵懂懂的小姑娘，理解不了这句话里蕴含的意思。当她真正理解这句话的时候，她已经是两个孩子的母亲了，真切地经历了从泉到河的整个过程。

她是一汪滋润儿女心田的长河，也是一条守望男人心田的长河。

她为回趟娘家做了很长时间的准备，但是却不知怎地走不脱也走不成。其实，真正的原因是她放心不下出门在外的男人和一对幼小的儿女，还有瞎眼的婆婆，她被死死地拴在了家里。

有时候，她想自己跟条看家护院的狗差不多，想着心里就隐隐地来了气，男人一年四季不沾家，把家和一家子人丢给了她，好像自己是男人雇来照看家务的，可生气归生气，一家人的日子还得她操持着打发。在夜深人静的时候，她常被自己如此不幸的命运思谋得头疼，胸闷。很多夜晚她是挂着泪水入眠的。女人就该为一个好吃懒做的男人操持一辈子家务吗？她确实说不清楚，但她却操持着。男人也就是男人，是从来不关心家里的琐碎事情的，只图自己混个肚饱过得痛快。她水一样给男人以温柔，企图拴住男人浪野的心思，也水一样从屋内抹到屋外，把一个乱纷纷的家收拾得干干净净，不留一点儿灰尘，但却抹不亮自己男人的心境，亮敞敞的宽屋子里空荡荡的，缺少着一种气息，一种平和静谧的气息，多出的是一种寂寥和无奈。

男人漂泊在外，把外面的日子过成了日子，可她却把日子过成了年。她准备归准备，走回娘家还真不容易，拖拖连连地走不脱。回娘家的路在睡梦中走了好多回。这次她下决心一定要趁农闲时放下手里的活稳稳当当地回趟娘家，天塌地崩也不管，去看看她那年迈的父母，她虽然嘴上说着可还是放心不下，家里既没有什么值钱的东西，也没有啥不可以放心的，可心里就是不踏实，她心里真正牵挂着的是出门在外没有一点音讯的男人和瞎眼的婆婆。走吧，走吧，明天就走，她这样天天对自己说着可到了第二天却又下不了决心，心中似乎有股酸水要溢出来。

这些年，她自从嫁到这儿后总共才回了三趟娘家，想起来都隐隐昏昏的，而且第一趟也不能算是真正的回娘家，是婚后第四天的回门。那时，她嫁过来后就在那陌生的土炕上坐月子般干坐了三天，第四天的回门，她好像是一只被圈在笼子里的红雀有种释放回归大自然的感觉。那情景至今还深深地印在她的记忆深处。那天，她怀着一颗羞涩的心情坐在颠簸的马车上，心里既轻松又快活，既兴奋又急切，像河水流淌一样蒙着脸想自己的心事，偶尔也和她那刚结婚的男人说几句不着边际的话儿，逗逗趣。当时，她的想法是回去后就在娘家好好住上一阵子，缓缓结婚的乏气，歇歇心焦的寂寥。可在娘家未住上两天，母亲就拉下脸催她走。照母亲的话说，嫁出去的姑娘，淌出去的水，已经是人家的人了，不能久留在娘家门上，这是规矩。人生就是这样，这是女人的命运，何况她是一个刚结婚的女人呢，女人注定要像泉里的水一样要流走，流到很远的地方汇入到大河里面。走吧，今晚夕洗个大净明早就走。洗大净是每个穆斯林男女一生当中必须时刻刻履行的一项功课，也叫戴"水"，你如果不戴"水"，你的身体从里到外都是不洁净的，一个身体不洁净的人是不能礼拜、封斋和参加各种教门上的活动的。她身上虽然有"水"，但为了回娘家，再洗一个也不为过。她出嫁的那个晚上，母亲为她烧好水兑好灌进吊罐里让她洗在娘家的最后一个大净。那次她也是带"水"的，只不过履行仪式而已。她洗了无数次大净，就那次她洗得稀里糊涂，也只有那次母亲却哭了。她九岁第一次洗大净的时候，母亲是含着一种神秘的笑教她从举意开始，洗手，漱口，呛鼻，洗遍全身，一遍又一遍，不厌其烦地教她。后来她才知道，那是她出幼的洗礼，从那以后，她就遵循母亲的教诲，自己烧水洗大净。出嫁前的那一个大净，那是她作为少女的最后一个大净，那个大净是她作为少女和少妇之间的分水岭，那个大净她洗得很慢，让水流线一样从头顶浇下流遍全身，舔舐她少女的身子，泪水也咸咸地滑过胸前的肌肤和着清水一同流走了。母亲轻轻地叩着水房的门，轻轻地唤着她的名字。她怎么也走不出那水房门，她哭够了的时候，细线般的水流也就停止了流淌，她换上了全新的衣服，像一个少妇一样把自己裹得严严实实的，她把少女时代的一切都留了下来，让母亲一抱抱了去。现在她多么想让母亲再给她热次水，把一身"水"留在娘家的土地上，她想着就对自己嘿嘿地笑了。

这几天，她心里沉得很，像盛着一块石头。回娘家的路像一条清澈的小溪流淌在她的心头上。贼男人出去几个月了也不见捎个信什么的来，真是的。贼男人只知道自己图快活，也不为家里人想一想，她这样起早贪黑地守在家里为的是谁，图个啥。男人们就那德行，出门在外从不关心家里人的难辛和愁肠，更不管家里人的吃喝。你把家里啥也不管但你也该捎个信什么的报个平安吧，害得连她回趟娘家都放心不下。她天天望着大路口，希望有个熟悉的人能来向她报个她男人的平安。

她决定不再等待男人捎信来，翌日天亮带上两个孩子就走，在娘家住一晚上就回来。

翌日天亮，她洗了大净，喂饱了鸡舍里的鸡，给两个孩子吃了早饭，把瞎眼婆婆托付给了邻居，踏着冰凉的晨露沐着朦胧的早雾上路了。两个孩子一左一右挽着她的胳膊似两只欢快的鸟儿，看着两个孩子欢快的样子，她心里像一条舒缓的大河在流淌，既宽展又舒畅。我是一条往回流淌的河，她想。自从她出嫁以来，就往回淌了那么几回，要让河水倒流那是多么艰难的事啊。这样想着她就想到了身边的女儿，女儿现在正是一汪发育的泉水，将来还不知要流到哪儿去呢。想着这些，她的心里就一阵绞疼，女儿别离娘老子是多么的痛苦，当初她像泉水一样流出去的时候，也不知道爹娘是怎样的心情，更不知道他们的痛苦有多深沉。那时她作为一个即将出门的人，内心的痛苦是难以言说的，毕竟是生活了近二十年的乡土啊，毕竟要脱离娘老子到一个全新的陌生的环境里去生活，并且要和一个陌生的男人生活一辈子，身上像是载着千斤重荷。现在回娘家像是卸去了一身的重荷，又觉得心里有些空落。

回娘家又使她有些难堪。

会不会碰到他呢？她在路上突然想起了他。他是她早年的邻居，现在早已娶妻生子了，小生活过得很是滋润受活。当年，要不是那场灾难，她是不会远嫁出去的，肯定会成为他的媳妇的。事情坏就坏在了那场灾难。那年，她父亲到五十里外的林里砍烧柴，从山崖上滑下摔伤了腰，住医院治疗花了两千多块钱，在当时，那两千多块钱就是一个大数目，那两千多元全是她母亲跑东家借西家攒凑起来的。父亲伤好出了医院，那两千多块钱就成了一家大小的包袱。今天不是这家来要就是那家来催，催要得一家大小无处躲藏，最后只得将她聘给人家先收上干礼还人家的账。当初她也跟他说了，要他赶快凑足两千多块钱央媒人说媒，可他家里确实拿不出那么一笔钱聘她，只有望她兴叹了。她父亲看他家拿不出那么一笔钱就一狠心把她聘给了现在的男人。她也就稀里糊涂地嫁了过去，给人家当了媳妇。他也眼睁睁看着她成了别人的媳妇。

当年的往事重新涌上心头的时候，她的心里不再像刚结婚那阵心里空落无着，而像是在回忆一件与自己无关的遥远的往事。假如碰上他说不说话呢？她问自己。她清楚地记得，娶亲的那天，就在她要踏上娶亲的拖拉机时，他就站在门前的粪堆上，像只斗败的公鸡，耷拉着脑袋，痛不欲生的样子。她想他会做出些什么事来，可他却什么也没有做，只是目送着娶亲的拖拉机绝尘而去。他泥塑般在粪堆上站了很久，像欢送一支打了胜仗的军队一样。她的心里充满了酸甘苦辣。当时她就想她不是娘说的河流和泉水，而是被人随意挑走的一担浊水。说来也怪，当时她想嫁过去就凑合着过几天是几天，过不下去就散伙。可这一过也好几年过去了，以前那活泛的心境不见了，对他的那种切肤的思念也丢弃得干干净净，反过来倒常牵挂那贼杀的男人，让她一时半会儿放不下心来。一路上她不时地催两个小东西往快里走，可两个小东西像刚出蛋壳的小鸟，出门时连蹦带跳的，可走了一段路后两个小东西要起滑头来不走路了。她轮换着背上两个小东西走。她后悔没有给左邻右舍留下话来，假如那贼杀的捎话来了就给她说一声。说实在的也没有那么巧的事，没心没肺的也不会捎什么话来。她实在走累了，找了片长满青草的塄坎坐着休息。她望着天空中几缕飘浮着的轻淡白云匆匆地向西游去，心中即刻涌现出一丝淡淡的惆怅，它要跑到哪儿去呢？不远处的红浆河泛动着反射着星星点点的太阳光，像串了一河的珍珠，从北边流来向南边流去，流得无声无息。碰到他该怎么办呢？那将是一个十分难堪的见面，当年到底是谁抛弃了谁，到底是谁的责任呢，现在已经说不清楚了，也不必刨根问底了，只能说是命运的安排吧。算了，想那么多干啥呢，她的思绪开始水一样流淌了起来，一会儿是家里一会儿是娘家，来来往往反反复复就是流不到她的心底里，她有点奇怪自己的思绪。两个小东西被眼前正在疯长的庄稼和路边盛开的各种无名野草吸引着，一路走走停停，大呼小叫的。有时她觉得两个小东西像两只放飞的风筝，带着她的思绪和她的记忆在田野里飘荡，她的心境一时如流淌的水一样哗哗流动起来，在心灵深处荡起一波又一波的水纹来。

　　贼杀的男人到底捎不捎个信来呢，她一时说不清楚也想不明白。她打问了几次，回来的人都说不知道，这也难怪他们，中国这么大，大得简直没有个边，你上东，他去西，谁的音讯都听不到，更何况是一个大活人又不是啥东西呢，今天到这个地方溜达溜达，明天到那个地方转悠转悠，没有个固定的地方，人们能见到他吗，唉！女人的命运，就是在这没有期限的等待、盼望和不安中安排好了。谁让她是一个女人呢，更何况是拉扯着两个孩子的女人呢。贼男人年年出去挣钱，可年年未挣到钱，出去的时候肩膀上扛着一双手，回来的时候还是肩膀上扛着一双手，还多扛了一张嘴。这几年了，家中未添一件像样的东西，更没有给她和两个孩子换上一身新衣服。说好了，回来时给她和两个小东西换身衣服，她没有奢望男人会给她买东西，而是希望他能够给两个孩子带点东西回来，对两个小东西安慰安慰，免得两个小东西跟他生疏起来。可这贼杀的就是听不到个音讯，不见个人影。寄封信捎句话大概不是太难吧，可他却不那样做，真猜不透他的心态也弄不清他是如何想的。暂时不想他了。

　　路边麦田里的蚂蚱憋足了劲叫个不停，两个小东西追着蝴蝶向前跑着，她惬意地想起了她的童年，那个时候，虽然时辰不好，可她的心境时常像蔚蓝的天空一样宽广，哪像现在这样呢，愁东想西的，让人的心境没有一丝的安静。那个时候，她和他整日形影不离，玩得有多开心，可一眨眼，她结了婚，成了别人的妻子，彻底地结束了那种生活，循环往复地生活在了母亲的影子里，做任何事情都是那么艰难，就连回趟娘家也是那么难。在走走停停的当儿，太阳已悄然西斜，但仍像两个小东西的笑脸一样灿烂无比。看来他们是走了有些时候了。唉！这回娘家的路说长也不算太长，可走起来却是这么难，只要一踏上这条路，她心里的酸甜苦辣就充溢着流了出来，这是女人的悲哀，也是女人的痛苦。那一年，她头一次回娘家，她几乎是跑着回去的，可到了娘家后却像觉没有睡醒似的大睡了两天，在那以前，她还从来没有不分昼夜地睡过觉。当她睡醒后就被男人叫回了家。女人要是不出嫁有多好，一辈子陪在父母的身边，那该是多大的幸福啊。可母亲说了，大河大江就是女人的家，女人是一条必须流走的泉。是泉就得流就得淌，但不管流淌到哪里，最终的归宿是大河大江。在娘家住一晚上还得回去，像水一样流回去。

　　太阳继续西斜，掩映在绿树丛中的娘家的村庄就在眼前。到了，到娘家了。她的心思一下子飞回了父母的身边。娘家的屋顶上有炊烟在缭绕，是草火烟的味道，那是母亲在做晚饭了。

　　晚霞红红地映在山头上。她领着两个孩子飞一样地跑了起来，把一切不快和烦恼抛在了落日的土路上……

（原载《当代人》2019 年 7 期）

244

图书在版编目（CIP）数据

墓畔的嘎拉鸡 / 敏奇才著 . —北京：作家出版社，2020.11
ISBN 978-7-5212-1108-5

Ⅰ.①墓… Ⅱ.①敏… Ⅲ.①中篇小说—小说集—中国—当代②短篇小说—小说集—中国—当代 Ⅳ.① I247.7

中国版本图书馆 CIP 数据核字（2020）第 166522 号

墓畔的嘎拉鸡

作 者：敏奇才
责任编辑：李宏伟 秦 悦
装帧设计：薛 怡
出版发行：作家出版社有限公司
社 址：北京农展馆南里 10 号 邮 编：100125
电话传真：86-10-65067186（发行中心及邮购部）
 86-10-65004079（总编室）
E-mail:zuojia @ zuojia.net.cn
http://www.zuojiachubanshe.com
印 刷：天津中印联印务有限公司
成品尺寸：152×230
字 数：229 千
印 张：15.5
版 次：2021 年 1 月第 1 版
印 次：2021 年 1 月第 1 次印刷
ISBN 978-7-5212-1108-5
定 价：54.00 元